d

D1180747

Auditie!

E. Lockhart

Auditie!

De Fontein

www.defonteinkinderboeken.nl

Oorspronkelijke titel: *Dramarama*
Verschenen bij Hyperion Books for Children, New York
© 2008 E. Lockhart
Voor deze uitgave:
© 2008 Uitgeverij De Fontein, Baarn
Vertaling: Jeske Nelissen
Omslagontwerp: Hans Gordijn
Grafische verzorging: Text & Image

ISBN 978 90 261 2418 1
NUR 284, 285

Voor Big Len, die me al die albums gaf en met me al die voorstellingen bezocht

Transcript van een microcassette-opname:

Demi: Staat hij aan?

Sadye: Het rode lichtje moet aan zijn.

Demi: Het ís ook aan.

Sadye: Nee, 't is niet aan.

Demi: Wél. Vanuit die hoek zie je het niet.

Sadye: Zet hem even uit en controleer het even.

(bonk, bonke bonk, klik klik)

Demi: HaHA! Hij heeft het wel opgenomen. Zie je wel.

Sadye: *(zwijgt)*

Demi: Kom op. Geef het maar toe. Het lichtje was aan.

Sadye: *(poeslief)* Zullen we beginnen, já?

Demi: Tuurlijk schat. Maar ik had wél gelijk.

Demi: Daar gaat ie. Het is 24 juni en wij, Douglas B. Howard junior –

Demi: Demi!

Sadye: – Demi voor intimi –

Demi: *(onderbreekt haar)* – en Sarah Paulson, Sadye voor haar aanbidders en bewonderaars –

Sadye: Correctie: alleen voor haarzelf en Demi –

Demi: *(onderbreekt haar weer)* – je zegt SEE-die en je spelt het: s-a-d-y-e. En waag het niet het verkeerd te spellen, want op een dag wordt ze heel beroemd –

Sadye: – zitten op de achterbank van het minibusje van de familie Paulson –

Demi: – tegen een piepklein, semiprofessioneel cassetterecordertje te praten –

Sadye: Micro.

Demi: Tegen een microcassetterecordertje te praten om het historische feit vast te leggen dat we weggáán uit Brenton, Ohio.

Sadye: Joe-hoe!

Demi: Acht hele weken lang, weg uit dat treurige gat.

Sadye: Dag, vunzige wiskundeleraren! Dag, provinciale trutjes! Dag, gespierde sporttypes, drammerige wereldverbeteraars en criminele hangjongeren!

Demi: Dag, doodsaai winkelcentrum! Dag, plattelandskapsels!

Sadye: Dag, domme, wezenloze brugklassers en keurige gazons! Dag, daaag en blij dat ik van jullie af ben!

Demi: *(zingend)* Als je het niet erg vindt om in Brenton te wonen... dat zou fijn zijn!

Sadye: *(zingt de tweede stem)* Dat zou fijn zijn!

Demi: Als je niet geeft om bekrompenheid, pijn en verveling... dat zou fijn zijn!

Sadye: Dat zou fijn zijn!

(Opvallend en opzettelijk ouderlijk gekuch vanaf de voorbank van het minibusje, waar Sadyes vader achter het stuur zit.)

Meneer Paulson: Zou de engelenbak iets zachter kunnen doen? Dank u.

Sadye: Sorry pap.

Demi: Sorry, meneer Paulson. Dat was uit *Oliver!*

Sadye: *Oliver!*, de versie uit Brenton.

Meneer Paulson: Oliver of niet, ik krijg pijn aan mijn oren.

Demi: Hé, hebben we die nieuwe cd van de Broadway-opvoering hier liggen?

Sadye: Ik dacht van wel. Ik heb hem meegenomen. Kun je hem vinden, pap?

Meneer Paulson: Wat?

Sadye: Die *Oliver!*-cd! Duh.

(Meneer Paulson stopt de cd in de cd-speler.)

Demi: Ik was vroeger een jongenssopraan.

Sadye: Dat weten we al.

Demi: Nu moet ik het met een kopstem doen.

(Hij probeert samen met de jongenssopranen van de Oliver!*-cast een paar regels mee te zingen van 'Food, Glorious Food'.)*

Sadye: Geef het maar op, lieverd. Je lijkt Frankie Valli wel.

Demi: Dat beschouw ik als een compliment.

Sadye: Ha!

Demi: Nou? Ik ben dol op de *Jersey Boys*. Ik ben helemaal weg van de *Jersey Boys*.

Sadye: Frankie Valli is een sukkel.

Demi: Ach, hou je kop. Ik word de eerste zwarte die Frankie speelt op Broadway. Wacht maar af.

(Even is het stil in de auto. Demi eet uit een zak chips.)

Demi: Nog drie uur en we zijn in de hemel.

Sadye: Wildewood.

Demi: Dat zei ik toch. De hemel.

Sadye: Je verknalt ons bandje! Hier begrijpt het nageslacht niets van!

Demi: Oké, zeg jij het dan maar.

Sadye: Demi en ik gaan naar de Wildewood Academie voor de podiumkunsten, zomertheatercursus 2005.

Demi: We gaan die tent daar helemaal overnemen. Finaal overnemen.

Sadye: Dacht je?

Demi: Reken maar van yes. Wij worden beroemd.

Sadye: Niet zo bescheiden.

Demi: Haha.

Sadye: Je lippen zijn gebarsten.

Demi: Zeker. We worden beroemd. Dat voorspel ik je en dat gaat gebeuren.

Sadye: Ik zei dat je lippen gebarsten zijn.

Demi: Wou je mijn ego soms ondermijnen? Dat lukt je niet, hoor.

Sadye: *(lacht)*

Demi: Mijn ego is niet kapot te krijgen, schatje.

Sadye: Nee, echt. Je hebt lippenbalsem nodig.

Demi: Heb jij die bij je? Geef eens. O, appelsmaak.

Sadye: Zet dat apparaat eens uit. Dit lijkt nergens meer naar.

Demi: Yep. Mijn nageslacht hoeft niet te weten dat ik gebarsten lippen heb.

(klik)

D EMI.
Mijn medesamenzweerder. Mijn eerste echte vriend. Iemand die uit gelijke delen ambitie en gekte bestaat. Een stevige bariton die met gemak kan overgaan naar een kopstem. Met een toekomst zo stralend als de lichtjes op 42nd Street.

Demi geloofde dat de zomercursus op Wildewood de hemel op aarde zou zijn. Geloofde dat hij er koning zou zijn en ik koningin, en dat we die zomer een fantastische tijd zouden krijgen.

Daar had hij gelijk in – wat hemzelf betreft tenminste.

I N BRENTON in de staat Ohio, waar ik vandaan kom, is zelfmoord plegen overbodig. Het is een doods stadje, even karakterloos als wittebrood. Voorat ik Demi ontmoette, had ik het gevoel dat ik alleen leefde tijdens de tap- en jazzlessen bij de dansschool van Miss Delilah in Cleveland, dertig kilometer verderop – drie middagen in de week plus zaterdagochtend. Bij Miss Delilah was er muziek, spanning en glitter. Musicalmedleys en die oude Miss D., met haar veren boa en spataders, die riep: 'Vijf, zes, zeven, acht!' – en straalde als we een tapnummer deden.

Wanneer de muziek afgelopen was en de negentig minuten voorbij waren, trokken alle kinderen van de dansles hun trui aan en renden naar auto's die buiten stonden te wachten. Zij woonden in de stad. Maar ik bleef nog wat hangen, om handafdrukken van de plakkerige spiegels te vegen en te luisteren naar de verhalen van Miss Delilah en Mr Trocadero (de jazzleraar) over voorstellingen die ze hadden gedaan toen ze nog jong waren of stukken die ze op Broadway hadden gezien. Uiteindelijk knipten ze het licht uit en deden de deuren van de studio op slot – en dan moest ik op de hoek van de straat wachten op de laatste bus naar Brenton.

Ik had thuis geen verschrikkelijk leven. Alleen maar doods. Volkomen vrij van enige opwinding.

Ik ben enig kind en mijn vader is al oud. Zesenzestig. Gepensioneerd. Mijn moeder is zijn tweede vrouw en zij is nog helemaal niet oud, vergeleken bij hem. Maar ze is doof. Ze spreekt tamelijk duidelijk en ze kan liplezen, maar ze gebruikt ook ASL – Amerikaanse gebarentaal. Ze werkt voor een postorderbedrijf in keukenbenodigdheden.

Bij ons thuis is het dus stil. Niemand schreeuwt van de

ene naar de andere kamer. We spreken zelden als we kunnen gebaren. Er staat vrijwel nooit muziek of een tv aan.

Mijn moeder werkt, denkt na over haar werk en praat over haar werk, met af en toe een uitstapje naar koken; mijn vader, die vroeger bankier was, snoeit pioenstruiken, maait het gras, is lid van een golf- en tennisclub en leest boeken over de Amerikaanse Burgeroorlog.

Voordat ik Demi had hing ik in de middagpauze rond met een stel saaie, maar verder wel aardige meisjes: Dora, Ada en Laura. Kleine, vrouwelijke meisjes, die er tegen konden dat ik zo nu en dan iets anders aanhad dan die dure vrijetijds-kleding die iedereen op school draagt en die me hun aantekeningen gaven als ik ziek was.

Maar we waren geen echte vriendinnen.

Ik was maf en zij waren mooi; ik was een lange lijs met een grote neus en zij van die kleine poppetjes; ik was een Deense dog en zij een soort schoothondjes; ik was muntijs met chocoladesaus en zij waren vanille-ijs – en tóch wilde ik niet zijn zoals zij.

Een willekeurig gesprek tijdens de pauze in Dora-Ada-Lauraland:

'Hé, hebben jullie een paraplu bij je?'

'Nee, ik niet. Ik hoop dat het niet gaat regenen.'

'Ik ook. Ik heb een hekel aan regen.'

'Heb je mijn paraplu al gezien, schattig hè!'

'Schattig.'

'O, wat schattig.'

'Heb jij ook zo'n hekel aan regen?'

'Ik haat regen.'

'Ik vind het fijn als de zon schijnt. En jullie?'

'Zon is heerlijk. Wel een schattige paraplu, Dora.'

Ik voelde me ongelukkiger mét hen dan zonder hen en de enige manier om niet gek te worden door een totaal gebrek aan opwinding en diepe eenzaamheid was al mijn vrije tijd te besteden aan het kijken naar musicals op dvd. Mijn lievelingsmusicals waren *Chicago*, *Singin' in the Rain*, *Sweet Charity*, *Damn Yankees*, *Kiss Me Kate*, *West Side Story*, *An American in Paris* en natuurlijk *Cabaret*, de beste film die ooit is gemaakt. Ongelooflijk, 128 minuten lang fantastisch.

'Je hersens veranderen nog in gelatine als je zo veel tv kijkt,' zei mijn vader op een dag tegen me.

'Dat is geen tv,' zei ik. 'Dat is *Cabaret*. Een van de beste musicals aller tijden.'

'Het ziet er toch echt uit als een tv.' Hij tikte op het toestel. 'Yep. Onmiskenbaar een tv. En daar hangt mijn dochter op de bank, terwijl buiten de zon schijnt.'

'Regie van Bob Fosse,' zei ik. 'Liza Minelli werd bekroond als beste actrice.'

'Sarah.'

'Huh?'

'Ik ga even naar de supermarkt om wat te eten te halen. Ga lekker mee, dan krijg je tenminste wat frisse lucht.'

'Goed.' Ik drukte op de pauzeknop.

Toen we terugkwamen, ging ik weer op de bank zitten en keek naar de rest van *Cabaret*. Die film was een soort lied dat de stilte van mijn leven doorbrak.

Vóór Demi en vóór Wildewood, voelde ik me te groot voor mijn eigen huis. Te groot voor mijn eigen school, te groot voor Brenton.

Dat had niets te maken met mijn lengte – al ben ik dan

een meter tachtig. Ik voelde me supersoon, hydrofoon en kolossaal – alleen zag niemand het. Alsof ik in een cocon zat. Als ik me ontpopte zou iedereen versteld staan van mijn schoonheid en vleugelspanwijdte. Alsof mijn leven een soundtrack was, een grandioze soundtrack. Maar de hele wereld was doof, behalve ik.

Ik weet heus wel dat dit onzin is. Ik wil alleen maar zeggen dat ik soms het gevoel had dat dat kleine stukje extra lengte dat ik had vergeleken bij de meeste andere meisjes, een teken was van de grootsheid die in mij schuilde.

Een grootsheid die geuit moest worden. Die eruit zou knallen als ik daar de kans niet voor kreeg.

Een Verborgen Grootsheid.

Demi Howard was de eerste die dat zag.

Voor alle anderen was ik gewoon Sarah. Maar voor hem was ik Sadye.

* * *

BEGIN FEBRUARI hing er op het prikbord bij Miss Delilah een mededeling:

Doe je ogen dicht en stel je voor... een zomer vol
theatermagie! Een van de landelijke fulltime opleidingen
voor de podiumkunsten presenteert met genoegen de
28e aflevering van haar zomerprogramma.

Iedereen krijgt een rol in een voorstelling.
Theaterprofessionals geven je les in dans, stemvorming,
mime en acteren.

WILDEWOOD ACADEMIE VOOR DE PODIUMKUNSTEN
ZOMERTHEATERCURSUS
Jongeren van 15-18 jaar

Audities in alle grote steden
19 februari: Auditorium Cleveland, 13.00 uur
Kandidaten moeten een lied (16 maten) en een monoloog
(2 minuten) voorbereiden. Tijdens de audities studeer je
groepsgewijs een dans in.

Wildewood. Ik schreef de informatie op en herhaalde de
naam fluisterend in mezelf.

Wildewood, Wildewood.

Ik had maar één week om me voor te bereiden.

* * *

'POPULAR' (uit *Wicked*) had een maand lang de hele dag
op repeat gestaan, dus een lied kiezen was niet moeilijk. Ik kende elk stukje tekst, elke ademhaling, elke noot. En
voor de monoloog vroeg ik na de volgende les op woensdag
het advies van Miss Delilah. Ze gaf me de balkonscène uit

Romeo en Julia. Volgens haar was die perfect voor een meisje van mijn leeftijd en zouden de regisseurs onder de indruk zijn van zo'n klassieke keuze. 'Je moet je gevoelens uiten!' riep Miss Delilah, terwijl ze mijn arm greep. 'Je hartstocht uiten! Zo!' Ze haalde adem en begon zelf Julia te spelen:

O Rómeo, Romeo, wáárom bén je Romeo?
(opgewonden rondkijkend)
Ontkén je vader *(schuddend met haar vuist)* en zweer af die naam.
(hijgend, alsof ze moeite moest doen om tot zichzelf te komen)
Wíl je dat níét, *(treurig en bedeesd omlaag kijkend)*
zwéér dan dat je van me hóúdt! *(luid en extatisch)*
En dan ben ik géén Capuletti meer. *(heroïsch, met gebalde vuist)*

Ik NAM het boek dat Miss Delilah me gaf mee naar huis, leerde de regels van buiten en oefende op mijn kamer: 'Ontkén je vader *(schuddend met mijn vuist)* 'en zweer af die naam' *(hijg)* – maar als ik de tekst op die manier uitsprak, klonk mijn stem in mijn hoofd onecht en deden mijn gebaren vals aan.

Al dat extatische gedoe en dat geschud met vuisten – het was heftig, oké, maar waarom voelde het niet goed?

Ik vroeg of mijn moeder wilde kijken terwijl ik de monoloog deed. Ze bleef geduldig op een krukje in de keuken zitten terwijl ik hem uitsprak, maar ik zag hoe haar ogen afdwaalden naar haar open laptop en haar wat te doen-lijstje.

Toen ik klaar was klapte ze. 'Je bent een schat, Sarah,' zei ze. 'Ik hoop dat je de rol krijgt.'

'Argggh!'

'Huh?' Mijn moeder leek echt verbaasd.

'Je zegt helemaal niks!'

'Wat moet ik dan zeggen?'

Ik gebaarde naar haar: 'Je kijkt niet eens! Je moet iets zeggen!'

'Ik zeg toch dat ik hoop dat je die rol krijgt.'

'Het is geen rol!' zei ik stampvoetend.

'Wat dan wel?'

'Een zomercursus. Dat heb ik je toch verteld.'

'O.' Ze keek verontschuldigend. 'Sorry.'

Ik voelde me rot. 'Nou, wat vind je ervan?'

Mijn moeder zweeg even, alsof ze zat na te denken over een diepzinnige opmerking die ze ging maken over Julia's emoties. 'Ik vind het zo leuk om te zien dat je een nieuwe hobby hebt,' zei ze ten slotte.

De dag daarna deed ik de monoloog voor mijn vader. Hij zei dat het geweldig was en dat hij erg trots was, en vroeg of ik wel wist waar Verona lag. Als ik wilde kon hij het me wel even boven op de wereldbol laten zien.

Ik liet het hem aanwijzen en daarna hadden we het er niet meer over.

D E ZATERDAG voor de auditie ging ik naar de kapsalon op Garden Place. Een man van middelbare leeftijd met maffe blonde krullen zei dat ik zonder afspraak terechtkon.

'Kort!' zei ik tegen hem, terwijl ik mijn staart losmaakte en mijn lange haar schudde.

'Weet je het zeker?'

'Tot op mijn kin.'

'Dat is een hele verandering.'

'En een pony, en achter een beetje opgeknipt.'

'Je hebt mooi haar,' zei de kapper. 'Heel vrouwelijk. Wat zou je ervan vinden als ik het in laagjes zou knippen, dat is wat zachter, en het dan afknip tot halverwege je rug, waardoor het wat voller wordt?'

Alle meisjes in Brenton hebben lang haar. Zacht haar, in laagjes geknipt, zodat het wat voller wordt. 'Ik wil niet meer vrouwelijk zijn,' antwoordde ik. 'Sorry hoor.'

Mijn lange, donkerbruine haar viel op de hardhouten vloer van de salon. Toen hij klaar was zag het meisje in de spiegel er ouder uit. Aantrekkelijk.

Ik liep de kapperszaak uit. Het waaide en er viel natte sneeuw, zoals vaak in februari. Ik nam de bus naar Cleveland en ging naar de tweedehandskledingwinkel waar ik vroeger voordat ik naar dansles ging wel eens kwam snuffelen. Ik had mijn vakantiespaargeld in mijn zak – 350 dollar.

Ik kocht twee suède minirokjes, knielaarzen, een crème-kleurig leren jasje, twee vintagejurken en vier T-shirts met opschriften als INSTITUUT VOOR PSYCHIATRISCHE DELIN-QUENTEN KENTUCKY. Plus twee glitterbaretten, een paarse ribbroek, rode ballerina's met spitse neuzen en een trui bedekt met lovertjes.

Ik had het gevoel dat ik mezelf niet meer terugkende.

Ontken je vader en zweer af die naam.

IJ DE AUDITIES hingen overal tieners rond. Op de grond, op banken, leunend tegen de muren. Ze waren aan het stretchen of deden inzingoefeningen. Een stel verveeld kijkende ouders zat aan een kant van de zaal kranten en tijdschriften te lezen. Van achter een deur klonk luid een piano.

Ik vond een plekje op de grond en haalde de tekst van mijn monoloog tevoorschijn, die ik op een velletje uit een schrift had geschreven. 'O Rómeo, Romeo, wáárom bén je Romeo?'

Er kwam een jongen naast me zitten.

Douglas Howard.

Ik wist wie hij was. Hij was nieuw dit jaar en ik had gezien dat hij op school in zijn eentje zat te eten. Hij had een donkere huid en een kortgeschoren afrokapsel, maar hij ging niet om met het kliekje Afro-Amerikaanse leerlingen op school. Eigenlijk leek het alsof hij met niemand omging. In de klas zei hij bijna nooit iets.

Elke keer dat ik hem had gezien had hij donkere, onopvallende kleren aan gehad. Een spijkerbroek en een sweatshirt. Maar vandaag niet. Vandaag had Douglas Howard zich in een nauwsluitend zilveren shirt en een rode trainingsbroek gestoken en had hij een bolhoed op.

Hij gaf me lachend een por in mijn ribben met zijn elleboog en zei verwijtend:

'Hé jij! Jij zit ook toch ook op Brenton highschool.'

'Ja,' zei ik. 'Ik heb je daar wel eens gezien.'

Hij was mager maar goedgebouwd – ik zag de spieren van zijn benen door de dunne stof van zijn broek. Een gezicht met hoge jukbeenderen, grote ogen en een volle mond. De huid op zijn wangen was bobbelig op de plaatsen waar hij zich moest beginnen te scheren, en hij trok een brede grijns. 'Douglas Howard jr. Maar je moet me Demi noemen.'

'Demi?'

'Net als demi-finale. Of demi-plié. Of demi-monde. Maar niet als Demi Moore.'

'Oké.'

'Dat komt omdat ik Douglas junior ben. Mijn hele familie noemt me zo. Alsof ik de helft van mijn vader ben. Snap je? Grappig hè, ha ha. Maar het is beter dan Douglas, dus ik laat het maar zo.'

Ik sloeg mijn ogen op en stak mijn hand uit. 'Sarah Paulson.'

'Mmm. Ik dacht van niet,' zei Demi.

'Hoezo?'

'Niet met dat haar.'

'Ik heb het net laten knippen.'

'Dat weet ik. Heeft iemand je al gezegd dat je op Liza Minelli lijkt?'

In de wereld van Demi is dat het grootste compliment dat je kunt krijgen. Demi is dol op Liza. Hij zou eigenlijk Liza willen zíjn. Niet de Liza van nu. De Liza van toen, die Oscars won en een ster was op Broadway – een vreemde, kwetsbare figuur, die danste als een zwarte kat en met een stem die schalde als een trompet.

Ik sprong overeind, greep de houten stoel naast me vast, griste de bolhoed van Demi's hoofd en nam de houding aan van de poster van *Cabaret*: een voet op de zitting van de stoel, het andere been gestrekt, hoed schuin voor mijn ogen.

'O, perféct!' riep Demi. 'Je bent geweldig!'

'De beste film.'

'De beste. Dat is het leven, toch? Een cabaret.'

'Een cabaret.'

We zwegen even. Ik ging weer zitten.

'Ik weet wat je denkt,' kondigde Demi aan.

'Niet.'

'Jawel. Zal ik het je vertellen?'

'Ga je gang.'

'Jij denkt, waar komt die mooie zwarte jongen in dat zilveren shirt toch vandaan? Ik kom die vent ook wel tegen op school, maar dan ziet hij er niet hálf zo goed uit als vandaag.'

'Ik dacht aan Julia,' zei ik. 'Maar dit had ook gekund.'

'Julia? Die is pas veertien. Verspil je energie er niet aan om te proberen háár uit te beelden.'

Ik lachte.

'Ik wacht mijn tijd af,' zei Demi. 'Vandaar.'

'Hoe bedoel je?'

'Totdat ik naar New York kan. Ik ga naar school, ik maak mijn huiswerk en ik draag mijn onopvallende heteroplunje. Niemand ziet me. Niemand hoort me. Niemand praat tegen me. Zodat geen enkele bevooroordeelde, homofobe macho op het idee komt me in de kleedkamers te grazen te nemen.'

Ik knikte. Als ik naar Demi luisterde had ik het gevoel of ik mijn vingers in een stopcontact stak. Ik kreeg een schok – van vreugde, herkenning of wat dan ook – en ik kon me niet herinneren dat ik zoiets ooit eerder had meegemaakt, zelfs niet op tapdansles.

'Die ellende is me het vorig jaar overkomen, toen we nog in Michigan woonden, en ik zorg er wel voor dat het me niet nog een keer overkomt,' ging hij door.

'Ik snap het,' zei ik. 'Ik zal het tegen niemand zeggen.'

'Oké. Genoeg over mij,' zei Demi, terwijl hij zijn hand onder zijn bolhoed stak en mijn haar aanraakte. 'Nu die naam van jou.'

'Wat is er mis met mijn naam?'

'Sarah? Alsjeblieft.'

'Wat?'

'Mensen die Sarah heten zijn saai. Lief, klein en schattig,' zei Demi. 'Ben jij saai en lief, klein en schattig?'

Ik moest toegeven dat dat niet zo was. Maar in Brenton was dat juist altijd een probleem geweest.

'Nee,' ging hij verder. 'Jij bent... Eens kijken. Jij bent...'

'Lang.'

'Lang, ja. En eigenwijs. En schattig kan ik je niet noemen, niet met die neus,' zei hij. 'Maar je bent... dramatisch.'

'Wacht even, ga je mijn neus afkraken?'

'Nee, "dramatisch" is te simpel. Je bent... slungelig-sexy. Dat is het.'

'Wát ben ik?'

'Slungelig-sexy. En dat wil zeggen dat je géén Sarah bent.'

Hm.

Demi had al duidelijk gemaakt dat hij homo was. Maar ik vond het toch wel leuk dat hij dat zei. Zelfs uit die opmerking over mijn neus sprak nog waardering voor me. Alsof hij echt zag wie ik was.

Met die Verborgen Grootsheid.

Het was alsof we op dat moment een beetje verliefd op elkaar werden. Ook al was dat niet echt zo.

'Denk je dat Frances Gumm met zo'n stomme naam door het leven wilde gaan, terwijl ze stond te popelen om haar ongelooflijke talent te uiten?' vroeg Demi. 'Nee. Ze veranderde haar naam in –'

'Judy Garland,' onderbrak ik hem.

'Goed zo. En wat deed Norma Jean Baker?'

'Marilyn Monroe.'

'Zie je wel,' voerde Demi aan. 'Een wereld van verschil. Norma Jean. Marilyn. Die eerste is een aardige bibliothecaresse. Die andere een seksgodin.'

Ik had nog steeds zijn bolhoed op, dus zette ik die een tikje schuin. 'En hoe zou ik dan moeten heten?'

'Sarah. Sarah...' mompelde hij. 'Wat zijn je bijnamen?'

'Ik weet niet. Sally. Sarie?'

'Nee, iets exotischer. Voornamer. Zarah misschien.'

'Of Sadie. Dat vind ik best leuk.'

Demi nam me onderzoekend op. 'Sadie. Dat past wel bij je. Alleen, dan wel Sadye, met een Y, net als Liza met een Z.'

'Spel het eens.'

'S-a-d-y-e.'

Het klonk dramatisch, grappig en slungelig-sexy. 'Oké, dat is het. Dat ben ik,' zei ik beslist. Ik trok het inschrijfformulier voor Wildewood uit mijn tas en zocht een pen.

Sarah streepte ik door. En ik vulde Sadye in.

EEN MEDEWERKER deed een mededeling. We zouden een voor een de studio worden binnengeroepen. We kregen twee minuten voor de monoloog, zestien maten voor het lied, plus een minuut voor vragen en antwoorden. Om vier uur moesten we allemaal weer komen opdagen voor de dansauditie.

Demi was derde. Hij deed een dramatische monoloog uit *Topdog/Underdog* en een liedje uit *Hair*.

Tijdens de eerste twee audities hoorden we door de deur heen alleen maar het gedempte gebons van de piano, maar toen Demi zong, kwam elke noot er doorheen.

Hij deed 'Manchester, England', het lied, waarin Claude fantaseert (of jokt) dat hij uit Manchester komt, en niet uit Flushing, New York, omdat hij meent dat dat beter klinkt. Hij noemt zichzelf een 'genie genie' en gelooft zo sterk in zichzelf dat hij denkt dat zelfs God in hem gelooft.

Het lied was heel erg Demi, helemaal. Ook al kende ik hem pas een uur, dat wist ik. Hij zong het nummer zo luid dat iedereen op de gang zijn mond hield en luisterde. En ook de hoge tonen haalde hij met het grootste gemak

Hij was klaar. Tijdens het stellen van vragen bleef het stil achter de deur.

Demi kwam naar buiten en zakte dramatisch op de vloer van de gang ineen.

'Je bent vast door,' zei ik.

'Heb je me gehoord?'

'Nou en of!'

Hij keek naar de gesloten deur, waardoor we alleen maar het gebonk van de piano op de lage tonen hoorden terwijl de volgende zong. 'Dan moet ik wel erg hard hebben gezongen, hè?'

'Mm-mm.'

'Nou ja, hard is best,' zei Demi. 'Wildewood, ik kom eraan!'

HET UUR DAARNA babbelden Demi en ik over *Rent* en over school en over hoe wij dachten dat het op Wildewood zou zijn als we erdoor kwamen – maar ik kon me niet meer concentreren. Ik begon in paniek te raken. Julia op het balkon was nog maar mijn kleinste zorg. Want als je zo moest zingen als Demi om op Wildewood te komen, had ik geen schijn van kans.

Als je de soundtrack van *Wicked* hebt gehoord, weet je dat 'Popular' wordt uitgevoerd door een klein blond ding (Kristin Chenoweth) met een ongelooflijke stem, die varieert van komisch nasaal tot moeiteloos hoog en zuiver. Het is een grappig liedje: Glinda, later Galinda, de 'goede' heks van het Noorden, biedt de eenvoudige Elphaba, die een groene huidskleur heeft, aan haar te veranderen. Elphaba wordt later de boze heks van het Westen.

Mijn versie had onder de douche best goed geklonken. Ik had mijn best gedaan mijn stem net zo levendig en helder te laten klinken als die van Kristin, en al moest ik toegeven dat de hoge tonen lastig voor me waren, ik had het gevoel dat het over het algemeen best goed klonk.

Maar nu, nadat ik Demi had gehoord, wist ik dat het niet ging. Waarom had ik in hemelsnaam een liedje gekozen voor een blond poppetje van een meter vijftig met een opleiding tot operazangeres?

Ik dacht aan dat iele stemmetje dat uit mijn lange, slungelige lijf kwam. Mijn geforceerde hoge tonen. Mijn totale gebrek aan levendigheid en Kristinachtige zuiverheid. 'Ik kan het maar beter opgeven,' viel ik Demi in de rede.

'Wat? Hoezo?'

'Kijk eens naar me. Ik heb helemaal niets Kristinachtigs. Ik moet een andere liedje doen.'

Hij wist meteen wat ik bedoelde. 'Wat doe je?' vroeg hij.

'*Charlie Brown* of *Wicked*?' (Kristin won een Tony Award voor de rol van Sally in *You're a Good Man, Charlie Brown*).

'"Popular".'

'Oké,' zei Demi zakelijk. 'Luister, je moet één ding bedenken. Je bent géén Kristin.'

'Duh.'

'Nee, dat moet je niet zeggen. Ik bedoel, niemand is Kristin. En het is waar, je hebt helemaal niets Kristinachtigs. Maar dat maakt niet uit, want die mensen daarbinnen willen helemaal niet dat jij probeert te doen alsof je Kristin bent, zelfs al was je nog Kristinneriger dan Kristin zelf. Zij willen Sadye zien en erachter komen wat Sadye kan.'

'Ik kan niet zo zingen als jij, geloof me.'

'Dat kan niemand,' zei Demi resoluut. 'Maar je moet gebruikmaken van wat je wél hebt. Zoals je neus.'

Ik gaf hem een klap op zijn arm.

'Ik meen het serieus,' zei Demi. 'Jij hebt wel wat van Barbra.' (Hij bedoelde Barbra Streisand.) 'Je gaat uit van die neus, die een heleboel andere meisjes lelijk zou maken, en jij maakt hem fantastisch.'

Hij meende dus dat ik mijn neus bewust gebruikte. En misschien was dat ook wel zo. 'Dus?' vroeg ik.

'Dus. Moet je datzelfde met je stem doen.'

EEN HALFUUR LATER werd mijn naam geroepen. Mijn keel voelde droog aan en mijn handpalmen waren vochtig. Met mijn inschrijvingsformulier en bladmuziek in mijn hand geklemd ging ik naar binnen.

Achter een tafel zaten drie mensen. Heel gewone blanke

volwassenen met een spijkerbroek en een trui aan – twee vrouwen en een dikkige, viezige man met een bruine baard. Iemand stak zijn hand uit om mijn inschrijvingsformulier aan te pakken en gebaarde me de bladmuziek aan de pianist te geven. 'Sadye Paulson. Begin maar met de monoloog.'

'Julia op het balkon,' zei ik en de man met de baard snoof. Alsof hij hetzelfde stuk die dag al drie keer had gehoord.

Ik haalde diep adem en dacht aan wat Demi had gezegd.

'Je moet gebruikmaken van wat je wél hebt.'

Laten zien wat Sadye kan.

En terwijl ik de eerste woorden uitsprak besefte ik dat Miss Delilah de scène misschien wel op de juiste manier had voorgedaan; het was misschien wel precies wat die mensen van Wildewood wilden zien; écht acteerwerk – maar dat was niet wat ik te bieden had. Ik had nog nooit acteerlessen gehad en ik was absoluut niet in staat in twee minuten hevige tegenstrijdige emoties uit te beelden zonder dat het gemaakt overkwam.

Dus zei ik de tekst. Alsof ik praatte. Alsof het net zo normaal was om 'Waarom ben je Romeo' te zeggen als 'Waarom heet je in godsnaam Romeo?'

Ik deed geen van de gebaren die ik had ingestudeerd. Ik liet mijn armen langs mijn zij hangen en terwijl ik de tekst uitsprak dacht ik niet aan Romeo, of aan een denkbeeldig vriendje, zoals ik had geprobeerd tijdens het repeteren, maar aan iets wat ik heel graag wilde.

Julia en ik wilden allebei iets heel erg graag. Zij wilde bij Romeo zijn. En ik wilde naar Wildewood met Demi.

'Dank je,' zei de man met de baard toen ik klaar was. 'Nu mag je het lied doen.' Zijn stem was hoger dan je zou verwachten van iemand met zijn postuur, en drukte geen enkele emotie of stimulans uit.

De pianist zette meteen het refrein in. Ik had het liedje geoefend met lieve, kleine, Kristinachtige gebaartjes, waardoor ik zo hard en zuiver mogelijk kon zingen – maar dat moest ik veranderen, anders kwam ik nooit door de auditie heen.

Ik griste Demi's bolhoed van de klapstoel waar ik hem bij het binnenkomen op had gelegd – en tikte hem via mijn arm op mijn hoofd (een trucje dat ik op tapdansles had geleerd). Ik nam een houding aan.

Ik kon niet zingen als Kristin Chenoweth – dus wat nu? Ik zou het ook niet proberen. Ik zou doen wat ík kon. Wat Sadye kon.

Ik voerde het gevarieerde sopraannummer brommend uit – ik zong de tekst met de meest on-Kristinachtige stem die ik had.

Ik was ironisch, ik was hooghartig, ik was gezaghebbend. Ik was misschien ook wel een tikje belachelijk en raar.

En ik danste. Een of andere Bob Fosse-imitatie die ik ter plekke bedacht.

En terwijl ik bezig was – die zestien maten lang – dacht ik niet na. Ik dacht er niet over na hoe mijn stem klonk, of welke gevoelens ik moest voelen, of hoe ik na *flirt and flounce*' moest ademhalen om het eind van de regel te kunnen halen.

Ik deed het gewoon.

Toen ik klaar was, voelde ik een bizar mengsel van schaamte en opgetogenheid.

Was ik fantastisch geweest of had ik voor gek gestaan?

De gezichten van de juryleden waren uitdrukkingsloos.
En ik dacht, ik heb ten minste iets opvallends gedaan.
Ik heb iets gedáán. Iets wat écht Sadye is.
Ik zat niet thuis naar musicals op tv te kijken. Ik was hier en uitte mijn Verborgen Grootsheid.

'Dank je,' zei de man koeltjes. 'En vertel ons nu eens waarom je deze zomer naar Wildewood wil komen?'

Ik wist dat ze me deze vraag zouden stellen; Demi had het me al verteld. En ik had willen zeggen dat ik het musicalvak wilde leren en dat ik graag met een groep theater wilde maken.

In plaats daarvan flapte ik eruit: 'Ik wil weg uit Ohio.'

En ze begonnen allemaal te lachen.

NADERHAND was ik een beetje door het dolle heen. Ik wist niet of ik het totaal had verknald – of het fantastisch had gedaan. Demi stelde voor even ergens iets te gaan eten en we werden drijfnat toen het plotseling begon te gieten. Maar in plaats van hard terug te hollen door de regen, met mijn schouders opgetrokken tot aan mijn oren, zoals ik meestal deed, stond ik in de plassen te dansen en te spetteren. Ik stelde me enorm aan, om mijn zenuwen te verbergen.

Demi begon te lachen en brulde: '*Singin' in the rain*', terwijl hij mijn handen pakte en me over de stoep liet rondzwieren.

We vonden een broodjeszaak en gingen naar binnen, nog steeds zingend. Klanten met vochtig haar en een zuur gezicht keken fronsend op van hun eten. Maar het maakte ons niets uit. Wij voelden ons een soort zonnetjes die de zaak een beetje opvrolijkten.

We haalden wat te drinken.

We bestelden een subsandwich met gehaktballen.

Om Demi aan het lachen te maken maakte ik het volgende, niet helemaal geslaagde lied:

Bal gehakt, o bal gehakt
Klein rond balletje vlees (vlees vlees!)
Zwemmend in je saus ben je
een hapje dat ik heel graag eet (eet eet!)

En toch, als ik er verder over nadenk
word ik wel een beetje naar.
Zijn het misschien staarten, ogen,
botten, darmen, waar ik nu naar staar.
Heeft de kok me soms bedrogen
en is mijn bal een afvalbal,
en dus...
denk ik maar niet verder na
voordat ik mijn lunch vergal!

Bal gehakt, o bal gehakt
Klein rond balletje vlees (vlees vlees!)
Zwemmend in je saus ben je
een hapje dat ik heel graag eet (eet eet!)

Daar konden tekstschrijvers nog een puntje aan zuigen!

De baas van de broodjeszaak vroeg ons beleefd ons een beetje in te houden, maar dat mislukte totaal. We werden eruit gegooid vanwege meerstemmig gezang over de verdachte inhoud van de vleesproducten van het bedrijf en moesten de regen weer in. De rest van onze broodjes aten we op onder de luifel en toen renden we terug voor de dansauditie.

(klik)

Sadye: Het is nog steeds 24 juni.

Demi: En we zitten nog steeds in de auto.

Sadye: Het is zo verschrikkelijk druk op de weg.

Demi: Kilometerslange files.

Sadye: En we moeten piesen.

Demi: Hier achterin is het een puinhoop. Sadye heeft haar popcorn door het hele busje gestrooid.

Sadye: Demi bleef de hele musical *Rent* zingen, totdat we hem dwongen op te houden. Hij zong 'The tango, Maureen' helemaal in zijn eentje.

Demi: Met verschillende stemmen! En Sadye deed een dansinterpretatie.

Sadye: Mét mijn veiligheidsriem om!

Demi: Veiligheid voorop, dat is ons motto. Je overtrof jezelf in 'Seasons of love'.

Sadye: Dank je.

Demi: Graag gedaan.

Sadye: Trouwens, we hebben de recorder maar weer aangezet, omdat we wilden vertellen welke doelen we op Wildewood willen bereiken. Dat we dit aan het eind van de zomer kunnen afluisteren, om te zien of we ze ook bereikt hebben.

Demi: Oké, wat zijn jouw doelen, Sadye?

Sadye: Ik wil een rol met tekst krijgen.

Demi: Je doet jezelf tekort, lieverd. Kleiner dan klein, zo stel je je op.

Sadye: Oké...hm.

Demi: Kom op, voor de draad ermee.

Sadye: Ik wil leren zingen.

Demi: Mooi zo. Verder nog iets?

Sadye: Ik wil erachter komen of ik goed ben in dit soort dingen. Of ik het verdien hier te zijn.

Demi: *(lachend)* Mijn enige doel is de totale heerschappij.

Sadye: Hallo!

Demi: Dat wil ik echt.

Sadye: Weet je wat ik denk?

Demi: Wat?

Sadye: Niet over die totale heerschappij. Maar over wat jij deze zomer zou moeten doen?

Demi: Wat dan?

Sadye: Ik denk dat je op zoek moet naar de liefde.

(klik)

NA DE AUDITIES namen Demi en ik de bus naar huis. En waren voortaan onafscheidelijk.

Op school hield hij zich gedeisd – hij had zijn streven naar onzichtbaarheid geperfectioneerd. We lunchten samen, lachten samen om de tutjes en stopten elkaar briefjes toe op de gang.

Ze dachten dat we een stelletje waren.

En in zekere zin was dat ook zo.

Ik was niet dat Kristinachtige, vanilleachtige soort meisje waar de jongens in Brenton op vielen en nadat ik Demi had ontmoet zag echt niemand me meer staan. Ik was 'bezet'. Hij belde me voortdurend, kwam bij ons thuis eten, ging met me naar de film, kocht cadeautjes voor me en deed de meeste dingen die een vriendje voor je doet. Ik dacht nauwelijks meer aan iemand anders.

Wat hem betreft, leek het er niet op dat iemand interesse voor hem had. Demi wist al vanaf zijn tiende dat hij homo was en had het op zijn vijftiende tegen zijn ouders verteld. Maar hij had nog nooit een vriendje gehad. Dat kwam door een combinatie van gebrek aan mogelijkheden en de afkeuring van zijn ouders. Zijn vader was advocaat en zijn moeder deed iets in verzekeringen. Toen hij hun had verteld dat hij homo was had zijn moeder hem omhelsd en hem een stevige nepknuffel gegeven en zijn vader had hem op zijn schouder geklopt en gezegd: 'Je bent onze zoon en we accepteren je zoals je bent' – alsof ze het al een tijdje hadden vermoed. Een paar dagen later zag hij een beduimeld exemplaar van *Als je kind homoseksueel is: hulpgids voor liefdevolle ouders* in de achterbak van zijn moeders auto liggen.

Het punt was dat ze het niet écht accepteerden. Ik zag het als ik bij Demi thuiskwam. Ik heb heel vaak bij zijn ouders gegeten. Zijn vader was vreselijk aardig – als hij verhalen vertelde over een of andere wedstrijd waar hij naartoe was geweest of over iets wat op een feestje van kantoor was gebeurd – maar zodra hij echt contact met Demi had werd hij heel afgemeten en onecht en had hij niets meer te vertellen. Hij dwong zichzelf te lachen en Demi op zijn schouder te kloppen, maar je kon zien dat hij zijn zoon maar een slappe dweil van een vent vond in plaats van de hetero die voor de kleinkinderen waarop hij had gehoopt zou zorgen, en dat hij wel deed of hij van hem hield en hem wilde helpen, maar dat niet echt zo voelde.

Bij zijn moeder was het precies zo. Als je bij Demi thuis was kreeg je het gevoel dat je in een slechte comedy verzeild was geraakt. De mensen zagen er mooi uit, maakten leuke grappen, het decor was mooi en de huiskamer groter dan die van de meeste mensen – maar niemand had echt contact met elkaar. Niemand leek echt.

Demi wist dus dat een echt vriendje van vlees en bloed – zo hij dat in het saaie, deprimerende Brenton al had kunnen vinden – een schok teweeg zou brengen in dat ijzige huis waarin hij woonde. Zijn ouders vonden het prima dat hij homo was, zolang ze er maar niets van merkten.

Ik had tenminste nog ouders die van me hielden, hoe saai ze verder ook waren.

Demi had niemand.

Daarom zei ik in de auto dat Demi op zoek moest naar de liefde. Een goed uiterlijk, hersens, geld en talent: al het andere had hij al.

* * *

J E BRENGT JE KIND niet acht jaar lang naar jazz- en tapdanslessen zonder een homo tegen te komen. Mijn ouders waren dan misschien wel brave burgers, maar ze waren allang gewend aan het idee van homoseksualiteit. De jazzleraar bij Miss Delilah, Mr. Trocadero, was een flamboyante man en ze kenden hem al jaren.

Ze vonden Demi aardig en hoewel hij zich eerst gedroeg als een onzichtbare heterojongen als zij in de buurt waren, werd het al snel duidelijk dat ze zich nergens over opwonden en het eigenlijk nauwelijks merkten of hij er al dan niet was – dus kon hij net zo goed zichzelf zijn.

Demi vindt het uiteraard heel vervelend als hij niet gezien wordt, tenzij hij met opzet onzichtbaar is, dus werd het al snel een spelletje van ons om te zien of wij mijn ouders aan het lachen konden maken of hun rustig leventje konden verstoren. Maar dat lukte nooit. Ze zagen hem (en mij) als druktemakers die hen maar matig konden boeien.

De kinderen zitten op de bank te springen. Zucht. Nou ja, dan lees ik de krant wel in de stoel.

De kinderen proberen *Godspell* uit te voeren met kussenslopen op hun hoofd. Ach ja, laten ze zich maar amuseren, dan ga ik wel aan de keukentafel zitten om rekeningen te betalen.

De kinderen zingen onder het eten luidkeels liedjes over gehaktballen. Hm. Lekkere tomatensaus. Heb je een ander merk gekocht, schat?

De kinderen maken op liedjes uit *Fiddler on the Roof* een choreografie van half pornografische dansnummers. Heeft iemand misschien mijn bril gezien?

Zoiets.

HET WAS LENTE geworden. De tuinen in onze wijk stonden in bloei en elke zaterdag duwden vaders grasmaaiers over het gazon. In het park werd gevoetbald. Mijn moeder ging de keuken opnieuw betegelen en mijn vader sloot zich aan bij een club mensen die waren geïnteresseerd in de geschiedenis van de Amerikaanse Burgeroorlog.

Demi en ik keken zestien keer naar *Cabaret*. (Ja, we hebben het geteld.) Een dag lang spraken we alleen maar met een eng Duits accent. We kochten nepneuzen in een theater- en kostuumwinkel in Cleveland, plakten ze op met huidlijm en droegen ze toen we gingen winkelen. Toen Demi's ouders weg waren regisseerde ik *My Fair Lady: de travestieversie* bij hem in de huiskamer, voor een wild enthousiast publiek van nul toeschouwers. Ik speelde Henry Higgins, kolonel Pickering, Freddy Eynsford-Hill en Alfred P. Doolittle, terwijl Demi Eliza en de andere rollen speelde.

We waren elkaars redding, als je van redding kunt spreken als die de vorm aanneemt van bodyglitter en cd's en het zingen van 'Hot Lunch' op de achterbank van een streekbus.

En dus was mijn leven niet saai meer; maar was het fantastisch – zolang ik bij Demi was.

WE KREGEN op dezelfde dag een brief waarin stond dat we tot Wildewood waren toegelaten.

Hij was erdoor. Ik was erdoor.

We waren wat we gehoopt hadden.

Goed genoeg. Geweldig. Getalenteerd.

En – dankzij Liza Minelli of welke andere goden en godinnen theatergekke, maffe tieners ook beschermen – we konden wég uit Ohio.

Op 24 juni pakten we onze bladmuziek en onze danskleding in, kochten grote voorraden chips en frisdrank in, raakten de kaart kwijt en vonden hem weer, kibbelden over welke platen we voor onderweg zouden meenemen, deden bodyglitter op en stapten in paps geliefde minibusje om te beginnen aan de eindeloze rit naar Wildewood.

Demi: Wacht even, hé, oeps – *(bons, kraak)*

Sadye: Je maakt hem nog kapot!

Demi: Echt niet. Zie je? Hij draait nog.

Sadye: Oké.

Demi: Nou ja. *(haalt diep adem)* Twee uur na ons vorige bericht willen we graag bekendmaken dat we het eindelijk zíén.

Sadye: We rijden over een lange oprijlaan met bomen.

Demi: *(teleurgesteld)* Het ziet eruit als een soort kostschool.

Sadye: Het ís ook een kostschool. Een academie voor podiumkunsten. Die het hele jaar open is.

Demi: Ja, maar vind je niet dat het er wat – wat theatraler – uit zou moeten zien?

Sadye: Nee.

Demi: Het ziet er veel te bekakt uit. We hebben geen zes uur in de auto gezeten om op een of andere kakschool terecht te komen.

Sadye: Ten behoeve van het nageslacht wil ik opmerken dat Demi zit te zeiken over hoe het gebouw eruit ziet. Dat zal wel komen omdat hij vandaag niks anders heeft gegeten dan chips, patat en frietsticks.

Demi: Niet waar. Ik heb twee cola's op en wat van die popcorn van jou.

Sadye: Jij wordt altijd chagrijnig van een overdosis aan chips.

Demi: Ten behoeve van het nageslacht wil ik opmerken dat Wildewood bestaat uit een verzameling keurige bakstenen gebouwen en groene gazons, gelegen aan de schitterende oever van het Ontariomeer en –

Sadye: *(onderbreekt hem)* Ooo! Daar heb je een van de theaters. Het Kaufmantheater, zie je?

Demi: Ooo! Oké, ik zeg al niks meer. Wat een groot theater. Wat een loeigroot theater.

Sadye: Zet dat ding eens uit. We zijn er.

(bons, klik)

WE HIELDEN STIL voor de studentenverblijven en parkeerden de auto. Demi sprong uit het busje en ik liep achter hem aan; we deden een waggelend vreugdedansje zodra onze voeten de grond raakten.

Toen was hij weg.

Pas toen mijn vader ons had aangemeld en Demi's koffers naar het ene studentenverblijf en de mijne naar het andere had gesleept, drong het tot me door dat we niet bij elkaar zouden blijven. (Omdat Demi's ouders half juni waren vertrokken voor een tweede huwelijksreis/rondreis/safari door Europa, was mijn vader verantwoordelijk voor ons alle twee.)

Meisjes en jongens gescheiden.

In de bus naar Cleveland hadden Demi en ik op elkaars schouders geslapen. In de bioscoop hadden we elkaars hand vastgehouden en samen gehuild over de dood van Tony in *West Side Story*. Een keer had hij bij mij thuis zelfs gepiest terwijl ik onder de douche stond. Hij had zijn capuchon zo ver over zijn hoofd getrokken dat die zijn ogen bedekte en kwam zingend binnen:

Ik kijk niet naar je,
nee nee nee.
Jij kijkt niet naar mij,
nee nee nee.
Ik wil je magere meisjesbillen
niet zien.
Ik wil alleen
echt alleen
maar piesen!

We hadden het erover gehad dat we samen naar Wildewood zouden gaan. We deden werkelijk alles samen – en nu liep hij dat bakstenen gebouw binnen, kwam terug om zich te melden bij weer iemand anders met een klembord, nam zijn informatiepakket aan en verdween weer.

Weg.

Pap sleepte mijn koffers naar mijn kamer, terwijl ik naar een plattegrond van het terrein keek en van iemand van de leiding een infopakket kreeg.

'Ga je even mee naar de dansstudio's kijken?' vroeg ik toen mijn vader terugkwam. 'Ze hebben ook nog vijf verschillende theaters.'

Hij keek op zijn horloge.

'Toe pap,' vroeg ik. 'Ga even mee lunchen om te kijken wat voor eten ze in de kantine hebben.'

'Ik wil de drukte vermijden, Sarah. Je moeder wil vanmiddag samen tegels gaan uitzoeken.'

'Maar ze heeft die vloer toch al klaar.'

'Dit is voor de muurtegels.'

'Wil je niet even rondkijken, je benen even strekken?'

Hij gaf me een schouderklopje. 'Ik kan maar beter gaan.' Hij gaf me een zoen en stapte in het busje.

De dansstudio's bestonden uit een aantal ruimtes op de begane grond van een oud natuurstenen gebouw, met ramen hoog in de muren en deuren die openstonden om de warme junilucht binnen te laten. Er was niemand in de buurt, dus ging ik naar binnen.

De vloeren waren versleten, maar de spiegels glansden en er stonden geen piano's maar kleine vleugels – heel wat anders dan die aftandse gewone piano's die bij Miss Delilah in een hoekje van de ruimte stonden. Ik tapte een beetje, met mijn laarzen aan en liep toen de gang door om een kijkje te nemen in de meisjeskleedkamer. Er was een grote spiegel met een rand van gloeilampen en er hing de vertrouwde geur van zweet en leren schoenen. Ik drukte op een schakelaar om de lampen aan te doen en bekeek mezelf in de spiegel; door de overdaad aan licht leek ik ouder. Ik staarde naar mijn korte, bijna zwarte haar, mijn zwaar opgemaakte ogen, mijn knielaarzen met blote benen, het paarse minirokje en de glitternagellak.

Niemand op Wildewood kent Sarah Paulson, dacht ik.

En niemand zou haar leren kennen. Hier kon ik helemaal Sadye zijn. Ik zou gebruikmaken van mijn grote neus, mijn slungelig-sexy lijf, mijn lengte en mijn obsessie voor Broadway-musicals. Alles waardoor ik in Brenton een buitenbeentje was zou me hier bijzonder maken. Ik zou mijn Grootsheid laten zien. Niet alleen aan Demi.

Aan de grote, wilde wereld.

'Sadye, Sadye, Sadye,' fluisterde ik tegen het meisje in de spiegel. 'Laat me zien wat je kan.'

* * *

IN EEN VAN de studio's speelde iemand piano. 'Big Spender.' Het liedje uit *Sweet Charity*. Er zijn blazers bij nodig – het is een brutaal, schuin nummer, dat wordt gezongen door een stel verlopen meiden die in een slonzige club met mannen dansen voor geld – maar het pianoarrangement klonk heel goed. Ik liep de gang door en keek naar binnen.

Aan de vleugel zat een jongen van mijn leeftijd. Aziatisch-Amerikaans, normaal gebouwd, ongeveer even lang als ik. Borstelig zwart haar en een lang, ovalen gezicht. Een brede neus die misschien wel een keer gebroken was. Felle ogen en een vaalblauw T-shirt. Hij had zijn ogen op de piano gericht en was volledig geconcentreerd. Ik zag zijn rugspieren bewegen door de dunne stof. Hij had bijna geen haar op zijn armen.

Ik liep naar de piano en leunde er overheen om hem te zien spelen.

Hij keek niet op, maar ik voelde dat hij wist dat ik daar stond. Hij zweette licht in de hitte.

Ik had nog nooit een jongen van mijn leeftijd piano zien spelen. Het zag eruit als een mengeling van seks en muziektheater.

Er gleed een druppeltje vocht over zijn nek naar beneden.

'Volgens mij is *Charity* een van de meest ondergewaardeerde grote musicals,' zei ik, toen hij klaar was met 'Big Spender'. 'Wat die versie met Christina Applegate betreft weet ik het niet. Ik vind Shirley MacLaine beter.'

'Ze zijn alle twee te oud.' De jongen keek naar me op, maar speelde met zijn rechterhand een paar akkoorden uit, denk ik, 'Rich man's frug'. 'Gwen Verdon en Debbie Allen waren ook te oud.'

'Heb je Christina gezien? Ik heb alleen de cd.'

'Ik woon in Brooklyn,' zei hij. 'Ik ga tamelijk vaak naar het theater, als ik tenminste geld heb.'

'Hoe vond je haar?'

'Goed. Ik vond haar goed. Maar volgens mij moet Charity worden gespeeld door iemand van voor in de twintig.'

'Vind je het niet nóg tragischer als ze oud is?' vroeg ik. 'Als ze zo vaak is gebruikt dat ze het niet meer kan tellen en ze toch nog gelooft in de liefde, nog steeds hoopt dat ze haar ellendige leven kan veranderen?'

De jongen dacht even na. 'Misschien. Maar misschien is het nóg triester als ze dat allemaal al heeft meegemaakt als ze pas eenentwintig is. Dan is het einde ook niet zo ongeloofwaardig. Dat ze misschien nog wel kán veranderen.'

'Ik wil de cast van *The music man* altijd veranderen,' zei ik. 'Die bibliothecaresse, Marian, moet zo'n intellectueel type zijn dat Franse schrijvers als Balzac leest in zo'n conservatief stadje, en dan casten ze haar toch altijd als zo'n door en door Amerikaans blondje. Volgens mij moet ze veel huiselijker zijn.'

Hij dacht na. 'Je hebt een punt. Maar ik heb wel een zwak voor die Amerikaanse blondjes.'

Ik zuchtte. 'Alle jongens wel, geloof ik.'

De jongen lachte. Hij heette Theo. Hij zat op een particuliere school en speelde piano bij alle schoolvoorstellingen. 'Ik denk erover componist te worden,' zei hij. 'Theatercomponist. Maar toen ik vorig jaar auditie deed kwam ik als Sky Masterson in *Guys and Dolls* terecht, in plaats van in het orkest, dus ben ik hiernaartoe gekomen om te zien of ik dit ook kan.'

'Ik ook', zei ik.

'Iedereen hier.'

Ik vroeg hem hoe New York was en Theo vertelde dat er straten waren met aan de ene kant sociale woningbouw en aan de andere kant chique herenhuizen van twee miljoen dollar. Een hele straat met alleen maar Indiase restaurants. Een park ontworpen om mensen te laten verdwalen. Dat je op straat zonnebrillen kunt kopen, in honderden kleuren, allemaal even goedkoop. Hij vertelde dat zijn ouders geen auto hadden. Ze bestelden hun boodschappen via internet en lieten ze bezorgen. Ze deden alles met de metro. Zijn moeder was hoogleraar rechten, zijn vader boekillustrator.

Ik vertelde hem – nou ja, over Brenton was niet veel te vertellen. Dus vertelde ik over Demi. Hoe we in onze huiskamer *Godspell Kussensloop* en *Sexy Fiddler* hadden opgevoerd, waarbij ik de regie en choreografie had gedaan, Demi de kostuums en de decors had ontworpen, we alle rollen zelf hadden gespeeld en mijn dove en oude ouders er amper iets van hadden gemerkt.

Theo luisterde en begon te lachen – maar hij vroeg alleen maar iets toen ik vertelde dat mijn moeder gehandicapt was. 'Bedoel je dat je gebarentaal kent?'

43

'Ja,' zei ik met tegenzin.

'Wat goed.'

'Ach, ik weet niet.'

'Mijn ouders wilden altijd dat ik Chinees zou leren en ik spreek het een klein beetje, maar toen ik op school zat kon ik vloeken in het Mandarijn. Ik kan het niet schrijven.'

'Niemand schrijft gebarentaal.'

'Maar je bent wel tweetalig.'

'Nee.'

'Spreek je het vloeiend?'

'Ja.'

Niemand, zelfs Demi niet, had het ooit zo gezegd. Ik ben tweetalig, dacht ik. Ik spreek een andere taal vloeiend.

'Ik vind het leuk als mensen gebarentaal spreken,' zei Theo, terwijl hij zijn vinger over de toetsen haalde. 'Dat komt denk ik doordat ik piano speel. Ik ben geïnteresseerd wat mensen met hun handen doen.'

'Speel nog eens iets,' zei ik, terwijl ik op de pianokruk ging zitten.

Hij speelde liedjes uit *Cabaret*, *West Side Story* en *Grease*, wat ik maar vroeg.

Allemaal uit zijn hoofd. Zonder ook maar een noot te missen.

Ik dacht dat ik misschien wel verliefd was.

* * *

MIJN KAMER was op de begane grond. Hij was groter dan mijn kamer thuis, met een donkere houten vloer, een oude radiator, twee stapelbedden en ramen die uitkeken op de jongensverblijven. Vier goedkope houten ladekasten en een eigen badkamer met heel primitief sanitair. Op een bordje aan de binnenkant van de deur stond: TUSSEN 8 UUR 'S AVONDS EN 8 UUR 'S OCHTENDS MAG IN DE SLAAPKAMERS NIET WORDEN GEZONGEN OF OP MUZIEKINSTRUMENTEN WORDEN GESPEELD. DEZE UREN ZIJN OM TE SLAPEN, TE RUSTEN EN TE STUDEREN.

Een van mijn drie kamergenotes, Isadora, lag in een van de bovenste stapelbedden toen ik binnenkwam. 'Noem me maar Iz,' zei ze. 'Dat doet iedereen.'

Ze had een korte broek van spijkerstof en een bikinibovenstukje aan. Ze had gespierde benen en grote ogen. Krachtige kaken, een pokdalige huid en krullend bruin haar.

Ik ritste mijn reistas open en begon uit te pakken, ik hing mijn kettingen over de bovenkant van de spiegel en mijn lovertjestrui over het uiteinde van het stapelbed als decoratie, omdat het waarschijnlijk toch te warm zou zijn om hem aan te doen. Ik had een koker bij me met daarin een affiche van *Wicked* en eentje van de film *Cabaret*. Van Iz leende ik plakband.

Waar ik vandaan kwam?

Ohio. En zij?

San Diego. Iz zat op een speciale kunstopleiding, waar ze zang en dans deed. Deed ik aan tapdansen?

Ja. En zij?

Ja. Jazz?

Ja. Jazz?

Ja. Ballet?

Niet echt. Ballet?

Niet echt. Welke voorstellingen?

Wat?

Aan welke voorstellingen had ik meegedaan?

O. Hm. Een medley uit *West Side Story* bij Miss Delilah. Welke voorstellingen had zij gedaan?

Damn Yankees, *Kiss Me Kate* en *Born Yesterday*, vorig jaar op school. Allemaal hoofdrollen.

O. Wow.

Wat voor keuzevakken deed ik?

Theatervechttechnieken en Klassiek blijspel. En die van haar?

Auditievoorbereiding en Klassiek blijspel!

'Ik wilde ook Auditievoorbereiding doen, maar ik werd niet toegelaten,' zei ik.

'Dat wil iedereen,' zei Iz en strekte haar voeten, zodat ze het plafond raakten. 'Dit is mijn derde jaar hier en ik moest drie jaar wachten totdat ik werd toegelaten. Ze selecteren heel streng.'

Ik stond net op het punt haar nog meer te vragen, toen een witblonde roze massa de kamer inkeek, knikte en zwaaide alsof ze wilde zeggen: Ik zal jullie niet storen, verdween en vervolgens achterstevoren de kamer binnenkwam, een enorme reistas achter zich aanzeulend.

Iz en ik hielden onze mond. Het dikke meisje klom zwetend op het tweede stapelbed, trok een enorm affiche van *Jekyll & Hyde* uit een koker en plakte die tegen het plafond – vermoedelijk om ernaar te kunnen kijken voordat ze in slaap viel.

Ieegh.

Ik bedoel, het is één ding dat ik *Wicked* en *Cabaret* op de muur bij de kasten plak, of dat Iz Harry Connick Jr. in *Pajama Game* op de ene kant van de badkamerdeur plakt, en Hugh Jackman in *Oklahoma!* op de andere – dat zijn geweldige shows. Hugh en Harry zijn allebei hot. Maar het is iets heel anders als een bizarre kerel, een halfmonster met een gespleten persoonlijkheid een prostituee bijt. Dat is wat er gebeurt op dat *Jekyll & Hyde*-affiche. Ik had de musical niet gezien, maar ik had het boek gelezen bij Engels, dus ik wist dat dr. Jekyll elke keer dat hij een toverdrank drinkt verandert in een kreupele moordenaar met een bochel, en zo iemand wil je absoluut níét van boven je bed op je laten neerstaren.

'Ik ben Sadye,' zei ik tegen het nieuwe meisje, nadat ze klaar was met plakken. 'En dat is Isadora.'

'Candie.' Haar roze topje deed haar bezwete, verhitte gezicht nog rozer lijken. Ze zag er net zo lachwekkend uit als een witte dwergpoedel.

'Iz,' zei ik, 'Raad eens wat de favoriete show is van onze kamergenote?'

Isadora deed haar ogen dicht en deed alsof ze diep nadacht. 'Eh... *Jekyll & Hyde*?'

Candie knikte.

'Ik dacht dat die jaren geleden al gestopt was,' zei Iz.

'In 2001. Maar ik heb hem toch gezien, ook al was ik pas elf.' Candie raakte het affiche voorzichtig aan. 'Het was een verjaardagscadeautje. Ik heb hem gezien tijdens de tour, met Chuck Wagner, weet je wel, die jongen die erin zat voor Bob erin kwam. Hij was fantastisch. Ik heb alle verschillende opnames.'

Ik had geen idee waar ze het over had. Ze deed alsof die

Bob de president van Amerika was, of Liza Minelli of zo iemand.

'Ik heb twee keer een voorstelling met Chuck gezien. En vorig jaar heb ik op school Emma gespeeld.' Candies gezicht begon te stralen. 'We moesten extra voorstellingen inlassen; het was echt een enorm succes.'

'Mooi,' zei ik.

'Ik wilde eigenlijk Lucy zijn, natuurlijk, iedereen wil Lucy zijn – dat is de mooiste rol – maar ik was ook tevreden met Emma.' Candie keek met een verliefde blik naar de prent van dat halfmonster met zijn gespleten persoonlijkheid. 'Mijn vriendje speelde de hoofdrol. Tenminste, toen was hij mijn vriendje. Nu zijn we uit elkaar.'

We kwamen er al snel achter dat Candies voornaamste eigenschap was dat ze geen enkele terughoudendheid had. Ze legde haar hele leven bloot voor volslagen vreemden. Ze was geobsedeerd door die hele *Jekyll & Hyde*-ervaring met dat ex-vriendje, en niet in staat ook maar een moment te bedenken dat ze misschien wel niet helemaal normaal overkwam op de mensen in haar omgeving.

Haar grootste zorg in Wildewood was dat ze een goed plekje moest vinden voor al haar Jekkie-souvenirs – er kwamen er nu een heleboel uit haar reistas tevoorschijn– en ze was niet in staat ergens anders aan te denken totdat ze die op haar bureau had geïnstalleerd. Bladmuziek, diverse albums, *playbills*, een karaoke-cd, het programma van haar schoolvoorstelling en een foto met handtekening van Bob die ze, vertelde ze, op eBay had gekocht.

Ze kwam uit New Jersey, afslag nummer acht, hahaha, dat is een grap uit New Jersey. Ze was de jongste van vijf kinderen; haar keuzevakken waren Auditievoorbereiding en Kostuumontwerp, zij en haar ex-vriendje waren voor elkaar bestemd en ze wist dat hij uiteindelijk bij haar terug zou komen, want dat was het lot; ze wilde tien pond afvallen – nee misschien wel vijftien; ze hoopte dat we vriendinnen zouden worden; ze was nerveus voor de danslessen; haar moeder was een maand geleden met haar naar 'de stad' geweest om *Phantom of the Opera* te zien en wat zouden wij morgen op de auditie zingen? Zij zong 'Memory' uit *Cats* en ze was zo nerveus dat ze niet meer normaal kon denken.

Eigenlijk gedroeg Candie zich precies zoals ik me vóélde. Opgewonden, druk, nieuwsgierig. Maar Candie was zo'n open boek, ze stelde zich zo verschrikkelijk afhankelijk op – dat ik de neiging had me terug te trekken.

Ik zou Groot worden op Wildewood. Geen gapend gat dat schreeuwde om aandacht.

'Ik ben een dramatische mezzo', zei Iz. 'Die hoofdrollen voor een hoge sopraan krijg ik toch niet, dus dat hoef ik niet eens te proberen. Ik doe 'Sandra Dee' uit *Grease*.'

'O, dat is zo'n fantastisch nummer,' zei Candie. 'Ik ben dol op *Grease*. Wat doe jij, Sadye?'

'"Popular",' zei ik, terwijl ik voor de spiegel eyeliner opbracht. 'Uit *Wicked*.'

'Dus jij bent een sopraan?' vroeg ze.

Ik wist het niet.

Wat was dát nou?

Hoe kon het dat ik dat niet wist?

'Vorig jaar hebben we hier *Grease* en *West Side Story* gedaan,' zei Iz, voordat ik antwoord kon geven. 'Beide keren was ik de vrolijke sidekick van de sopraanhoofdrol. Dat is mijn lot. Altijd sidekick te blijven.'

'Heb jij Anita gespeeld?' Ik was menige saaie wiskunde-les doorgekomen door me voor te stellen dat ik Anita in *West Side Story* was.

'Ja. Ik had een jurk die was uitgesneden tot hier...' Iz wees een centimeter of vijf boven haar navel.

'Wow!'

'Maar Rizzo was leuker, eigenlijk.'

'Wacht eens, was jij hier vorig jaar ook?' vroeg Candie.

Isadora knikte. 'Dit is mijn derde zomer. Het eerste jaar was ik pas vijftien, dus toen kreeg ik alleen kleine rolletjes.'

'Zoals?' vroeg ik, terwijl ik dacht, hoe erg kan het worden?

'Ik was wees in *Annie* – alle jongste kinderen werden wees, omdat wij klein waren – en ik heb "Turn back, o man" in *Godspell* gezongen.'

'O, maar dat is goed!' barstte ik uit.

'Oké,' zei Iz. 'Maar het tweede jaar was leuker.'

'Waarom zat jij in twee voorstellingen?' vroeg Candie. 'Ik dacht dat we er allemaal één deden.'

'*Godspell* en *Grease* waren Tiendaagses,' antwoordde Iz.

'Oké, stop even,' zei ik. 'Wat is een Tiendaagse?'

Terwijl Iz met Candie en mij over de groene gazons langs de bakstenen gebouwen liep naar een strandje bij het meer ten zuiden van het campusterrein, legde ze ons uit hoe het er op Wildewood aan toeging. Best wel eng.

We zouden die avond een oriëntatiepraatje te horen krijgen en de volgende dag kregen we een rondleiding over het campusterrein, vrije tijd om elkaar beter te leren kennen en een dansavond. 'Daarna begint het pas echt,' zei Iz. De twee volgende dagen werden besteed aan openbare audities, officieel Voorronde Liederen en Monologen geheten. We moesten allemaal groepsgewijs een dans doen en vervolgens in de roodfluwelen stoelen van het Kaufmantheater toekijken hoe de anderen het er bij de zestien maten van hun nummers en hun monoloog van twee minuten vanaf brachten. Jacob Morales was de directeur van de zomercursus. Hij zou vanavond het praatje houden en voorzitter zijn bij de audities – en hij was (volgens Iz) geniaal. Een Broadway-regisseur, juist klaar met de succesvoorstelling van het afgelopen seizoen, een reprise van *Oliver!*

(Toen ik dat hoorde wilde ik het uitschreeuwen, maar ik kon me nog net inhouden. *Oliver! Oliver!* waar Demi en ik de hele ochtend naar hadden geluisterd! Waarom had ik niet op Google opgezocht wie er allemaal aan de cursus meewerkten?)

Iz had twee jaar achter elkaar acteerles van Morales gehad en hij had haar geregisseerd in *Godspell* en *Grease*. 'Hij doet altijd de Tiendaagses,' zei ze, 'Daarom is het zo goed als je daarin zit. Ik heb zo veel van hem geleerd.'

'Zoals?' vroeg ik.

Ze gaf geen antwoord. We deden onze schoenen uit om in het zand te gaan lopen, en ze bukte zich om de gespen van haar sandalen los te maken. 'Die Tiendaagses zijn er omdat ze willen dat je voor publiek optreedt,' legde ze uit. De regisseurs willen dat we meteen zelf een stuk doen, voordat de andere voorstellingen klaar zijn. Zodat we meteen de smaak te pakken krijgen.'

'O ja.'

'Na de audities komt iedereen in een voorstelling. De repetities daarvoor zijn 's middags. Maar sommige mensen zitten ook nog in de Tiendaagse en dan moet je 's avonds re-

peteren en kun je niet meedoen aan het recreatieve programma. Soms word je zelfs 's ochtends uit de les gehaald,
omdat die voorstelling zo snel mogelijk klaar moet zijn.' Iz
lachte blij. 'Dat is zó stressen!'

'Ging dat ook zo bij *Grease*?' Candie stak een teen in het
ijskoude water van het meer. Ze had schattige voetjes en witte glitterlak op haar nagels. Dansers hebben nooit schattige
voetjes.

'En *Godspell*,' zei Iz. 'Op de avond na de audities komen
Morales en de andere regisseurs bij elkaar om de cast te be-
spreken. Dat wordt meestal nachtwerk – want ze moeten 's
ochtends, voor het ontbijt voor elke voorstelling een castlijst
hebben.'

Er waren vier musicals, legde ze uit, plus de Tiendaagse,
plus een gewoon klassiek stuk, meestal Shakespeare. 'Maar
niemand wil in zo'n gewoon stuk,' zei ze. 'Geloof me, dat is
een vergaarbak voor mensen zonder talent.'

Candie kreunde. 'Als ik in *Hamlet* terechtkwam, zou ik
doodgaan.'

'Wacht eens even. Heb jij gehoord dat ze *Hamlet* doen?'
vroeg Iz, terwijl ze haar gespannen aankeek.

Candie haalde haar schouders op. 'Hoe moet ik dat weten?
Ik wil gewoon geen Shakespeare doen,' zei Candie. 'Daar begrijp ik nooit iets van.'

'Je moet Shakespeare kunnen doen als je actrice wil worden,' zei ik.

'Je moet actéúr zeggen,' verbeterde Iz me. 'Dat zeggen ze
hier. Of je nou een jongen of een meisje bent, iedereen is acteur.'

'Shakespeare is de grootste toneelschrijver ooit,' zei ik

tegen Candie. 'Als je dat niet durft wordt het nooit iets met je.'

Candie schudde haar kroezige krullen. 'Ik wil gewoon een stuk met muziek doen. Ik wou dat ik kon dansen.'

'Nou,' zei ik, 'Heb je les?'

'Nee.'

'Heb je geen dansles?'

'Ik zei toch nee.'

'Dan heb je het nog nooit geprobeerd. Je moet jaren hebben gestudeerd voordat je serieus kunt klagen dat je niet kunt dansen. Anders is het een smoes.'

Ik deed vreselijk tegen Candie, dat wist ik. Neerbuigend. Iets in die onverhulde angst en vreemde obsessies van Candie – iets in haar lompe, appelvormige lichaam – maakte me bang.

Bang dat ik bij haar terecht zou komen.

Ik wist dat ik kon dansen. En toch had ik hetzelfde gevoel als Candie: ik wist niet of ik wel goed genoeg zou zijn. En ik baalde van de manier waarop Iz me op mijn nummer had gezet – 'Je moet actéúr zeggen. Dat zeggen ze hier.' Dat ze me eraan had herinnerd hoe weinig ik wist. En het was zo irritant dat wat Iz een slechte rol had genoemd juist een rol was die ik dolgraag zou willen hebben ('Turn Back, O Man') en dat ze zo overtuigd was van zichzelf. 'Ze kennen me allemaal hier,' zei ze op een gegeven moment. 'Als je in één jaar Anita en Rizzo speelt kennen alle docenten je wel.'

Ik wil niet doen alsof Iz verschrikkelijk was. Dat was niet zo. Het was meer alsof ze barstte van de verhalen en tips en opwinding, ze liep er van over, ze wist zo veel en ze had al in zo veel voorstellingen gestaan. Eigenlijk hielp ze ons. Ze was gul, maar tegelijkertijd herinnerde elke zin die ze uitsprak ons eraan dat zij een veteraan was die al in twee fantastische musicals flinke rollen had gespeeld, terwijl wij bange groentjes waren die nog niet eens wisten wat een Tiendaagse was.

Wat Iz daar op dat strand werkelijk tegen Candie en mij zei, was dat zij zo goed en zo ervaren was dat we niet aan haar konden tippen. En ik zei tegen Candie dat ze niet zo hard had gewerkt als ik en niet de drive had die ze moest hebben. En Candie had nog niet in de gaten dat het allemaal draaide om status en liet al haar onzekerheden zien.

Ja, ik was gemeen tegen Candie.

Ja, het was aardiger geweest als ik Iz had laten uitweiden over al haar talenten. Maar dat deed ik niet.

Ik was niet naar Wildewood gekomen om me bij de eerste de beste uitdaging terug te trekken. Ik was gekomen om te laten zien wat ik kon, toch? Om mijn Grootsheid te uiten.

Ik ging in het zand op mijn handen staan en spreidde mijn benen in de lucht. Een perfecte split van 180 graden met een voorwaartse overslag.

Toen deed ik het nog een keer.

Ik legde Iz het zwijgen op.

Maar alleen tijdelijk.

T OEN WE TERUGKWAMEN om ons te gaan klaarmaken voor het eten was onze vierde kamergenote bezig haar haar te borstelen. Ze heette Nanette, een rossig blond meisje met een spitse kin en een zo klein lichaampje dat je zou hebben gedacht dat ze twaalf was. We waren nog niet bij de kantine of we wisten al dat ze op haar zevende Chip had gespeeld in een Broadway-productie van *Beauty and the Beast* en daarna in een tourproductie van *Annie* understudy van de hoofdrol was geweest. Vervolgens had ze, weer op Broadway, Jemima gespeeld in *Chitty Chitty Bang Bang*, in Los Angeles een reprise van *A little Night Music* gedaan en daarna een tournee van negen maanden langs de westkust gemaakt in *Fiddler on the Roof*. Ze was zestien, maar omdat ze zo klein was speelde ze de jongste dochter van Tevje.

'Ik kom hier om uit te rusten,' zei ze. 'Eventjes niet werken. Maar ik zou het theater te veel missen als ik deze zomer helemaal niets deed.'

'Zit je nog op school?' vroeg ik terwijl we onze bladen mee de kantine in namen en gingen zitten.

'Op de PCS.'

'De wat?'

'Heb je daar nog nooit van gehoord?'

'Nee.'

'De Professional Children's School in New York. Een school voor kinderen die in de kunst werken; ze mailen je je huiswerk en zo, zodat je bij kunt blijven terwijl je op tournee bent.'

'O.'

'Ik ben er de afgelopen twee jaar amper geweest. Alleen maar gefaxt en gemaild. Je krijgt een laptop mee.'

'Gaat je vader of moeder met je mee? Op tournee?'

'Vroeger mijn vader. Ik heb nog twee zusjes en een broer, dus mijn moeder kon niet. Maar toen ik *Night Music* kreeg, was mijn jongere zusje Kylie net begonnen in reclamespotjes, dus moest mijn vader thuisblijven om haar auditie-schema te regelen. En mijn broertje zit in een soap, dus daar helpt mijn vader ook bij. Maar maak je geen zorgen' – Nanette lachte om mijn verbaasde gezicht – 'ik verbleef bij een gastgezin. En bij *Fiddler* hield mijn stagemanager een oogje in het zeil. Dat is zo'n schat. We lijken wel zussen.' Nanette nam een hap van een zompig uitziende taco en legde hem weer neer. 'Heb jij een vriendje?'

Ik schrok van de wending die het gesprek nam, maar schudde mijn hoofd. 'Waar ik vandaan kom houden de jongens van vanille-ijs,' zei ik. 'Ik geloof dat ik meer muntijs met chocolade ben.'

'Ha!' Nanette barstte in lachen uit. 'Wees blij. Leidt die vanillevoorkeur tot een ernstig vriendjestekort?'

Ik knikte. 'Ik hoop die situatie deze zomer te verbeteren.'

'Ik houd van muntijs met chocolade. Het is bijzonder. En groen, dat is apart. Ik geloof dat ik meer... eens kijken, toffee ben. Is dat ook een smaak? Ziet eruit als vanille, maar met knapperige stukjes toffee erdoor. Met een beetje verbrand smaakje.'

'Wat ben ik?' vroeg Candie.

Nanette nam haar keurend op. 'Eens kijken. Heb jíj een vriendje?'

'Vroeger wel.' Candie wikkelde een haarlok om haar wijsvinger. 'Nu niet meer. Geloof ik.'

'Weet je dat niet?'

'Hij is mijn vriendje niet meer,' zei Candie. 'Maar een tijdje wel.'

'Ik denk dat jij aardbei bent,' stelde ik voor.

'Waarom?'

'Je hebt iets rozes aan. Je houdt van roze en wit.'

Candie trok haar neus op. 'Ik wil geen aardbei zijn,' zei ze. 'Ik wil iets anders zijn.'

'Ik ben chocolade met stukjes chocoladetoffee,' maakte Iz bekend. 'En voordat jullie het vragen, ja, ik heb een vriendje.'

We spitsten allemaal onze oren. Iz vertelde over haar vriendje, Wolf, die motorreed, zijn eindexamen al had gedaan en de hele zomer op haar zat te wachten terwijl zij hier was. Ze waren al op het derde honk gekomen, maar nog niet all the way; hij werkte in een platenzaak en was dol was op Avenue Q en Coldplay, allebei. 'Hij weet alles van muziek,' vertelde ze. 'Na mijn eindexamen vormen we een band en word ik leadzangeres.'

'Heb jij een vriendje, Nanette?' wilde ik weten. Zij was het gesprek immers begonnen.

Ze schudde haar hoofd. 'Er zaten geen jongens van mijn leeftijd in *Fiddler*. Ik heb al jaren geen behoorlijke jongens meer in mijn buurt. Dat is een risico van mijn beroep.' Ze keek de kantine rond. 'Ik wed dat de helft van die jongens homo is.'

'Ja,' zei ik. 'Maar weet je, de andere helft niet.'

'En misschien houden die wel van muntijs met chocolade.' Nanette lachte.

'Of toffee.'

'Niemand houdt van aardbei,' kreunde Candie. 'Aardbei is een kindersmaak.'

Ik voelde me rot dat ik op het strand zo naar tegen haar gedaan had. 'Je hoeft geen aardbei te zijn. Je kan ook kersenroomijs zijn.'

Candie lachte. 'Oké, dat is goed. Kersenroomijs.'

Iz ging staan. 'Nu we het toch –'

'Wat?'

'Over hetero's hebben,' zei ze. 'Die jongen daar is echt een munt-chocoladetype. Ik ga eens met hem praten, eens kijken of ik hem zover krijg dat hij straks naar onze kamer komt om, eh... te proeven.'

'Gatver!' gilde Nanette. 'Laten we alsjeblieft ophouden met dit spelletje, als het daarop uitdraait.'

'Welke?' wilde ik weten.

'Die daar met die groene capuchon.'

Ik keek. Het was een lange jongen met een rond gezicht en een brede grijns. Beugelbek. Een hand vol ringen. Stekelkapsel stijf van de gel.

'Hij speelde Kenickie in *Grease*,' zei Iz, alsof dat alles was wat ik wilde weten. 'Ik heb hem dus al gezoend en echt, hij kan het. Hij heet James.'

Ze pakte haar blad van tafel en liep de kantine door, terwijl ze keihard gilde: '*Greased Lightnin'*!'

Nanette at een frietje en ging over op een ander onderwerp. 'Ik heb gehoord dat ze dit jaar *Bye Bye Birdie* en *Little Shop of Horrors* doen.'

We leunden naar haar toe. 'Hoe weet je dat?' fluisterde Candie. 'Je bent er net.'

'Mijn agente kent Jake.' Nanette haalde haar schouders op. 'Ze heeft hem gebeld en het hem gevraagd – en dat zei hij.'

'Wie is Jake?'

'Jake Morales? Dat is alleen maar de directeur van het hele zaakje.'

'O.'

'We doen ook nog *Midzomernacht*, omdat ze altijd een gewoon stuk moeten doen, iets klassieks,' zei Nanette.

'*Een Midzomernachtdroom*?' vroeg Candie, en haar roze gezichtje verbleekte bij de gedachte aan Shakespeare.

'Hallo! Welke andere *Midzomernacht* is er verder nog?'

Candie sloeg haar ogen neer en nam een hapje fruitsalade.

'Wat nog meer?' vroeg ik. 'Zijn er niet vijf voorstellingen? O, wacht even, nee, vijf plus de Tiendaagse is zes.'

'Tiendaagse?'

Aha. Nanette wist niets over de Tiendaagse en Candie en ik waren blij haar op de hoogte te kunnen brengen, alsof wij oude rotten in het vak waren.

'Jake zei *Birdie*, *Midzomernacht*, *Little Shop*, *Showboat*, *Guys and Dolls*, en... o ja, *Cats*,' ging Nanette verder, terwijl ze de voorstellingen op haar vingers telde.

'*Cats*!' gilde Candie. 'Ik ben dol op *Cats*!'

'Niet zo hard, schattebout,' zei Nanette. 'Je hoort níét dol te zijn op *Cats*.'

Iz was weer terug bij ons tafeltje. 'O nee, niet *Cats* hè!'

'Jawel,' zei Nanette, met een opgewonden stem, alsof ze echt geschrokken was. '*Cats*.'

'Die heb ik in het Winter Garden Theater gezien, een van de allerlaatste voorstellingen,' zei Candie. 'Het was echt fantastisch! Waarom vind je dat niet leuk?'

Oké. Voor het geval je nog nooit van *Cats* hebt gehoord – omdat de voorstelling al een hele tijd niet meer loopt en Candie hem gezien moet hebben toen ze nog heel klein was – het was de langstlopende Broadway-show aller tijden, met als poezen verklede mensen die dansten op een kattenmanier. Er is één treurige, oudere straatkat die doodgaat en naar de kattenhemel gaat, maar de andere katten springen gelukkig in het rond en zingen over zichzelf.

Cats is een van die stukken die iedereen geweldig vond toen het uitkwam, omdat het was gebaseerd op een gedicht van T.S. Eliot, dat echt grappig is, en hij is een beroemd dichter. Maar toen werd het zo'n afgezaagde toeristentrekker dat mensen er alleen naartoe gingen omdat het zo'n beroemd stuk was, niet omdat het kunst was.

Zelfs Demi en ik, diep in de provincie, hadden in de gaten dat het gênant was als je *Cats* leuk vond. Maar Candie was er dol op.

'Maakt niet uit,' zei Nanette minachtend, en bracht Iz op de hoogte van de voorstellingen die dit jaar op het programma stonden.

Toen ik de kantine uitliep, stond Theo bij de uitgang te praten met een groepje Wildewooders (zo noemden ze ons). Hij had een ander T-shirt aangetrokken en zijn haar was nog vochtig van de douche.

Ik was nerveus en ergens wilde ik verder lopen met mijn kamergenoten en niet achter hem aan, maar toen dacht ik – nee, ik ben hier om te krijgen wat ik wil. En die pianospelende jongen is een van de dingen die ik wil.

Ik moest iets doen. Desnoods op mijn bek gaan.

'Theo,' riep ik en hij draaide zich om. 'Loop je even mee naar mijn kamer, dan vertel ik je een geheimpje.'

Het werkte. Hij rende naar me toe en gaf me een speels tikje tegen mijn schouder. 'Dat wil ik wel, als dat geheimpje de moeite waard is.'

'Nou en of. Dat beloof ik je.'

Ik wilde hem aanraken, dus legde ik mijn hand in zijn nek en fluisterde in zijn oor: '*Showboat. Cats. Midzomernachtdroom. Bye Bye Birdie. Little Shop of Horrors.* O ja, en ... *Guys and Dolls.*'

'Weet je het zeker?' vroeg hij.

Ik schudde mijn hoofd. 'Maar een van mijn kamergenoten heeft inside-information.'

'Dat is iets voor mij,' zei hij, terwijl we over het pad naar de studentenverblijven liepen. 'Dat is míjn voorstelling en míjn rol. Sky Masterson.'

'Ik weet het.'

'Wat een mooi geheimpje, Sadye,' zei Theo. 'Heb je nog meer geheimpjes?'

'Misschien,' antwoordde ik. 'Eerst eens kijken hoe goed jij me ergens naar toe kunt brengen.'

'O, maar daar ben ik erg goed in. Zie je dat niet? Kijk maar hoe ik mijn ene voet voor mijn andere zet, alsof ik dat al mijn hele leven heb gedaan.'

Ik lachte.

'Je zult zien,' ging Theo door, 'dat ik je rechtstreeks naar je deur breng. Misschien kom ik zelfs eventjes binnen, als me dat extra geheimpjes oplevert.'

Hij wilde binnenkomen! Vergeet James/Kenickie. Theo, de pianojongen, kwam in mijn kamer. 'Pas een beetje op voor die *Jekyll & Hyde*-poster,' waarschuwde ik. 'Die is echt doodeng.'

'O, ik heb vandaag al wel ergere dingen meegemaakt,' zei hij. 'Een van mijn kamergenoten heeft een reusachtig affiche van Andrew Lloyd Webber opgehangen.'

We liepen langs de jongensverblijven toen ik Demi op de trap zag zitten. Hij zat een gele zak M&M's te eten en straalde. 'Sadye!' gilde hij, terwijl hij opsprong en me naar zich toe trok om me te omhelzen. 'O, lieve schat, ik moet je iets vertellen.'

'Wat is er? Waarom was je niet bij het eten?'

'Ik moet je iets vertellen!'

'Ik heb het wel gehoord. Demi, dit is Theo. Theo, Demi. Mijn vriend van thuis.'

'Hoi, hoi,' zei Demi en zwaaide even. 'Maar ik moet Sadye even van je afpakken. Sorry hoor, er is iets gebeurd, een dramatische wending in mijn leven en ik heb even advies van Sadye nodig.'

'O. Hm. Oké,' zei Theo aarzelend.

'Oké! Doeg!'

'Sorry!' riep ik, terwijl Demi me aan mijn arm de jongensverblijven in trok en Theo buiten achterbleef.

'Oké hoor!' riep hij terug.

'Wacht even!' zei ik tegen Demi, zodra we buiten gehoorsafstand waren. 'Wat vind je van hem? Is hij leuk of is hij niet leuk?'

'Heel Leuk. Tikje te klein voor je.'

'Ik denk dat hij mij ook leuk vindt. Ik ben hem tegengekomen in de dansstudio.'

'Laten we het er straks over hebben. Oké?'

'Hij bracht me naar mijn kamer. Jij hebt me bij hem weggesleept. Mag ik daar misschien even van balen!'

'Maar het is belangrijk!'

'Hé, ik weet welke voorstellingen we gaan doen!'

'Welke dan?'

'Nee, jij eerst. Nu je me toch al hebt weggesleept.'

'Eerst die voorstellingen.'

'Nee, ik wil weten wat je wilde vertellen.'

We liepen zijn kamer binnen, die er precies zo uitzag als die van mij, alleen veel minder versierd (jongens).

'Ik heb met iemand gezoend.' Demi stond te wiebelen van opwinding.

'Wat?'

'Ja hoor. Die jongen in de gang!'

'Niet waar.'

'Wel. Blake uit Boston. Blonde Blake uit Boston.'

Niet alleen had Demi nog nooit een vriendje gehad, ik denk dat hij ook nog nooit iemand had gezoend – al weet ik het niet helemaal zeker. Een jongen met zijn ego zou nooit toegeven dat hij op zijn zeventiende nog nooit had gezoend. Maar toen Demi nog in Detroit had gewoond was hij een uitgestoten, gepeste onderbouwer geweest – en in Brenton was hij zo onzichtbaar geweest dat zich nooit een kans had voorgedaan. Tenminste geen kans die hij kon aangrijpen.

'En, hoe is het gebeurd?' vroeg ik.

'Iedereen ging eten, maar ik voelde me zo smerig dat ik wilde douchen, en toen ik eruit kwam stak Blake zijn hoofd om de deur, zei hoe hij heette en vroeg of ik wist waar de kantine was.'

'Was je in je nakie?'

'Wat? Nee. Wat denk je wel dat ik voor iemand ben?'

'Je had toch gedoucht.'

'Nee, ik was al aangekleed.'

'Oké, dus Blake komt binnen en vraagt jou waar de kantine is, en...'

'Hij komt binnen en we stonden wat te babbelen, bla bla bla, over van alles en nog wat, dat hij dit voorjaar op school in *Oklahoma!* had gezeten, en ik zat op mijn onderbed en toen kwam hij naast me zitten en toen kuste hij me!'

'Zomaar ineens?'

'Ja, ik wéét dat het ongelooflijk is.'

'Dus een blonde jongen komt binnen en begint zomaar met jou te zoenen.'

'Ja!'

'En daarom was je niet bij het eten.'

'Yep!'

'Krijgen jullie nu iets?'

'Ik heb geen idee!' Het leek Demi onverschillig te laten. Hij ging helemaal op in de gedachte dat hij met iemand gezoend had.

'Ik moet hem zien!' Ik sprong op en rende naar de deur.

'Nee, niet doen!' Demi greep me lachend mij mijn arm. 'Dat kan niet. Als hij je ziet, weet hij dat ik je gestuurd heb!'

'Ach welnee. Hij denkt dat ik zomaar een meisje ben.'

'Sadye, je laat het! Je doet het niet! Oké, maar dan subtiel,' schreeuwde hij, terwijl ik mijn hand loswrikte en de deur opendeed. 'O nee, wacht even!' riep hij me na door de gang. 'Die kant! De andere kant op!'

Ik liep de andere kant op, totdat ik een deur zag met de naam Blake erop. Ik klopte en stak mijn hoofd om de deur. Een dikkige blanke jongen met een zwartgerande bril, een geruite bloes en een vintage broek aan lag op een van de bedden te lezen. 'Ik ben op zoek naar Blake,' zei ik.

'Iedereen is op zoek naar Blake,' zei hij. Hij sprak door zijn neus.

'O ja?'

'Hij lijkt wel een soort god,' zei de jongen. Toen maakte hij een zwaaiend gebaartje, alsof hij wilde zeggen dat ook hij wel werd aangetrokken door het sexappeal van Blonde Blake uit Boston. 'Ik ben Lyle. Wie ben jij?'

'Sadye.'

'Blake heeft niets met jou, Sadye, als je begrijpt wat ik bedoel.'

'O, dat weet ik wel.' Ik dempte mijn stem tot een fluistertoon. 'Ik wilde hem alleen even zien. Een soort verkenningsmissie voor een vriend.'

Lyle knikte.

'Wat een leuke broek,' zei ik. Ik meende het. Een zijdeachtige stof, donkerblauw met een zilveren glans erover.

'Dank je,' zei hij. En hij bloosde echt. Alsof hij niet vaak een complimentje van een meisje kreeg. 'Overmorgen zie je Blake trouwens toch, bij de vleeskeuring. Iedereen ziet 'm dan,' zei hij.

'De vleeskeuring?'

'De audities. We komen allemaal naar elkaar kijken.'

'Aha.'

'Zeg dat wel. Je ziet meteen wie er talent heeft – maar daar kun je toch niet veel aan doen. Morales kiest uit wie hij wil en de anderen krijgen de restjes, zo gaat dat. Daarom is het voornaamste doel van die audities eigenlijk – de romantiek.'

Lyle praatte als een waarnemer, niet als een deelnemer. Hij was dik en een beetje behaard voor iemand van onze leeftijd, en hij droeg die donkere bril en die vintage broek met zo'n gedurfde onhandigheid dat het mooi werd van lelijkheid.

65

'Hoe komt het dat jij zo goed op de hoogte bent?' vroeg ik.

'Ik zit hier het hele jaar door,' zei hij. 'En dit is mijn tweede zomer. Ik heb dat melodramatische gedoe vorig jaar ook al een keer meegemaakt.'

Ik plofte op het bed van Blonde Blake. Lyle had wel zin in een babbeltje. Hij vertelde dat Iz vorig jaar de rol van Anita had overgenomen toen het meisje dat de rol had voor de derde keer werd betrapt werd toen ze stiekem de campus af sloop en naar huis werd gestuurd, Daarvoor had ze alleen maar in het koor gezeten. Dat Blonde Blake uit Boston hier al op de eerste dag midden in de kamer opdrukoefeningen had gedaan, alsof hij geen vierentwintig uur zonder bodypumpen kon. Dat hij (Lyle) vorige zomer Smee was geweest in *Peter Pan*, en hoe de jongen die Captain Hook had gespeeld een strakke rode latex broek had moeten aantrekken, maar dat niemand hem had verteld dat hij daar het juiste ondergoed bij moest aandoen. Dat hij (Lyle weer) uit een kleine plaats in Vermont kwam en dat zijn moeder aan de drank was, zodat hij blij was dat hij naar kostschool werd gestuurd omdat 'het 's avonds soms erg vervelend werd'. Dat hij op Wildewood was toegelaten doordat hij op zijn dertiende Richard III voor zijn monoloog had gedaan. Hij had het boek gelezen van Anthony Sher, de steracteur van de Royal Shakespeare Company, waarin die schreef over het spelen van die rol, en alle details van Shers vertolking (zoals hij zich die voorstelde) gejat.

Ik vroeg hoe het was om fulltime op Wildewood te zitten, en hij zei dat het gewoon een soort kostschool was: je moest huiswerk maken, aan teamsport doen, er waren een heleboel mensen die klassieke muziek studeerden, ze kregen lessen in theatergeschiedenis, en er werden scènes van Ibsen en Tsjechov bestudeerd. 'Bij de zomercursus komt Morales,' legde hij uit. 'Weet je dat hij de reprise van *Oliver!* die momenteel op Broadway loopt heeft geregisseerd?'

Ik knikte.

'Het was fantastisch. We zijn er met een groepje met de bus naartoe geweest. Trouwens, als hij het voor het zeggen had, ging het hier allemaal over show.' Lyle maakte een theatraal gebaar. 'Dat gewone stuk is alleen maar een eis van de school om het klassieke repertoire erin te houden.'

Lyle was een goed verteller. Vol Verborgen Grootsheid.

Zo was het op Wildewood – bijna alle mensen die ik had ontmoet, hoe gewoon of onopvallend ze er ook uitzagen, leken iets uit te stralen. Als Lyle gewoon over straat liep zou hij vrijwel niet opvallen. Maar als Lyle praatte – met zijn handen zwaaide en gekke stemmetjes deed – kon ik mijn ogen niet van hem afhouden.

Lyle, Theo, Isadora, Nanette – allemaal waren ze grote persoonlijkheden. Persoonlijkheden met sterpotentie. Net als Demi. Ervan overtuigd dat ze geweldig waren en popelend om dat aan de wereld te laten zien.

En als ze dat niet waren, waren ze zoals Candie. Mensen bij wie je het diepst van hun ziel met ontstellende openheid van hun gezicht kon aflezen, die zo hunkerden dat je het voelde als je naar ze keek, waardoor je liever je hoofd afwendde. Er waren nogal wat van die groentjes op Wildewood, al waren het er lang niet zoveel als de sterren in de dop. De groentjes waren degenen die op school werden gepest. Die het gevoel hadden dat er thuis niemand was die hen begreep. Degenen die vluchtten naar het theater, in de hoop te worden gered van zichzelf – en soms gebeurde dat ook.

Mensen als Candie die naar de zomercursus kwamen, hadden – zelfs al waren ze niet populair, zelfs al waren ze niet mooi, zelfs al konden ze niet dansen, zelfs al hadden ze een armzalige rol in een nog armzaligere voorstelling – toch het gevoel dat ze thuis waren gekomen. Omdat het een wereld was waarin alles theater was, en er niets was wat ze zo graag wilden als dat.

Nu ik erover nadenk leek Demi misschien meer op hen dan ik wist.

I<small>K ZAT</small> al drie kwartier met Lyle te praten toen Demi zijn hoofd om de deur stak, op zoek naar mij. Ik was mijn verkenningsmissie zo vergeten dat ik verrast was hem te zien.

'Beste Sadye,' berispte hij mij, terwijl hij met een ruisend geluid binnenkwam in zijn favoriete zilveren bloes en bruine leren broek, met op zijn jukbeenderen glitter, 'ga jij in die duffe, oude rok naar de oriëntatie? Ik weet dat je er veel beter uit kan zien.'

De oriëntatie begon over tien minuten in het Kaufmantheater.

'Lyle, dit is mijn vriend Demi, van thuis,' zei ik. 'Demi, dit is Lyle: een echte fulltimestudent op Wildewood, Shakespeare-steracteur, voormalig sidekick van Captain James Hook en drager van voortreffelijke broeken.'

'Hoi,' zei Demi.

'Hoi,' zei Lyle.

En ik zag het. Aan de manier waarop Lyle naar zijn handen keek nadat ze aan elkaar waren voorgesteld. Aan de manier waarop hij tersluiks toekeek hoe Demi me in zijn opzichtige uitdossing over de vloer trok en tuttende geluidjes maakte over de kwaliteit van mijn outfit. Lyle zei: 'Waarom ga je je niet even verkleden, Sadye, dan komen Demi en ik je over vijf minuten bij je kamer ophalen' – en iedereen kon het zien.

Ik. En Demi.

Lyle was verliefd.

* * *

VOOR DE ORIËNTATIE verzamelden we ons in het Kaufmantheater. Lyle, Nanette, Demi en ik waren er al vroeg en hadden plaatsen in het midden van de zaal. We legden onze voeten op de stoelen voor ons en keken hoe de hele parade van Wildewooders binnenkwam.

Over het algemeen zagen mensen er theatraal uit. Belachelijk zelfs. Tweedehandsjurken en te veel make-up, balletschoenen met alledaagse kleding, kapsels met blauwe of roze strepen. Retroshirts uit de jaren tachtig met de hals eruit geknipt; een regenboog van kleuren. Maar één ding was hetzelfde als in Brenton: vrijwel iedereen was blank. Er waren misschien zes Afro-Amerikaanse meisjes en misschien drie jongens, van wie Demi er een was. En misschien nog vier andere gekleurde mensen, onder wie Theo, die een eind voor me zat. Het leek alsof hij me niet zag.

'Wijs Blake eens aan,' fluisterde ik.

'Ik zie hem niet.'

'Hij moet toch ergens zijn.'

Demi draaide zich om. 'Daar helemaal achteraan. Niet kijken! Oké, nu!'

Blake bleek lang te zijn, knap en mannelijk, alsof hij was gebeeldhouwd: een spleetje in zijn kin, maisblond haar, gespierd. Absoluut niet mijn type, maar ik zei toch maar: 'O la la.'

Demi begon te giechelen. 'Ik weet het! Niet meer kijken, niet meer kijken! Straks ziet hij het nog!'

Ik keek nog eens om.

'Niet meer naar hem kijken! Ik doe nonchalant,' fluisterde Demi, terwijl hij de ruimte inspecteerde, die nu bijna vol was. 'O jee. Als die andere zwarte jongens niet kunnen zingen, zit ik opgescheept met "Ol' Man River".'

('Ol' Man River', voor het geval je dat niet weet, is een bekend nummer uit *Showboat*; het is een plechtig, langzaam lied voor een zwarte man met een stevige, diepe stem, dat symbool staat voor het Amerikaanse Zuiden, gelaten en een tikje overdone, maar toch ook heel mooi.)

'Dat zou noch helemaal niet zo erg zijn,' zei ik, al dacht ik dat Demi's stem niet laag genoeg was voor 'Ol' Man River'.

'Ik peins er niet over,' zei Demi. 'Ik heb er absoluut geen zin om zo'n oud, symbolisch type te spelen. Ik heb veel te veel sexappeal in mijn lijf om te gaan *ol'-man-riveren*, alleen omdat ik de juiste huidkleur heb.'

'Misschien doen ze wel aan kleurenblinde casting.'

'Misschien. Ik betwijfel het. Sowieso niet voor "Ol' Man River".'

Ik wilde niet te diep op de kwestie van huidskleur ingaan. Eerlijk gezegd deed ik dat nooit. Demi en ik hadden het er wel eens over gehad, maar als het ter sprake kwam – het feit dat hij zwart was en ik wit – hadden we het over het enige wat ons van elkaar onderscheidde.

Meestal voelden we ons gelijk. 'We wáren gelijk. Jongen/meisje, homo/hetero – die verschillen zagen we niet. Wij waren immers die mooi-lelijke aanstellers uit Brenton, bestemd voor Broadway – dat was het enige wat telde.

Maar als het verschil tussen zwart en blank aan de orde kwam, wat zo af en toe gebeurde, voelde ik een breuk tussen ons. Alsof er een deel van mij was dat hij nooit helemaal zou kunnen begrijpen, en een deel van hem dat ik nooit zou begrijpen.

En als ik me anders dan Demi voelde, voelde ik me verloren. En dat wilde ik dus niet. 'Laten we het over mij hebben,' zei ik overdreven dramatisch. 'Laten we het hebben over hoofdrollen voor lange, magere, platte meisjes met een grote neus!'

'*Funny Girl*,' antwoordde Demi direct. 'En *Victor/Victoria* misschien.'

'Je hebt gelijk,' zei Nanette, die tot nu toe haar mond had gehouden. 'En meisjes die nog geen een meter vijftig zijn? Ik ben zo'n krielkip dat ik waarschijnlijk altijd kinderen zal moeten blijven spelen.'

Irritant hoor. Een perfect voorbeeld van wat iedereen op Wildewood de hele tijd deed. Want hoeveel zelfkritiek Nanette op het eerste gezicht ook leek te hebben, met de opmerking: 'Ik zal wel altijd kinderen moeten blijven spelen', herinnerde ze ons aan haar uitgebreide professionele ervaring met het spelen van kinderen, en haar vaste vertrouwen dat ze nog een lange carrière voor zich had. En alsof ze wilde bewijzen dat ik dat goed had begrepen zei ze vervolgens: 'Dit najaar komt er een reprise van *The Secret Garden* in het La Jolla Playhouse, en daarna gaat de voorstelling misschien naar Broadway. Over een paar weken heb ik een auditie.'

'Waar?'

'Het theater is in de buurt van San Diego, maar de auditie is in Los Angeles. De regisseur komt naar L.A. om acteurs uit het hele land te zien.'

'Vlieg je voor een auditie naar de andere kant van het land?'

'Paps vindt dat ik het moet doen. Ik vermoed dat de regisseur me heeft gezien in *Night Music* en me daarom heeft opgeroepen.'

Demi zuchtte en ik wist dat hij zich net zo voelde als ik: Nanette had alles wat wij wilden. Al jaren.

'Je moet niet zeggen "krielkip". Je moet zeggen Kristin-type. Kristin Chenoweth heeft de deuren geopend voor alle krielkippen over de hele wereld. Je kunt alles spelen.'

Links op het toneel werd op de microfoon getikt. We werden stil. Achter een spreekgestoelte stond een blanke vrouw met vooruitstekende tanden, pluizig grijsblond haar en een jurk van onduidelijke snit. Ze deelde ons mee dat we moesten gaan zitten en verwelkomde de groep bij de Wildewood-zomercursus. Ze heette Reanne Schuster. 'Ik ben docent voor Acteren en het keuzevak Klassieke monoloog,' kondigde ze aan. 'En ik regisseer een ensembleproductie van *Een Midzomernachtdroom* van William Shakespeare.

Er ging een deining door het publiek. Er waren allerlei geruchten geweest over welke voorstellingen we zouden gaan doen, maar dit was de eerste officiële mededeling. Nanette knikte naar me alsof ze wilde zeggen 'Zie je wel? Ik krijg mijn informatie rechtstreeks van de top.'

'En dan stel ik jullie nu maar meteen,' vervolgde Reanne, 'voor aan de artistiek directeur van de zomercursus: de onnavolgbare, geweldige, Tony Award-winnende... Jacob Morales.'

We klapten en ik was een beetje verrast toen ik zag dat de morsige man van de audities – degene die had gesnoven bij mijn Julia – de trappen opliep en de microfoon in zijn hand nam.

Morales had een verkreukeld wit hemd aan, een honkbalpetje op zijn hoofd en droeg een korte kakibroek en sandalen. Ik zag dat zijn voorhoofd glom en op de een of andere manier zagen zijn enkels er dik en ongelukkig uit. 'Welkom,' zei hij met zijn iele, hoge stem. 'We zijn allemaal hier om iets te maken. Toch? Uit het niets. Deze zomer gaan jullie tekst op papier tot leven brengen. Van een verzameling noten ga je liedjes maken, vol expressie en betekenis. En je gaat ook harder werken dan je ooit gedaan hebt.'

Hij streek met een hand door zijn dunnende haar. 'Toen ik afgelopen najaar *Oliver!* regisseerde (gejuich en gefluit van enkele toeschouwers), waren vele leden van de cast jonger dan jullie. Mijn sterspeler was pas elf. Elke avond droeg hij een Broadway-show.'

Rechts van mij fluisterde Nanette: 'Twee kinderen spelen die rol om beurten. Dat weet ik zeker. Niemand van die leeftijd houdt een schema vol van acht voorstellingen per week en nog eens vijf in het weekend.'

Morales ging door: 'Ik heb jullie zelf auditie zien doen, in steden door het hele land. Ik heb ieder van jullie zien optreden en dus weet ik dat ik gelijk heb als ik zeg dat ook jullie het talent hebben dat daarvoor nodig is. Het talent om een show te dragen. Er is verschrikkelijk veel talent aanwezig in deze zaal. Stertalent.'

Weer gejuich.

'Maar jullie talent kan verborgen blijven, of niet tot ontwikkeling komen. Het kan worden vertroebeld door een te groot ego en de wens de wereld te laten zien wat je kunt. Hier, op Wildewood, helpen we je bij het ontwikkelen van je fysieke instrumentarium: je stem, je ademhaling, je lichaam. We leren je technieken om emoties uit te drukken en over te dragen. En met dat alles gaan we een aantal van de grootste voorstellingen op de planken brengen.'

Nog meer gejuich.

Morales gebaarde tegen Reanne (op de eerste rij) dat ze hem haar fles water moest brengen, wat ze deed. 'Echter,' zei hij, nadat hij een flinke slok had genomen, 'jullie moeten je realiseren dat nederigheid een essentieel aspect is van het acteursvak. Je ego wegcijferen ten behoeve van de voorstelling is een essentieel onderdeel van onze filosofie hier.

'Dat bedoel ik in twee opzichten. In de eerste plaats, moet je, om goed uitdrukking te kunnen geven aan een personage, om echt te kunnen actéren, alle maniertjes, tics, angsten en zwakheden loslaten die deel uitmaken van je eigen karakter. Om iemand anders te worden moet je jezelf opgeven en om dat te kunnen moet je nederig zijn.

'Bovendien is het zo dat niet iedereen een ster kan zijn. Niet in één zomer met maar zes producties. Misschien vind je de rol die je krijgt niet leuk, misschien heb je er zelfs een hekel aan. Misschien vind je dat je een hoofdrol moet hebben, of dat je op een andere manier beter tot je recht komt. Maar wat je moet doen, wat je móét doen als je iets geeft om het theatervak, is die klachten loslaten en samen met je collega's van de cast ervoor zorgen dat de voorstelling waar je aan meewerkt de best mogelijke voorstelling wordt.

'Als je vanavond deze zaal uitloopt, wil ik dat je een steen meeneemt van de schaal in de hal. We hebben er een voor jullie allemaal. Ik wil dat je die steen deze zomer koestert en eraan denkt als je ego – het gevoel dat jij het belangrijkste bent – je in de weg zit bij het maken van goed theater.

'Theater is een collectieve inspanning, een gemeenschapsinspanning. Het doet me genoegen die inspanning met jullie te ondernemen,' zei hij. 'En ik kijk uit naar weer een spectaculaire zomer.'

Terwijl Morales naar zijn stoel terugliep barstten de leerlingen uit in applaus.

'Hij is fantastisch,' fluisterde ik tegen Demi. 'Ik hoop dat ik hem krijg bij Acteren.'

Demi knikte. '*Oliver!* heeft geweldige recensies gehad. Ik kan maar niet geloven dat we hier zitten.'

'Ik ook niet.'

Hij kneep in mijn hand. 'Je zult het zien. We nemen de hele zaak hier over.'

'En hoe zit het dan met "je ego wegcijferen"?'

'Oeps! Nu al vergeten,' giechelde Demi.

'Misschien bedoelde hij dat zelfvertrouwen en ego iets anders zijn,' fluisterde ik. 'Dat je wel zelfvertrouwen nodig hebt, maar je ego moet achterlaten.'

'Hij is de man, dat wil ik maar zeggen. Wat hij wil doe ik.'

Vanaf de eerste rij klom een lange, dunne vrouw – kennelijk een danseres – met een wilde bos roze haar het toneel op. 'Ik ben Tamar,' kondigde ze aan, 'ik doe de choreografie van twee voorstellingen en geef Dans voor gevorderden. Ik kom jullie vertellen welke producties we dit jaar gaan doen.'

Er ging een gemurmel door het publiek. 'Dat is zijn vriendin,' fluisterde Nanette.

'Van wie?'

'Jake.'

Jacob Morales.

'Volgens mijn agente heeft zijn vriendin roze haar en is ze choreografe.'

Het was minder moeilijk te geloven dan voordat ik hem had horen spreken. Morales was lichamelijk onaantrekkelijk en had een rare stem – maar hij had charisma.

Tamar kondigde de voorstellingen aan. Het waren precies dezelfde als Nanette gezegd had:

Een Midzomernachtdroom

Bye Bye Birdie

Showboat

Little Shop of Horrors

Cats

en *Guys and Dolls* (de Tiendaagse).

TOEN WE NAAR buiten liepen namen we allemaal een steen mee. Die van mij was glad en hard en zwart. Die van Demi rozig met witte stippen. Ik legde die van mij bij het slapengaan op mijn kast, ik dacht tenminste dat ik dat gedaan had. Maar 's ochtends kon ik hem niet meer vinden.

D E VOLGENDE DAG verzamelden we ons voor een drie uur durende rondleiding over het campusterrein. Lyle, Candie en Demi zaten in mijn groep – maar uiteraard had Lyle de rondleiding helemaal niet nodig, omdat hij al drie jaar op Wildewood woonde. Dus vermaakte hij ons door mompelend aanvullingen te geven op de informatie die we kregen. Het strand langs het meer was volgens Lyle 'het toneel van diverse middernachtelijke losbandigheden die op schorsing uitliepen' en het jongensverblijf had het 'op een na beste dak van de campus, waarbij punten werden gegeven voor het comfort, het uitzicht, de toegankelijkheid en de privacy'.

Er waren vijf theaters (een openluchttheater – dat zou worden gebruikt voor *Showboat*), en op de muren van de foyers hingen foto's van leerlingenproducties uit het verleden. Over prachtig groene gazons wandelden we naar dansstudio's en repetitieruimtes, en we namen een kijkje in de bibliotheek voor podiumkunsten, met videobanden van beroemde producties, plakboeken over theaterprogramma's en honderden boeken over theater- en dansgeschiedenis.

In het souterrain van de studentenverblijven en de lesgebouwen waren praktijkruimtes met piano's en geluiddichte muren. ('Je wil niet eens wéten wat zich hier 's avonds laat afspeelt,' mompelde Lyle). De wis- en natuurkundelokalen waren klein en verwaarloosd in vergelijking met de ruimtes voor podiumkunsten. We zagen de kostuumstudio, vol met rekken fonkelende kleding en rollen stof, met tegen de muur ontwerpschetsen met langwerpige figuren. We namen de goederenlift naar de rommelzolders, waar decorstukken van *Een poppenhuis* en *Arcadia* (twee stukken die in het voorjaar waren opgevoerd) tegen elkaar aan stonden, een kakelbont geheel van bloemetjesbehang.

'Zoiets hebben wij niet in New Jersey,' fluisterde Candie. 'Ik bedoel, mijn school heeft een aula en dan heb je het gehad.'

Ik wist wat ze bedoelde, maar wilde niet al te onwetend overkomen. 'Er zijn een heleboel van dit soort instellingen,' vertelde ik. 'Interlochen en Stagedoor Manor.' Dat had ik opgezocht op internet.

'Dat weet ik wel,' zei Candie. 'Ik wist alleen niet hoe groot het zou zijn; hoe anders het zou voelen als je er echt staat en er deel van uitmaakt.'

'Laat je niks wijsmaken door al dat geklets van de rondleider,' zei Lyle, die achter ons was komen staan. 'Het is niet allemaal spotlights en glamour.'

'O, maar ik weet wel dat ik hard zal moeten werken,' zei Candie. 'Dat heeft Morales trouwens ook al verteld.'

'Dat bedoel ik niet,' zei Lyle. 'Ik bedoel dat het er hier hard aan toe kan gaan. Er vloeit heel wat bloed bij het maken van musicals. Daar zul je nog van opkijken.'

'Vind je het dan niet leuk?' vroeg ik.

'Natuurlijk wel, dit is mijn thuis,' zei Lyle. 'Maar ik kan je wel vertellen: het is óók een gestoorde wereld.'

'Wat weet jij nou van gestoord, lieverd,' viel Demi hem in de rede. 'Het is hier de hemel.'

Ɓ IJ DE LUNCH eindigde de rondleiding voor de kantine. 'Heb jij Blake gezien?' vroeg Demi, terwijl hij om zich heen keek.

'Nee, gelukkig niet,' mompelde Lyle.

'Blake is toch die knappe, blonde jongen, hè?' vroeg Candie aan mij. 'Vind je hem niet knap?'

'Echt wel, schatje,' zei ik. 'Maar vergeet het maar.'

Candie keek beteuterd. 'Ik bedoelde niet dat hij naar me heeft gekeken,' zei ze. 'Jee, Sadye, ik weet heus wel dat ik niet –'

'Wees niet zo gemeen, Sadye. Dat kind krijgt er nog een complex van,' viel Demi haar in de rede, terwijl hij zijn arm om Candie heen sloeg.

'Ik wilde alleen maar uitleggen hoe het met Blake gesteld is,' vertelde ik.

'Sadye bedoelde het niet zoals het klonk,' zei Demi tegen Candie. 'Hoe verschrikkelijk ze het ook zei.'

'Dat is niet zo,' zei ik tegen Candie. 'Echt.' En dat was waar.

Maar het was ook waar dat ik er een hekel aan had dat ze zich zo afhankelijk opstelde, dat ze haar emoties zo open en bloot toonde.

'Blake is... anders,' grapte Demi.

'Hoe bedoel je, anders?' vroeg Candie onzeker.

'Ik zal het je uitleggen,' zei Demi vriendelijk. 'Blonde Blake uit Boston is van mij.'

Candie lachte: 'Hoezo, ben jij homo dan?' Ze zei het alsof het alleen maar een grapje kon zijn.

Demi keek haar aan, zijn blik werd scherper. 'Precies.'

Candie leek uit het veld geslagen. 'O jeetje.'

'Je hoeft niet zo te schrikken,' zei Lyle. 'Dit is de musical-wereld.'

Candie kwam uit een christelijk gezin, dat wist ik. Haar ouders waren conservatief. Ik wed dat ze nog nooit van haar leven een homo had gezien. 'Ik had nooit gedacht...' stamelde ze. 'Blake is zo...'

'Ja hè,' zuchtte Demi. 'Zo, zo...'

'Welkom op Wildewood, Candie,' zei Lyle met een nasale stem. 'Het wordt vast een heel interessante zomer voor je.'

ZODRA WE Blake in de kantine zagen (in de rij voor het saladebuffet) was Demi 'm gesmeerd. En Lyle rende Demi achterna.

Candie en ik gingen bij Iz en Nanette zitten. Onder het eten van gegrilde kaas met koolsla eisten we rollen op in de grote musicals. Iz, de mezzo, wilde Miss Adelaide in *Guys and Dolls* en Rose in *Bye Bye Birdie*, beide onstuimige personages die erin slagen hun onwillige kerels tegen het eind van de voorstelling voor het altaar te krijgen. Nanette, ook een krachtige mezzo, maar meer een leading lady, wilde de rol van Audrey in *Little Shop* – een rondborstig, kwetsbaar blondje met hersens ter grootte van een doperwt en een hart zo groot als de staat Texas. Ze zei dat ze ook tevreden zou zijn met Julie in *Showboat*. 'Maar jullie kennen me,' zei ze (al was dat niet het geval) 'Ik word vast het kleine broertje in *Birdie*. Vanwege mijn lengte. Dat is je lot als je klein bent.'

Candie hoopte bescheiden een solo te mogen zingen. Na enig aandringen bekende ze dat ze blij zou zijn met Grizabella in *Cats*.

'En wat wil jij, Sadye?' vroeg Iz.

Ik was doodsbenauwd dat ik zou eindigen als achtergronddanser bij *Cats*, zonder de hele zomer ook maar een woord op toneel te mogen zeggen of zingen. En ik voelde me al beroerd worden bij de zogenaamd vriendelijke competitie tussen ons, die (als het zo doorging) zou kunnen betekenen dat we nooit bevriend met elkaar zouden raken, ook al aten we zeven weken lang elke maaltijd samen. Er was geen sprake van dat ik een hoge sopraanpartij zou krijgen, zoals Kim in *Birdie* of Magnolia in *Showboat*. Ik had ook niet het stemvermogen voor *Little Shop*. Rose in *Birdie* was een mogelijkheid, maar ik kon toch het best gaan voor Miss Adelaide, die meid uit Brooklyn met haar schelle stem, die in *Guys and Dolls* als hoofdattractie van de Hotbox-club haar staartveren schudt.

Dus gaf ik op Iz' vraag een antwoord dat ze niet wilde horen: 'Adelaide.'

Iz keek me aan zonder een woord te zeggen. Toen stond ze op en klom op haar stoel. Met één voet op tafel naast haar gegrilde kaas, haar heup scheef, haar handen trillend rond haar gezicht in komische verwarring, begon ze 'Take back your mink' te zingen – hét nummer van Adelaide.

De hele kantine viel stil. Iz' ietwat korrelige stem galmde – over een bontjas, een mooie jurk en de waardeloze vent die ze voor haar had gekocht en vervolgens meende dat hij daarmee ook het recht had gekocht haar uit te kleden.

Het lied klonk goed, a capella. Haar stem was een jazztrompet. Ze paste zich aan aan de tekst, was dominant en rokerig tegelijk, scherp bij de hoge tonen en grommend in de laagte. Mensen trokken hun bladen weg en Iz stapte op de tafel. Haar brede ogen schitterden. Ze paradeerde op en neer, bukte om het haar en de schouders van de leukste jongens

81

te strelen en sloot het nummer af met wijd gespreide benen en armen, in triomf.

De hele kantine barstte uit in applaus en Iz straalde terwijl ze van tafel stapte. Toen liet ze het Brooklyn-accent van Miss Adelaide vallen en zei tegen me: 'Ik ben dol op dat lied. Jij ook?'

'Je hebt een fantastische stem,' zei ik. Omdat het waar was. Omdat ik Iz aardig vond, ook al haatte ik haar.

Omdat wat ze zojuist had gedaan onuitstaanbaar was, maar ook spannend. Ze was niet zomaar een verwaande trut, een opschepper. Ze had lef. Ze had ook het lef om te zingen. Het was opwindend dat iemand die er zo gewoon uitzag zo'n uitstraling had.

Maar zou ik ooit een rol kunnen krijgen waar zij haar zinnen op had gezet?

W E HADDEN die middag vrij en de zon scheen. Mensen zaten bij de studentenverblijven op het gras, zongen fragmenten van showliedjes en lagen met hun hoofd op elkaars buik. Iedereen lummelde maar wat aan, de meisjes lieten hun benen zien, de jongens trokken hun shirt uit, en iedereen overtrof elkaar met verhalen over de stukken die ze op school hadden gedaan, de voordrachtswedstrijden die ze hadden gewonnen, de rollen die ze ooit wilden krijgen – en leerde elkaar kennen. We hadden allemaal exact dezelfde dromen.

Nanette wurmde zich op een katoenen dekentje tussen mij en Demi in en begon ons met haar kleine vingertjes Skittles te voeren. Iz kwam naar ons toe en leunde op Nanettes benen;

ze vroeg of ze er ook een paar mocht. Daarna gingen we allemaal op onze rug liggen en gooiden onze benen in de lucht als de Rockettes, terwijl we ons de tekst probeerden te herinneren van 'All About Ruprecht' uit *Dirty Rotten Scoundrels*. Demi wilde per se vliegtuigje spelen. Hij probeerde op onze voeten te liggen en tegelijkertijd Skittles op te vangen in zijn mond, wat uitliep op een grote smeerboel.

Zo zijn theatermensen, besefte ik ineens. Heel lichamelijk. Zoenen, knuffelen. Heel anders dan bij mij thuis. Theatermensen doen alsof ze je beste vrienden zijn als je ze pas hebt leren kennen. Zelfs als ze met je concurreren.

Die avond was er een dansfeest in het Blackboxtheater: zweterig, donker en een boel onduidelijke herrie. Demi kreeg een testosteronshot zodra hij 'My humps' hoorde en zat de hele avond achter Blake aan. Hij was verrassend weinig subtiel in zijn adoratie. Hij trok Blake naar buiten om naar de 'ongelooflijk mooie maan' te kijken en draaide om hem heen met belachelijk enthousiasme. Alsof hij zijn territorium aan het afbakenen was. Alle homojongens keken naar die twee, net als de meisjes die tot dan toe onkundig waren geweest van hun geaardheid.

Ik danste, en danste, en danste. Na de spanning en opwinding van die dag bewoog ik me alleen nog maar en liet de muziek door me heen gaan. Ik danste met Demi, Lyle, Iz, Nanette, Candie en zelfs met Blake. En toen de anderen moe werden danste ik alleen.

Maar ik danste niet met Theo. Toen ik hem eindelijk in de gaten kreeg, zat hij in een hoek aandachtig te praten met een meisje dat Bec heette. Een Kristinachtige brunette met een wipneusje.

Blèh.

Iz, Nanette en ik beraadslaagden op de meisjes-wc.

'Je moet hem vragen om te dansen,' adviseerde Iz. 'Jongens vinden het leuk als je ze vraagt. Ik heb Wolf ook in een club gevraagd om met me te dansen; had ik jullie al verteld dat ik hem zo heb leren kennen?' Ze stak haar hand uit, pakte mijn lipgloss en smeerde hem zonder iets te vragen op haar brede mond. 'Mijn huid zit barstensvol kloofjes,' klaagde ze, met haar gezicht bijna tegen de spiegel aan. 'Dat heb ik altijd als ik audities heb.'

Nanette haalde goudkleurige glittermascara tevoorschijn en bracht wat op haar wimpers aan. Daarna gaf ze hem aan mij, alsof het vanzelfsprekend was dat ik hem ook zou gebruiken. 'We kunnen niet de hele avond met homojongens blijven dansen,' kondigde ze aan. 'Dat duurt al veel te lang. Als jij Theo de pianist vraagt, Sadye, dan vraag ik die jongen in het *Rent*-T-shirt.

'Hoe weet je zo zeker dat híj geen homo is?'

'Ik heb geen idee. Maar daar kom ik wel achter, toch?'

'Ik begrijp niet waarom Theo zo druk met háár is,' zei ik en pakte het onderwerp Bec weer op. 'De ene keer brengt hij me naar mijn kamer en valt hij bijna binnen, de volgende keer is hij vergeten dat ik besta.'

'Hij is afgeleid, dat is alles,' zei Iz. 'Heterojongens hebben hier enorm veel keus. Als je hem wil, Sadye, dan moet je hem bespringen.'

'Maar dat héb ik al gedaan. Ik hoef het toch niet alleen te doen. Nu moet hij mij bespringen.'

'Dat heeft hij toch gedaan, hij probeerde in je kamer te komen.'

'Maar nu doet-ie niks.'

'Nu bespringt-ie Bec,' kwam Nanette ertussen. Dus moet jij hém weer bespringen.'

Ik haalde diep adem. 'Als iedereen het doet doe ik het ook. Nanette, jij neemt die jongen met dat *Rent*-shirt. En Iz, jij regelt ook iemand.'

'Oké.' Iz stelde zich verrassend open op voor iemand die stapel was op Wolf. 'Ik neem die jongen met dat stekeltjeshaar en die sproeten, heb je die gezien?'

'Die met die piercings in zijn oren?'

'Ja.'

We keken naar onszelf in de spiegel: Nanette, nog geen een meter vijftig lang, in een witte broek en een wit shirt, een lading make-up en een enorme bos rossig haar, dat door het vocht krullerig werd; Iz, met ronde vormen en brede schouders, in een roodkatoenen zonnejurk waaruit een zwarte bh piepte; ik, lang, een tikje androgyn, veel glitter, in een groen T-shirt waarop stond ECHT BLOND en mijn bruin-suède minirokje. 'We zien er fantastisch uit,' zei ik. 'We gaan ze bespringen.'

Theo stond met een ander meisje te praten dan eerst. Dat was bemoedigend. In ieder geval had hij Bec niet onmiddellijk een huwelijksaanzoek gedaan. Nanette gaf me een duwtje in zijn richting, en ik stapte op hem af en tikte hem op zijn schouder. 'Kom, we gaan dansen!'

'Hé, Sadye.' Theo lachte. 'Een minuutje.'

'Oké.'

Hij stelde me niet voor aan het meisje.

Hij had niet nee gezegd. Toch? Hij had eigenlijk ja gezegd. Maar wat moest ik nu doen? Hier blijven staan wachten?

Hoelang? En hoe ver weg van de plek waar hij met dat andere meisje stond te praten?

Ik wachtte even, op ongeveer anderhalve meter, maar Theo en het meisje bleven maar praten. En bleven praten. Dus begon ik te dansen, aan de rand van de andere dansers, zodat Theo me zou vinden als hij vrij was. Maar ik stond nog geen twintig seconden op de dansvloer of Demi kwam eraan. Hij begon een of andere rare shimmy te doen en trok me naar het midden. Ik shimmyde terug en daarna deden we de bump, en toen ik keek waar Theo was – was hij weg.

Later zag ik hem weer met een ander meisje praten, en toen nog een en nog een. Het was duidelijk dat hij wel in de gaten had hoe weinig aantrekkelijke heterojongens er op Wildewood waren, en dat hij de meisjes voor het uitkiezen had – en geen genoegen hoefde te nemen met mijn slungelige, mooi-lelijke persoontje.

* * *

IK LIEP NAAR BUITEN om even een luchtje te scheppen. En daar stond, leunend tegen een boom, James/Kenickie.

We hadden nog geen kennisgemaakt. Volgens Iz was hij langs geweest in onze kamer, zoals ze hem had gevraagd, maar toen was ik in Lyles kamer, dus we hadden elkaar nog niet ontmoet.

'Dat is zeker een grapje, hè?' zei hij, terwijl hij op mijn T-shirt wees.

'Echt blond?'

'Je bent niet echt blond.'

Ik schudde mijn hoofd.

James lachte. 'Ik dacht al dat je het misschien geverfd had of zoiets.'

'Nee, ik ben een echte brunette.'

'Ik zag je dansen binnen.'

'Ik ben Sadye – kamergenoot van Iz. Ze vertelde dat jij vorig jaar Kenickie was.'

Hij knikte. 'Ze riepen de hele zomer "Greased Lightnin" tegen me.'

'Zo erg is dat toch niet?'

'Niet zo erg als die jongen die ze Jezus noemden.'

'Van *Godspell*?'

'Nee, dat was het jaar daarvoor. *Jesus Christ Superstar*. Hij identificeerde zich een tikje te veel met zijn rol, als je begrijpt wat ik bedoel.'

'Ik geloof het wel.'

Er viel een stilte.

'Waar kom jij vandaan?' vroeg ik ten slotte.

'Ergens waar ik liever niet meer naar terugga,' zei hij.

'Ik begrijp wat je bedoelt,' antwoordde ik. 'Ik ben hier nog geen vierentwintig uur en ik heb nu al het gevoel dat ik dood zou gaan als ik terug zou moeten.'

James grinnikte. 'Er zijn niet veel plaatsen als Wildewood.'

'Je hebt New York,' zei ik optimistisch. 'En je hebt Broadway.'

Hij bekeek me, van top tot teen. Alsof hij aan het uitmaken was of ik aantrekkelijk was of niet. En toen besprong hij me: 'Wil je dansen?'

'Ik wil altijd dansen,' zei ik.

En dus dansten we totdat het licht aanging en een van de docenten riep dat over vijf minuten de nachtrust inging.

D E VOLGENDE ochtend was de vleeskeuring – oftewel de Voorronde monologen en liederen van de zomercursus, ook wel bekendstaand als de audities. Die vonden plaats in het Kaufmantheater, en Nanette, Demi en ik waren er al vroeg. We kregen ieder een groot papieren nummer met een speld, zodat we het op ons shirt konden bevestigen. Farrell, Demi's gangwacht en student stemvorming aan Carnegie Mellon University, stond bij de deur met een klembord en controleerde of onze namen en nummers overeenkwamen. 'Je moet je nummer bewaren tot morgen!' riep hij. 'Je hebt je nummer nog nodig! Gooi het niet weg, dan moet je zelf een nieuwe maken en weet iedereen dat je het kwijt bent!'

Toen iedereen er was leerde Tamar de hele school een makkelijke dans, die we daarna in groepen van twintig vier keer moesten uitvoeren, waarbij de eerste rij telkens naar achteren moest, zodat er nieuwe mensen vooraan kwamen. Nanette was nummer veertien, Demi vijftien en ik zestien – dus we zaten in de eerste groep.

Nanette was goed. Ik kreeg niet veel mee vanuit mijn ooghoeken, maar ik kon wel zien dat ze jarenlang les had gehad.

Demi was zijn gewone, lachwekkende zelf. Hij stak zijn kont naar achteren en wiebelde ermee als een idioot als hij een stap verkeerd zette.

Ik deed het goed – al zeg ik het zelf. We gingen terug naar

onze plaats, opgewonden dat we een nummer van Kander en Ebb ('All That Jazz') hadden gedanst voor meer dan honderd mensen – en blij dat we vroeg waren geweest, want nu konden we verder vlees gaan keuren.

Blake uit Boston zat in de volgende groep; hij zag er belachelijk uit.

'O, ik moet mijn ogen dichtdoen!' fluisterde Demi. 'Ik verlies al mijn begeerte voor die arme jongen.'

'Misschien moet je ze maar openhouden,' zei Lyle meesmuilend. Hij zat een rij achter ons.

Demi bedekte zijn ogen met zijn handen, maar keek er steeds overdreven opvallend doorheen. 'O, hemel! Die arme Blake. Nou, misschien kan hij zingen.'

'Hij hoeft niet te zingen,' zei Lyle. 'Hij hoeft daar alleen maar te staan en de rol van Conrad Birdie valt zo in zijn schoenen.' (Conrad Birdie is een lichtelijk verlopen popster uit de jaren vijftig – het titelpersonage in *Bye Bye Birdie.*)

'Waarom?' vroeg Demi.

'Als hij niet kan zingen, zetten ze hem dan niet in het gewone stuk?' probeerde ik de boel een beetje te jennen. Ik draaide me om naar Lyle.

'Ik voorspel je dat ze zo'n uiterlijk niet verspillen aan *Midzomernacht*,' zei Lyle. 'Niemand die er een beetje appetijtelijk uitziet wordt op Wildewood naar een gewoon stuk afgevoerd.'

'Maar waarom zou hij dan Conrad krijgen?' vroeg ik.

'Denk eens even na,' zei Lyle. 'Hij kan niet dansen, dus *Cats* is uitgesloten. De mannelijke hoofdrollen in *Little Shop* zijn sukkels of malloten. In *Showboat* doet het er niet toe of ze mooi zijn of niet, en dan blijft *Birdie* dus over. Ze hebben

89

een vent nodig van wie een miljoen tienermeisjes gaan kwijlen. Of hij kan zingen komt op de tweede plaats.'

'Birdie heeft goede nummers,' wierp Nanette tegen.

'Hier doen alleen de looks ertoe,' legde Lyle uit. 'Op Wildewood gaat het er niet altijd om of je iets kunt. Heel vaak is hoe je eruitziet veel belangrijker, ten minste als het op de musicals aankomt.'

'O.'

'Maak je geen zorgen.' Lyle wees naar Demi. 'Jij komt wel goed terecht.'

'Bedankt!' Nanette gaf Lyle een speels tikje op zijn knie.

'Ik bedoel het niet verkeerd,' reageerde Lyle. 'Jij ziet er ook prima uit. Demi kan de koning worden, en jij de koningin, van alle mooie mensen hier. En misschien ook wel van de mensen die iets kunnen – als ik mag afgaan op wat ik over je stem heb gehoord.'

Nanette draaide zich tevreden om in haar stoel.

Ik keek wel uit om Lyle om een compliment te vragen. Lichamelijk heb ik allerlei kwaliteiten, en een heleboel daarvan zijn uitstekend – maar ik ben niet mooi.

'Nu hij niet meer aan dansen is, ziet hij er veel beter uit,' fluisterde Demi, terwijl hij zijn hoofd schuin in de richting van Blake hield, die weer op zijn stoel was gaan zitten, met zijn voeten op de stoel in de rij voor hem.

We keken hoe de nummers 41-60 de dans deden.

(*klik... geroezemoes van fluisterende mensen, het bonkende geluid van een piano op de achtergrond die steeds weer 'All That Jazz' speelt*)

Demi: (*heel zachtjes*) Ooo, je hebt de minirecorder bij je!

Sadye: *(fluisterend)* Microrecorder.

Demi: Whatever. Oké, het is vandaag 26 juni en we kijken naar de dansen voor de Voorrondes monologen en liedjes.

Sadye: Met andere woorden, we zijn bij de vleeskeuring.

Demi: Maar ik weet al wat voor vlees ik wil. Ik wil dat vlees uit Boston.

Sadye: Grof!

Demi: Je hebt gelijk. Dat was inderdaad grof.

Sadye: Laat je niet afleiden door het vlees. Vertel het nageslacht eens wat er hier gebeurt.

Demi: Op het toneel staan mensen te dansen. Monsieur Le Petit Howard heeft besloten dat hij niet 'Manchester, England' gaat zingen.

Sadye: O nee?

Demi: Ik heb extra bladmuziek bij me, voor het geval ik iets anders moet doen.

Sadye: Daar zou ik nou nooit aan gedacht hebben. Wat doe je dan?

Nanette: *(leunt naar voren en ziet de microcassetterecorder)* Staat dat ding aan? Wat ben je aan het doen?

Demi: We nemen onze ervaringen op voor het nageslacht.

Sadye: Voor het geval we ooit beroemd worden.

Demi: Omdát we ooit beroemd worden.

Sadye: Een soort document.

Demi: Ik zit naast Nanette. Hé, wat is je achternaam eigenlijk?

(Nanette antwoordt niet, kijkt naar de dansers.)

Sadye: Nanette, Demi wil weten wat je achternaam is.

Nanette: Wypejewski, maar ik gebruik Watson. Dat is makkelijker te onthouden.

Demi: Misschien is gewoon Nanette nog beter, zonder achternaam.

Sadye: Dat is een beetje té, vind je niet?

Demi: Hoe dan ook, Nanette Watson zit hier bij ons en achter me zit Lyle, voormalig maatje op een piratenschip.

Sadye: *(kijkt ook naar de dansers)* Zelfs de leukste jongens verliezen hun aantrekkingskracht als je ziet hoe ze proberen te dansen. Het verpest mijn vleeskeuring.

Demi: Je hebt helemaal gelijk. Is dat die Theo van je?

Sadye: Nummer drieënveertig.

Nanette: Vind je hem nou leuk of niet?

Sadye: Wat vind je van hem? Vind je hem leuk?

Demi: Dat heb je me gisteren ook al gevraagd.

Sadye: Nou en?

Demi: Hij danst als een hetero.

Sadye: Dat komt omdat hij een hetero is.

Demi: Dan hoeft hij toch nog niet zo te dansen. Dat vraagt niemand.

Sadye: Maar is hij goedgekeurd, dat vraag ik?

Demi: Sadye, jij doet of persoonlijkheid er niet toe doet. Jij doet alsof ik hem alleen op zijn uiterlijk beoordeel!

Sadye: Ja, ja, ja, ja. Wat vind je trouwens van dit zijn uiterlijk?

Demi: Zijn broek is te wijd. Ik kan zijn kont niet zien. Misschien heeft hij daar wel iets te verbergen.

Sadye: Demi!

Demi: Je vroeg het toch!

Sadye: Hij verbergt helemaal niks, ssst.

Demi: Hoe weet jij dat? Hij houdt zijn kontje anders wel geheim.

Sadye: Op de piano kan hij alles spelen wat je maar wil. Alles.

Demi: Ik schort mijn oordeel op totdat hij een strakkere broek aanheeft.

Sadye: Hou je kop.

Demi: Je vindt hem leuk hè. Dat was een test, om te zien of je boos werd. Als je boos werd betekende het dat je hem echt leuk vindt.

Sadye: Oké.

Demi: Die test heb je gehaald, trouwens.

Sadye: Ik moet een plan bedenken om te zorgen dat hij me opmerkt. Het leek alsof hij me opmerkte, nog eens opmerkte en toen on-opmerkte.

Nanette: On-opmerkte?

Sadye: Precies. Het omgekeerde van opmerken. Anti-opmerken.

Nanette: Dus moet je er nu voor zorgen dat hij je heropmerkt.

Sadye: Ja.

Nanette: Als ik auditie doe, doe ik altijd die lange sjaal om, snap je? Dan kunnen regisseurs me zich makkelijker herinneren. Dat meisje met die sjaal, als ze zich mijn naam niet herinneren.

Sadye: Ik ga geen sjaal omdoen hoor. Het is buiten bijna dertig graden.

Nanette: Het was maar een idee. Het hoeft geen sjaal te zijn. Zoiets als een sjaal.

Sadye: Whatever.

Nanette: O, daar heb je Kenickie. Die is hetero.

Demi: Wie is Kenickie?

Sadye: Nummer eenenzestig. Hij heet eigenlijk James. Ik heb gisteren met hem gedanst.

Demi: Hij danst als een Timberlake. Dat is geen theaterdansen.

Nanette: Hij is degene die houdt van muntijs met chocola.

Demi: Wat?

Sadye: Dat heb jij gemist. Ik ben muntijs met chocola. In tegenstelling tot de vanillesmaak waar ze in Brenton zo dol op zijn.

Demi: Dus hij ziet jou wel zitten?

Nanette: Ja.

Sadye: Nee.

Demi: Wat is het nu?

Sadye: Iz denkt dat ik zijn type ben. En hij vroeg me om te dansen.

Demi: Ooo! Op zijn Timberlakes.

Sadye: Ik krijg er wat van als je dat blijft zeggen.

Demi: Timberlake, Timberlake!

Sadye: Hou je kop!

Demi: Hij is oké, maar ik dacht dat jij die vent die zijn kont verstopt leuk vond.

Nanette: Kenickie heeft een mooi kontje, maar hij is mijn type niet.

Demi: Wat vind jij, Sadye? Vind jij dat kontje van Timberlake wel leuk?

Sadye: Hij heeft in elk geval met me gedanst.

Demi: Er gaat niks boven een kop hete, sterke koffie, dat zeg ik ervan.

Sadye: Wie had het hier over koffie?

Nanette: Iz wel.

Demi: Ach, die Timberlake zet vast een lekkere espresso, Sadye. En die kontverstopper – een kop slootwater, meer bakt ie er niet van.

Sadye: *(zuchtend)* Laten we ons weer gaan bezighouden met het nageslacht.

Demi: Goed, als het moet.

Nanette: Als het moet.

Sadye: Even de feiten vastleggen, ik doe dus 'Popular' op zijn anti-Kristins en Julia, net als eerst. Wat doe jij, Nanette?

Nanette: 'Tomorrow' uit *Annie*. En als monoloog een stuk uit de toneelbewerking van *The Bad Seed*.

Sadye: En wat doe jij, Demi, als je niet 'Manchester' doet?

Demi: Ik denk dat ik 'm moet schudden. Zodat ik niet word opgezadeld met 'Ol' Man River'.

Sadye: Schudden?

Demi: Mijn kont.

Sadye: Je bent vandaag bezeten van konten.

Demi: Niet alleen vandaag, lieverd.

Sadye: Nou, wat ga jij zingen?

Demi: Wacht maar af.

Sadye: Wat?

Demi: Meer zeg ik niet.

Sadye: Als jij niet tegen de microcassette wil vertellen wat jij voor de auditie gaat doen, zet ik hem uit.

Demi: Ooo, kijk eens naar Iz. Die kan dansen. O, en die arme Candie.

(stilte, met alleen nog het geluid van een piano die nog steeds 'All That Jazz' speelt, schuif, boem, klik)

IK HEB NOOIT gehoord of Blake kon zingen. Theo of James heb ik trouwens ook niet gehoord. Na de danscombinaties hadden we lunchpauze en toen we terugkwamen zagen we Reanne bij de microfoon staan.

'De gang van zaken is de volgende,' zei ze, terwijl ze een

lok grijsblond haar uit haar gezicht veegde. 'Als jullie groep van twintig wordt geroepen wacht je in een rij aan de rand van het toneel. Als je aan de beurt bent, kom je op, geeft je bladmuziek aan Robert hier en zegt hardop je naam en nummer. Daarna begin je met je monoloog. Zo krijgt Robert een momentje om zich voor te bereiden. De monoloog moet twee minuten lang zijn. Als je tijd voorbij is hoor je mij zeggen "dankjewel", ook al ben je nog niet aan het eind. Je hoeft je niet beledigd te voelen, het gaat erom dat we op schema blijven. Als Robert "dankjewel" hoort, begint hij de intro van je lied te spelen. Zestien maten en dan ben je klaar. Haal je bladmuziek weer op, loop links het toneel af en ga weer op je plaats zitten. Als je geen bladmuziek bij je hebt, kun je a capella zingen. Dat is geen probleem. En nee, je kunt niet meer terug naar je kamer om de muziek op te halen als je hem vergeten hebt. Dat wordt te rommelig. Oké, we beginnen.'

We liepen naar voren, nummer een tot en met twintig, en gingen in het met rood tapijt beklede gangpad zitten, recht voor een korte trap die naar het toneel leidde. Het zweet stond in mijn handen en ik keek nog eens naar mijn muziek, al had dat geen enkele zin. Ik kon toch geen noten lezen.

De eerste mensen die opkwamen waren onopvallend – aardige stemmen die op toon zongen, degelijk acteerwerk. Maar niets speciaals. Die arme nummer vijf was zijn tekst vergeten en begon grapjes te maken. Zes, zeven, acht, negen en tien – allemaal konden ze zingen, al had negen een lied uitgekozen met een noot waar ze niet bij kon. Elf was oninteressant. Twaalf huilde tijdens een monoloog over een dood kind maar zong toen vals ('Die komt in het gewone stuk!' fluisterde Nanette) – en dertien was Bec, de brunette met de wipneus die met Theo had staan te flirten. En ze zong mijn lied. 'Popular'.

Ze was Kristin in het kwadraat. Een tenger sopraantje met een heldere, zuivere stem. Ze deed elk grapje in de tekst en elke toon goed.

Ik begon te trillen en keek naar mijn handen, probeerde kalm te blijven door mezelf voor te houden dat het niet uitmaakte. Het maakt niet uit. Het maakt niet uit.

'Denk eraan, je hoeft niet te zijn zoals als die anderen,' fluisterde Demi, terwijl hij in mijn schouder kneep. 'Het is niet belangrijk wat je zingt. Niemand van die meisjes is Sadye Paulson. Alleen jij bent haar. Zij. Whatever. Het gaat alleen om jou.'

Demi is een schat.

Ik haalde diep adem, in en uit.

Nanette (nummer veertien) deed haar stukje uit *The Bad Seed*, waarin ze echt een slecht klein meisje leek. Haar acteerstijl was zwaar aangezet – maar ze had goed gerepeteerd, sprak ontzettend luid en bewoog zich uitermate zelfverzekerd op het toneel. Toen zong ze 'Tomorrow' – en, nou ja, je weet al dat ze bij een nationale tournee understudy van die rol was, dus wat kan ik nog meer zeggen? Nanette kreeg ervoor betaald om op het toneel te zingen en dat was volkomen terecht.

Ik was zo nerveus dat ik bijna geen adem meer kreeg. Ik had kramp en strekte mijn been, blij dat ik me op iets anders kon concentreren dan op het feit dat ik voor al die mensen zou moeten optreden. Toen ik weer opkeek was Demi bijna klaar met zijn monoloog uit *Topdog/Underdog* – hij zweette en was vol passie.

Toen begon hij te zingen.

Een lied dat ik hem wel duizend keer had horen zingen – op straat, in de bus, als hij in een dip zat – maar ik had nooit gedacht dat hij het op een auditie zou gaan zingen.

Liza.

Demi Howard zong een liedje van Liza Minelli – 'Cabaret'. Hij liet het de pianist een octaaf lager spelen en zong schallend als een echte diva, hoe het leven een cabaret is en je maar het beste groots kunt leven. Wat heeft het voor zin in je eentje op je kamer te blijven zitten? Straks is het allemaal voorbij. Straks ga je dood. We gaan allemaal dood. Leef dus wild en snel en intens, zolang je kunt.

Echt waar, een paar mensen begonnen te giechelen toen ze beseften wat hij zong – maar ze hielden op toen ze zagen hoe goed hij was.

Zo verschrikkelijk goed.

Hij mocht maar zestien maten zingen, maar de pianist bleef maar spelen en Reanne kapte hem niet af. Demi zong helemaal tot het eind en verkocht het lied alsof zijn leven ervan afhing – en toen hij klaar was begon de helft van het publiek te klappen, al was dat niet de bedoeling.

Demi haalde op een sukkeldrafje zijn muziek op bij Robert en verdween in de drukte.

* * *

IK MOEST OP.

Julia. Daarmee was ik toegelaten tot Wildewood. Maar dat was gebeurd in een kleine repetitieruimte, voor maar vier mensen. Heel iets anders dan in je eentje op het toneel in een theater met vierhonderd stoelen.

Bedenk dat ik geen enkele training had. Geen enkele techniek als actrice. Terwijl ik met de monoloog begon – 'O Romeo, Romeo, waarom ben je Romeo?' – hoorde ik hoe dun en droog mijn stem klonk. Ik ging door en probeerde luider te spreken, maar ik had het gevoel dat mijn keel werd dichtgeknepen en toen dacht ik, ik moet niet nadenken over mijn keel en hoe luid ik klink, maar ik moet denken als Julia.

Ik probeerde eraan te denken dat ik iets wilde – een goede rol, Theo als vriendje, een solorol in een musical, een leven weg van Ohio – maar in plaats van dat ik dat echt wilde dacht ik er alleen maar aan dat ik het nu moest willen. Ik hoorde hoe iel mijn stem was en vroeg me ineens af wat ik met mijn handen aan moest.

Ik was Julia niet. Ik was niet eens Sadye die sprak via Julia.

Ik was alleen maar iemand die zo luid als ze kon een verzameling woorden uitsprak, in een volgorde die ze van buiten had geleerd. Woorden die honderden jaren lang iets emotioneels hadden betekend voor miljoenen toeschouwers, maar die nu helemaal niets betekenden. Omdat ik ze betekenisloos had gemaakt.

Ik was klaar binnen de limiet van twee minuten. Ik had een paar keer een tijd opgenomen van 1 minuut 45, dus ik wist dat ik niet zou worden onderbroken.

De piano pingelde de begintonen van 'Popular' en ik nam de houding aan waarmee ik van plan was geweest te beginnen. Ik gromde de eerste regels van het liedje – maar het was alsof ik in mijn hoofd die zonnige stem van Kristin Chenoweth hoorde en daaronder het sopraantje van Bec met haar varkensneusje, dat me voor was gegaan – en ik kon mezelf niet meer horen.

Ik kon niet meer horen hoe ik zong, ik kon de tonen niet meer vinden.

Ik had een dans bedacht, vanuit het idee dat ik mijn sterke punten moest uitbuiten, en had die thuis steeds weer voor de spiegel geoefend. Maar nu had ik het gevoel dat ik hem mechanisch deed. Mijn bewegingen kwamen niet voort uit de muziek; ik had niet het gevoel dat ik me liet drijven op het ritme, zoals iedereen die maar een beetje kan dansen doet.

Het hele lied was vlak en onhandig en gewoon slecht. Dat wist ik al toen ik nog bezig was en dat maakte het nog erger.

Toen Reanne uiteindelijk zei 'Dankjewel' greep ik mijn muziek en rende het toneel af, het gangpad in en de deur uit. Het was eigenlijk niet de bedoeling dat we weggingen, maar dat kon me niet schelen. Ik was afgegaan voor al die mensen, die nu wisten dat ik alleen maar een aansteller was.

Ik bedoel, ik had me continu gedragen alsof ik van hetzelfde kaliber was als Iz en Nanette. De radslag gedaan in het zand. Neerbuigend gedaan over Shakespeare en danslessen. Gezegd dat ik Miss Adelaide wilden spelen.

Wat had ik me in mijn hoofd gehaald? Dit waren mensen die op Broadway hadden gestaan, of die op zijn minst de ster van de schoolmusical waren geweest. En als ik eerlijk was: wat had ik eigenlijk gedaan? In een blauwe jurk een solo gedanst in de *West Side Story*-medley bij de jaarlijkse uitvoering van Miss Delilah.

Ik rende het donkere, met airconditioning gekoelde theater uit, de warme zon in. Het was merkwaardig rustig buiten. De geluidsdichte deuren lieten niets door. Ik ging op een stenen bank een paar meter voor het gebouw zitten.

Demi zou zo meteen naar me toe komen, daar was ik zeker van – en hoewel mijn gezicht gloeide bij de gedachte aan mijn mislukking naast zijn succes, wilde ik dat hij zijn arm om me heen zou slaan en me zou vertellen dat ik geweldig was geweest, dat het helemaal niet slecht gegaan was, dat ik Sadye Paulson was en beroemd zou worden, dat ik een fantastische wondermeid was, en Jacob Morales een idioot als hij niet zag dat ik talent had.

Maar Demi kwam niet.

Hij kwam niet.

Misschien was hij opgehouden door een van de docenten. Misschien was er iets gebeurd, zodat hij niet kon komen.

Of misschien – kwam hij niet.

Het punt was dat ik mezelf al die tijd dat ik met Demi had doorgebracht, vooral sinds we tot Wildewood waren toegelaten, bijzonder had gevonden. Getalenteerd. Groots.

Demi geloofde in me en ik was in mezelf gaan geloven.

Maar hoe kon ik, na wat ik had gedaan, nog in mezelf geloven?

(klik, schuif)

Sadye: We zitten in de kantine, sorry dus, nageslacht, voor de achtergrondherrie.

Demi: Ik, Nanette, Lyle, Iz en Sadye eten patat en evalueren de vleeskeuring.

Nanette: Sadye is depri, dus we hebben haar overgehaald naar horrorverhalen over audities uit ons duistere verleden te luisteren.

Sadye: Lieve schatten, ik voel me prima, mij krijg je er niet zo gauw onder.

Demi: Je was goed. Je had alleen je dag niet.

Sadye: Hoe kun je dat met elkaar rijmen?

Demi: Dat weet ik niet.

Sadye: Het kan niet alle twee.

Demi: Niet zo lelijk doen, schat. Ik probeer alleen maar iets aardigs te zeggen.

Lyle: Het kan iedereen gebeuren. Auditeren is een raar vak, dat niet eens hetzelfde is als acteren.

Nanette: Precies. Er zijn grote acteurs die heel slecht auditie kunnen doen.

Sadye: Hoe krijgen ze dan ooit een rol?

Lyle: Ze spelen gewoon. Ze worden beter, of het wordt rondverteld, of regisseurs zien iets in hen, ook al hebben ze het verknald. Vorig jaar was er een jongen – o, die jongen, Dean, zie je hem daarachter, in dat zwarte shirt? Zijn stem kraakte zo verschrikkelijk bij de auditie dat hij van het toneel rende en zijn bladmuziek helemaal vergat. De pianist moest achter hem aanrennen. En hij kreeg Doody in *Grease* en eh, eens even denken, een behoorlijke rol in *South Pacific*. Dat kan dus ook gebeuren.

Nanette: Toen ik auditeerde voor *Beauty*, was ik zo nerveus dat ik het in de wachtruimte een beetje in mijn broek deed. Zodat mijn stoel een beetje nat werd.

Iz: Gatver!

Nanette: Ja hè. Niet verder vertellen, hoor.

Lyle: *Beauty* wat?

Sadye: Ze zat in *Beauty and the Beast.*

Nanette: Op Broadway. Nou ja, hij was niet echt nat, maar vochtig, weet je wel. En ik was bang om ergens anders te gaan zitten en veel te bang om tegen mijn vader te vertellen wat er gebeurd was. Ik wilde niet naar de wc voor het geval ze mijn naam zouden roepen terwijl ik daar zat, dus –

Demi: Hoe oud was je toen?

Nanette: Acht. Ik weet het. Eigenlijk te oud om het nog in je broek te doen.

Iz: Wat smerig. Heb je toen gezongen met je natte kleren aan?

Nanette: Ja.

Sadye: En kreeg je die rol toch?

Nanette: Ik werd understudy. Later kreeg ik de rol.

Lyle: Zo zie je maar. Een natte broek en een successtory.

Iz: Bij een auditie voor *Born Yesterday* op de school voor podiumkunsten, had ik te veel speeksel in mijn mond. Ik was halverwege de scène die we moesten doen, toen ik me realiseerde dat er een hele sliert speeksel uit mijn mond hing, bijna tot aan mijn knieën. Echt hoor.

Demi: Wat heb je toen gedaan?

Iz: Ik deed net alsof ik mijn script liet vallen en veegde het af. Maar ik was ervan overtuigd dat ik die rol niet zou krijgen...

Sadye: Maar ze kreeg hem toch. Ze heeft me verteld dat ze – hoe heet dat personage ook al weer – heeft gespeeld.

Iz: Billy Dawn.

Lyle: Nog zo'n successtory met lichaamsvloeistoffen. Zie je, Sadye? Het komt allemaal goed. Je hebt niet eens de controle over je lichaamsfuncties verloren.

Sadye: Daar moet ik zeker blij mee zijn.

Lyle: Mijn eerste jaar op Wildewood, ik was pas veertien of zo, vergat ik mijn tekst in een monoloog. Ik auditeerde voor *The Front Page* en ik – ik weet niet eens meer welke voordracht ik deed, maar ik had geen idee meer wat er kwam. Ik stond daar maar, stotterend, totdat de regisseur vroeg of ik opnieuw wilde beginnen, vanaf het begin.

Demi: Heb je dat gedaan?

Lyle: Dat zou ik gedaan hebben – als je van je paard valt moet je er meteen weer op gaan zitten – maar ik kon me het begin ook niet meer herinneren. Ik was het finaal kwijt. Dus ze zeiden 'Dankjewel' en stuurden me weg.

Sadye: Heb je die rol toch gekregen?

Lyle: Nee hoor. Dat hele eerste jaar zat ik bijna nergens in.

Sadye: Dat is ook niet stimulerend.

Lyle: Juist wel. Want kijk nu eens. Vorig jaar deed ik vijf voorstellingen en niemand herinnert zich nog wat er toen is gebeurd. Behalve ik.

Demi: Voel je je nu beter, Sadye? Zeg dat je je beter voelt.

Sadye: Oké, oké, ik voel me een stuk beter. Als ik de rest van jouw frietjes mag opeten.

Demi: Goed.

Sadye: Trouwens, ik voel me zo veel beter als ik kan.

(klik)

DIE AVOND zagen we een docentenvoorstelling van *Het belang van Ernst* in het Blackboxtheater. Theo was er uiteraard en James ook. Maar ik negeerde ze alle twee na mijn afgang bij de audities. Het was makkelijker om bij Demi en Lyle te blijven. Die vonden me aardig om wie ik was en niet vanwege mijn (op dit moment zeer twijfelachtige) talent of (kennelijk zeer beperkte) sexappeal. Het enige wat ik wilde was niet meer te hoeven denken aan hoe slecht ik het had gedaan en hoe stom ik er moet hebben uitgezien.

Na de voorstelling stonden we buiten in de zomeravondlucht; we hingen tegen de bakstenen muur van het gebouw en keken naar alle Wildewooders die om ons heen krioelden. Niemand had zin om al naar zijn kamer terug te gaan, omdat de nachtrust pas over een uur inging.

'Een eind verderop is een vierentwintiguurswinkel,' zei Lyle. 'Daar kan ik bier krijgen, als jullie tenminste een eindje willen lopen.'

'Mogen ze jou bier meegeven?' vroeg Demi.

'Officieel niet, maar ze zijn heel soepel. Als ze niet zouden verkopen aan leerlingen van Wildewood zouden ze niks te doen hebben. Wat vinden jullie?'

Ik schudde mijn hoofd. Ik wist dat de uitnodiging eerder bedoeld was om Demi te verleiden dan mij. Bovendien houd ik niet zo van drank.

Demi hield zijn hoofd schuin en keek met dichtgeknepen ogen naar Lyle: 'Is dat niet het soort escapades waarvoor je er hier kunt worden uitgeknikkerd?'

'Natuurlijk,' zei Lyle, 'een jongen op mijn gang werd er een paar maanden geleden uitgegooid omdat hij een fles whiskey in zijn kastje had. Maar lieverd, was jij niet degene die zei dat het leven een cabaret is?'

'Dat betekent nog niet dat ik het risico wil lopen eruit gegooid te worden.'

'Ach, Farrell zal ons niet betrappen, en als hij dat wel doet, dóét hij niks,' zei Lyle. 'Hij neemt ons alleen het bier af en drinkt het zelf op.'

Demi keek alsof hij de verleiding niet kon weerstaan en Lyle ging verder:

'Je doet er achttien minuten over, van deur tot deur, als je over de zuidelijke muur van het campusterrein klimt. Het vorig trimester hebben we het opgenomen met een stopwatch.'

Ik dacht dat Demi ja ging zeggen, want hij is altijd wel in voor avontuur, maar toen kwam Blake naar ons toe.

Blake, die een ketting van lichtblauwe kralen om zijn nek had, als een surfer; Blake die Demi de hele dag had genegeerd en met jongens én meisjes had zitten flirten op de voorste rij, zodat we alles goed konden zien; die adembenemende, egoïstische Blake kwam naar ons toe en raakte Demi flirterig aan met zijn schouder. 'Hé, waar heb jij gezeten?' vroeg hij.

Alsof we bij het eten niet aan de tafel naast die van hem hadden gezeten en in het theater achter hem.

Demi gooide zijn glimlach in de strijd. 'Bunburyen.'

(Dat was een grap uit *Het belang van Ernst*, die ik moet uitleggen, omdat er op Wildewood nogal veel aan bunburyen werd gedaan. Als een van de figuren uit dat stuk, Algernon, wil ontsnappen aan zijn sociale verplichtingen, beweert hij dat hij op bezoek moet bij zijn zieke vriend

Bunbury, die helemaal niet bestaat. Dan gaat hij iets doen wat hij leuker vindt dan wat hij eigenlijk moest doen, en die hele afleidingsmanoeuvre noemt hij 'bunburyen'. In de pauze had Lyle ons verteld dat ze het stuk bij Engels hadden bestudeerd en dat sommige mensen het Bunburymotief als homoseksueel interpreteren. Het is een soort code; bunburyen is ervandoor gaan en homoseksuele avonturen beleven, terwijl je er thuis over liegt. Het betekent dus je onttrekken aan een verplichting óf het betekent jongens die met elkaar rotzooien, of het betekent allebei. Schitterend woord.)

Blake lachte en zei: 'Ik heb gehoord dat je op het dak van de dansstudio's kunt komen. Heb je zin om dat eens uit te proberen?'

'Vroeger kon dat, maar nu niet meer,' zei Lyle. 'Ze hebben een alarm gezet bij de deur boven aan de trap, sinds ze daar steeds flesjes vonden.'

Blake negeerde hem. Demi ook. 'Ik ga mee!' zei hij, en rende het grasveld over. 'Wedden dat ik er eerder ben!'

Blake lachte en zat Demi na over het gazon.

Weg waren ze.

Lyle en ik bleven staan. 'Sorry!' mompelde ik ten slotte.

Alsof ik voor Demi kon spreken. En kon zeggen, sorry, hij wil je niet; sorry, hij is zo oppervlakkig; sorry, ik weet dat jij duizend keer meer waard bent dan Blake; sorry, hij is nog nooit op een plaats als deze geweest, waar hij de hele tijd uit de kast kan komen en ik denk dat het hem naar het hoofd is gestegen; sorry dat het er zo aan toe gaat in de wereld, dat alle mooie mensen er met elkaar vandoor gaan. En ook sorry dat ik wilde dat hij gebleven was.

'Weet je wat?' zei Lyle peinzend, terwijl hij in de richting keek waarin ze verdwenen waren, al konden we ze niet meer zien. 'De show is pas voorbij als deze jongen gezongen heeft.'

TWINTIG MINUTEN nadat ik naar bed was gegaan werd ik wakker doordat mijn kamergenoten binnenkwamen. Candie was in alle staten omdat Nanette haar had verteld dat ze in geen geval 'Memory' kon zingen bij haar auditie van de volgende dag. 'Maar waarom dan niet?' snoof Candie klagerig, terwijl ze haar nachtpon aantrok.

'Dat is onprofessioneel,' zei Nanette. 'Je zingt geen lied uit de voorstelling waarvoor je auditie doet. Dat doet niemand. Dat hoort niet.'

'Maar ik wist toch niet dat ze *Cats* deden. Dat hebben ze ons hier toch pas verteld!'

'Daar probeer je achter te komen,' zei Nanette. 'Dat heb ik gedaan. Of je kijkt op internet en ziet wat ze het vorig jaar en het jaar daarvoor hebben gedaan, omdat je weet dat ze dat dit jaar niet weer doen.'

'Jij had je agent, die Morales kende,' kwam Iz ertussen, die in haar blootje door de kamer liep op weg naar de douche. 'Ik ben hier al twee zomers geweest en zelfs ik wist niet wat ze zouden doen.'

'Heb je ook nog andere bladmuziek bij je?' vroeg ik aan Candie.

Ze schudde haar hoofd.

'Oké, dan moeten we praktisch zijn,' zei Nanette. 'Wat kun je nog meer zingen?'

'Niets.' Candie begroef haar gezicht in haar kussen.

'Je bent een sopraan,' drong Nanette aan. 'Je kent toch wel "Somewhere over the rainbow"? Zing dat dan.'

'Ik geloof niet dat ik dat ken. Niet echt.'

'Of "The sound of music"?'

Candie schudde haar hoofd.

'Je kent "The sound of music" niet? Meen je dat serieus?'

'Nee.'

'Er is vast wel iets anders. "I could have danced all night"? Of een liedje uit *Jekyll & Hyde*?'

'Niet a capella,' zei Candie. 'Dat kan ik niet a capella zingen.'

'Ach, laat haar toch,' kreunde ik. 'Ze kan toch "Memory" zingen als zij dat zo graag wil.'

'Alleen als ze wil overkomen als iemand die van toeten noch blazen weet.'

'Ze kent toch niets anders.'

Candie zweeg.

'Ik probeerde alleen maar te helpen,' zei Nanette beledigd, terwijl ze in bed stapte en de dekens over zich heen trok.

D E VOLGENDE DAG vol monologen en liedjes was hetzelfde als de eerste. Een voortdurende stroom gezichten, allemaal nerveus.

Iz was pittig en grappig op het toneel – veel aantrekkelijker dan van dichtbij en ze zong 'Sandra Dee' met die krachtige, korrelige stem, en met zulke geraffineerde grapjes en gebaren, dat je wel kon zien dat ze het nummer de zomer daarvoor in een echte voorstelling had gedaan.

Het was Blake en Demi de avond daarvoor niet meer gelukt op het dak van de dansstudio's te komen, zoals Lyle al had voorspeld, maar ze hadden op de trap staan zoenen totdat de nachtrust inging. Wat waarschijnlijk ook Blakes bedoeling geweest was.

'Alleen zoenen?' fluisterde ik tegen Demi, terwijl we in de zaal gingen zitten.

Demi gaf me een klap op mijn hand. 'Ik ken die jongen pas twee dagen. Ik wil mezelf bewaren voor het huwelijk.'

'Eh-eh. Ja.'

'We hebben nog een hele heerlijke zomer voor ons,' zei Demi dromerig. 'Ik en Blake. Blake en ik.'

Ik hoopte dat hij gelijk had.

Maar als ik eerlijk moet zijn, hoopte ik het niet.

CANDIE WAS nummer 115 – tamelijk ver tegen het einde – en na de lunch, toen Demi bij Blake ging zitten, kwam ze tussen mij en Iz zitten. Haar roze huid was bezweet en ze had haar witblonde haar in staartjes gedaan, zodat ze eruit zag als een boerinnetje. Ze zei niets en ik bedacht hoe moeilijk het moest zijn zo ver aan het eind te zitten en al die getalenteerde mensen op het toneel te zien staan.

Ik voelde me verwant met haar. Zij en ik waren de paarden die in deze race geen kans maakten. We waren beiden niet bijzonder knap, en geen van ons kon concurreren met meisjes als Iz – en nog minder met meisjes als Nanette. Wij waren degenen die aan het eind van de zomer waarschijnlijk onze dromen zouden moeten inpakken, mee naar huis nemen en ze daar opbergen op de rommelzolder.

Ik besloot aardiger tegen haar te doen, al was ik niet kapot van haar – al kreeg ik het op mijn zenuwen doordat ze zich zo afhankelijk opstelde en wilde ik haar soms wel door elkaar rammelen – omdat ik er zeker van was dat ze zich net zo voelde als ik.

Toen Candies groep werd geroepen kreeg ik eerst twee rijen vertolkingen van 'Out Tonight' uit *Rent* voorgeschoteld, wat werd gevolgd door een jongen die een liedje uit *Avenue Q* probeerde te zingen, waarbij hij net deed alsof zijn handen muppets waren, en een zielig type dat zo slecht zong dat ik zelfs niet kon horen wat hij zong.

Candie liep naar boven en ging in het midden van het toneel staan. 'Ik heb mijn bladmuziek niet bij me,' zei ze. 'Of, nou ja eigenlijk heb ik een ander liedje gekozen.'

'Oké,' kwam Morales met zijn iele, hoge stem. 'Begin met de monoloog, alsjeblieft.'

Candies voordracht kwam uit *Het dagboek van Anne Frank*. En ondanks haar gebrek aan zelfverzekerdheid – haar *Jekyll*-obsessie, haar ex-vriendjescomplex, haar onhandigheid, het feit dat je als je bij haar in de buurt was het gevoel had dat je een gapende open wond zag en je haar wilde vragen of ze er alsjeblieft een verband op wilde doen – was ze op het toneel geweldig. Ze was eerlijk.

En toen ging ze zingen. Zonder begeleiding barstte ze uit in het Amerikaanse volkslied.

Als je dat lied ooit hebt moeten zingen bij een bijeenkomst op school weet je dat het heel moeilijk is. Het wisselt van heel laag tot heel hoog. Het gedeelte waarin het gaat over de 'rode gloed van raketten' is een ramp voor de meeste mensen. Maar Candie – haar stem vloog als een vogeltje naar de hoge tonen. Toen ze bij het eind kwam hief ze haar zachte, rode gezicht op naar het balkon en stak haar armen in de lucht, en elke noot was zacht en zuiver.

'Nou,' mompelde Iz. 'Die kan Nanette in haar zak steken.'

D E VOLGENDE OCHTEND hingen de castlijsten om acht uur op een aanplakzuil in het midden van de campus. Nadat we ze hadden bekeken moesten we ontbijten en dan beginnen aan de eerste dag met gewone lessen en repetities.

Nanette was veel te zelfverzekerd om al om acht uur te gaan kijken en zei dat ze wilde profiteren van de lege badkamer, maar Candie, Iz en ik renden al vroeg naar buiten. Toen we er kwamen was er van de vijf opgehangen lijsten niets te zien door alle mensen die ervoor stonden – vrijwel heel Wildewood was er al. De meisjes zonder make-up, de jongens met ongekamd haar. Iedereen gilde en sprong blij, praatte en greep elkaars armen vast. 'Wij zitten bij elkaar!' 'Ik wist wel dat je een goede rol zou krijgen!' 'Ik vind het zo spannend!' 'Het wordt een fantastische voorstelling!'

Ik zocht mijn naam eerst op de lijst voor *Little Shop of Horrors* (dat een zo kleine cast heeft dat er geen slechte rollen zijn), en daarna op die van *Bye Bye Birdie*, die ernaast hing.

Op geen van beide.

Vervolgens *Cats*, waar ik eigenlijk niet in wilde, maar waarin dans zo belangrijk was dat ik een goede kans had op een mooie rol.

Ook niet.

Toen *Showboat*.

Nee.

Ik keek nog eens naar *Cats*, omdat ik dacht dat ik mezelf misschien niet gezien had, omdat ik er niet aan gewend was Sadye gedrukt te zien staan.

Maar nee.

Overal om me heen stonden mensen te duwen en te roepen. Met dichtgeknepen keel liep ik naar het eind van het aanplakbord, zodat ik de lijst voor *Midzomernacht* kon doornemen.

Daar stond mijn naam. Sadye Paulson.

Ik speelde een personage dat ik me zelfs niet herinnerde, ook al had ik het stuk bij Engels gelezen. Peter Quince, de timmerman.

Ik speelde een man.

Kennelijk was ik niet eens herkenbaar als vrouw.

Ik wilde blij zijn voor mijn vrienden, maar toen mijn wangen nat werden van de tranen merkte ik dat ik huilde.

Ik probeerde me te herinneren wat Morales had gezegd over nederigheid; over het bedwingen van je ego te behoeve van de voorstelling.

Ik probeerde te denken dat een Shakespearestuk een geweldige training zou zijn voor mijn carrière. Ik zei tegen mezelf dat ik nog een hele zomer voor me had met acteerlessen en zanglessen en repetities – en dat ik in elk geval weg was uit Ohio.

Het leek alleen zo oneerlijk, dat ik niet kreeg waar ik maanden over had gedroomd.

Dat ik geen kans kreeg.

Ik zag Demi aan de andere kant van de massa op en neer springen. Hij speelde het titelpersonage in *Bye Bye Birdie* – maar ik ging niet naar hem toe om hem te feliciteren. Ik wist dat ik dat eigenlijk moest doen, maar ik kon geen woord uitbrengen en ging terug naar mijn kamer.

Dat was het eerste wat ik fout deed bij hem.

NANETTE WAS in onze kamer haar haar aan het drogen. 'Hoe is het gegaan?' vroeg ze.

Ik slikte met moeite. 'Wil je weten wat jij hebt gekregen?'

'Niet vertellen!'

'Oké...'

'Nee, vertel het me wel,' smeekte ze. En voor een keer zag haar harde gezicht er open uit.

'Julie in *Showboat*.'

Dat was een grote rol. Nanette danste door de kamer.

En op dat moment haatte ik haar. Zij had alles wat ík wilde.

Alles.

'Candie heeft Audrey in *Little Shop*,' zei ik zachtjes. En ik haatte mezelf terwijl ik het zei, ook al wist ik dat Nanette er uiteindelijk toch achter zou komen, omdat ze ophield met dansen en de hardheid in haar gezicht terugkwam.

Ik zag dat ik haar blijdschap had verknoeid. Dat was de rol die zij had gewild.

'Iemand moest hem krijgen,' zei ze lauw.

Zo'n goede actrice was ze dus ook weer niet.

Ik vertelde haar de rest. Demi als rockster in *Bye Bye Birdie*. Iz als de vurige Latijns-Amerikaanse secretaresse, die droomt van een splitlevelwoning en een huwelijk. Blake had een saaie rol in *Showboat*.

Toen vertelde ik haar over *Midzomernacht*. 'Daar zit Lyle

in, samen met mij,' zei ik zo vrolijk als ik kon. 'Hij speelt Bottom de wever, dus dat moet wel leuk worden.'

Maar onder de oppervlakte zat ik in een neerwaartse spiraal en dacht: Iedereen die maar een béétje kan dansen zit in *Cats*, behalve ik.

Ben ik niet de danser die ik dacht te zijn?

Zing ik zo slecht dat ze me zelfs niet laten rondspringen in een gestreepte catsuit, omdat ik het hele koor van de wijs breng?

Waarom vinden ze dat ik een man moet spelen? Ik zie er toch niet uit als een man?

Of wel soms?

Of wel soms?

Ik hoorde hier niet. Mijn naam was vast verwisseld met die van iemand anders, en nu zit een of ander arm kind dat barst van het talent ergens thuis in Ohio, afgewezen, terwijl ze hier moest zijn in plaats van mij.

'Hallo, ben je er nog?' brulde Nanette. 'En de Tiendaagse, sweetie? Zitten we daarin?'

Ik ontwaakte met een schok uit mijn ellende. Ik wist het niet.

Hoe kon dat nou? Waarom had ik niet gekeken?

'Daar moeten we achter komen,' zei Nanette. 'Kom op!'

We gingen terug en hoorden dat Reanne de cast voor de Tiendaagse pas om halfnegen had opgehangen – en dat ze het kluitje Wildewooders dat bij de aanplakbiljetten stond had uitgelegd dat Morales zijn uiteindelijke beslissingen pas die ochtend had genomen, wat de reden was dat de cast pas zo laat werd opgehangen.

Nanette was de cabaretartieste die al zo lang leed, Miss

Adelaide. Candie had de andere vrouwelijke hoofdrol: Sarah, een deugdzame zendelinge die verliefd wordt op een knappe losbol, de gokker Sky Masterson – te spelen door Demi.

Lyle was de kleine boef Nicely-Nicely Johnson, en Blake speelde een politieman, inspecteur Brannigan. Theo was Benny Southstreet, ook een gokker, die samen met twee andere patsers de voorstelling opent met het trio 'Fugue for Tinhorns'. James was Rusty Charlie.

En daar, helemaal onderaan, onder het kopje Dansende Hotboxgirls, stond mijn naam, Sadye Paulson.

Ik zat erin.

In de Tiendaagse. Onder regie van Jacob Morales, die het helemaal had gemaakt op Broadway.

Op dat moment, ook al duurde het maar heel even, maakte het mij niet uit of ik een rol met tekst had, maakte het me niet uit dat ik geen hoofdrol had, het maakte me niet uit. Ik zat erin, erin, erin.

PROGRAMMA ZOMERCURSUS WILDEWOOD
Sadye Paulson
8.00 u. Ontbijt
9.00-10.30 u. ma/wo/vr: Dans voor gevorderden (Sutton)
di/do/za: Acteren (Morales)
10.45-12.00 u. ma/wo/vr: Mime (Ellerby)
di/do/za: Zang (De Witt)
12.00-13.00 u. Lunch
13.00-17.00 u. Middagrepetitie
17.15-18.30 u. ma/wo/vr: Theatervechttechnieken (Smith)
di/do/za: Klassiek blijspel (Kurtz)
18.45 u. Avondeten
20.30-22.30 u. Recreatief programma/Avondrepetitie
23.30 u. Nachtrust

Ik had morales voor Acteren, om negen uur – maar ik was te laat. Ik keek al uit naar de les sinds ik mijn programma voor het eerst gezien had, en nu ik wist dat ik in zijn voorstelling zat was ik nog opgewondener – maar de rijen bij het ontbijt waren lang, omdat iedereen buiten was blijven staan wachten tot de lijsten voor *Guys and Dolls* werden opgehangen. We hadden maar twintig minuten om eten te halen en te eten en ik wist dat ik het niet de hele ochtend zou volhouden als ik niet op zijn minst een yoghurtje had gehad.

Het was vijf over negen toen ik binnenkwam. Morales zat op een kruk te praten tegen een groep van twintig leerlingen die op de grond van de lesruimte zaten. Hij stopte toen ik binnenkwam.

'We hebben het voorstellingsrondje al achter de rug.' Zijn blik was ijskoud. 'En jij bent?'

'Sadye Paulson.'

'Kom binnen, Sadye.'

Ik ging zitten en Morales wachtte tot ik me had geïnstalleerd voordat hij verder ging. 'Ik zie dat we helemaal bij het allereerste begin moeten beginnen, in plaats van op het gevorderde niveau waar een groep als deze toch eigenlijk zou moeten zijn. Waarom?' Hij keek mij aan. 'Omdat, Sadye, een acteur die zelfs maar vijf minuutjes te laat is voor een repetitie, zoals jij vandaag voor deze les, een onprofessionele houding heeft. Ze belemmert de voortgang van de productie waaraan ze meewerkt, niet alleen omdat ze vijf minuten heeft verspild van alle leden van de cast, de regisseur, de choreograaf en de stagemanager, wat al snel oploopt tot een verspilling van meer dan een uur – meer dan een uur, mensen!

Maar ook omdat ze een sfeer creëert waarin mensen het niet belangrijk vinden wat ze doen.'

Demi, die naast me zat, gaf me een klopje op mijn arm.

'Als zelfs de kleinste bijrol zich niet volledig inzet,' ging Morales verder, heeft de hele productie eronder te lijden. De groep die theater maakt wordt uitgehold – en die uitholling, dat gebrek aan totale inzet, is iets wat het publiek merkt. Begrijpen jullie dat?'

We knikten allemaal.

'Hetzelfde geldt voor acteerlessen. Voor de lessen dans, stemvorming, zang, voor alles wat je hier doet en voor alles wat je doet als je weer thuis bent. Het uitgangspunt moet altijd zijn je inzet, want zonder die inzet kunnen we niet werken. Dan kan ik je niet helpen. Die inzet zit in je hart, of dieper nog – in je elke vezel van je lichaam – en hij moet dus ook in je voeten zitten. Want die moeten ervoor zorgen dat je hier op tijd bent. Elke dag. Die inzet zit in je schoudertas, omdat je je scripts en je dansschoenen bij je hebt, net als alles wat je verder maar nodig hebt om je vak te leren en je kunst uit te oefenen. Die inzet moet ook zitten in je geheugen, omdat je je tekst onder de knie moet hebben lang voordat je zonder script gaat spelen. In je lichaam, zodat je gezond eet en genoeg slaap krijgt, en je naar beste vermogen kunt inzetten. Dát is jullie uitgangspunt. Dát is wat je moet leren, en het spijt me te moeten zien dat jullie deze zomer starten als beginners in plaats van als professionals' – op dit punt keken diverse mensen me vuil aan – 'maar ik hoop en vertrouw erop dat jullie de drive en de motivatie hebben om te leren.' Morales keek op zijn horloge. 'Omdat we nu een kwartier van onze les hebben verloren met deze waarschuwing die ik jullie moest geven, hebben we geen tijd meer voor de acteeroefening die ik had gepland. In plaats daarvan wil ik dat jullie allemaal een plekje zoeken op de grond en rustig gaan liggen om te overdenken wat ik heb gezegd en je inzet in alle vezels van je lichaam te vernieuwen. In alle vezels van je lichaam.'

We stonden zwijgend op en probeerden een plekje te zoeken op de koele repetitievloer. Ik wilde me oprollen tot een bal en gaan huilen van schaamte, maar iedereen ging rustig op zijn rug liggen, dus ik slikte eens goed en deed hetzelfde.

Toen we eenmaal lagen liep Morales de ruimte uit.

Daar lag ik, mijn gezicht nog altijd verhit.

Daarna kreeg ik het koud. De airconditioning werkte al een tijdje. Ik tilde mijn hoofd op en keek naar de klok. We lagen nu twintig minuten. Dertig. Veertig.

Morales was er nog steeds niet. Het meisje naast me lag te slapen, maar andere mensen keken naar hun handen of rekten zich een beetje uit. Ik wilde mijn sweatshirt uit mijn tas halen, maar ik was veel te bang dat Morales net zou binnenkomen en de hele groep zou straffen omdat ik zo weinig inzet had dat ik van mijn plaats was gekomen. Dus lag ik daar maar. Ik staarde naar de klok en hoopte dat de volgende les (Zang) beter zou zijn.

Om kwart over tien kwam Morales de ruimte weer in. 'Jullie kunnen gaan zitten,' kondigde hij aan.

Dat deden we.

'Ik ben blij jullie hier allemaal zo stil te zien liggen, wat ik je gevraagd had,' zei Morales terwijl hij ons strak aankeek. 'Dat is een hoopvol teken. Een teken van vertrouwen en een teken dat we zijn begonnen een eenheid te smeden die als collectief theater gaat maken. Ik zie jullie weer op donderdag.'

En met die woorden liep hij weer naar buiten.

(schuif, beng, klik)

Sadye: *(fluisterend)* Het is 28 juni, vijf over halftwaalf 's avonds. De nachtrust na de eerste dag lessen is ingegaan.

Demi: *(te luid)* Ze is in de jongensverblijven!

Sadye: Stil!

Demi: *(zachter)* We zijn in de wasruimte, met het licht uit, zodat we niet worden gepakt door Farrell. Sadye is als een ware ninja naar binnen geklommen.

Sadye: Je kamer is op de begane grond.

Demi: Oké. Ik wil je alleen een complimentje geven. Ze klom als een ninja mijn kamer in en liet Steve en John zo schrikken dat hun broek ervan afzakte.

Sadye: Mark is er gewoon doorheen geslapen. Hij lag letterlijk te snurken, terwijl ik door het raam naar binnen klom. Hij bewoog niet eens. Ik zat vlak naast zijn hoofd.

Demi: Toen zijn we door de gang hierheen geheld.

Sadye: En waarom? Voor jullie, o nageslacht. We beloofden bij de lunch om documentaire redenen de gebeurtenissen van deze dag vast te leggen, maar daarna was Demi het weer vergeten.

Demi: Ik was het niet vergeten. De repetitie was voorbij.

Sadye: We zitten alle twee in de Tiendaagse, maar ik moest naar de dansstudio om 'Bushel and a peck' te leren, terwijl Demi – wat deed jij eigenlijk?

Demi: We hebben het hele script gelezen en toen begon de regisseur te werken aan 'Luck be a lady'. Hé, zit jij bij Dans voor gevorderden? Sadye is een gevorderd danser en zit in de gevorderdenles.

Sadye: Nee, die is pas morgen. Ik had Zang.

Demi: Ik had de tweede les Dans.

Sadye: Hoe was het?

Demi: Ik heb pijn in mijn billen. Ik ben niet gewend aan pliés en al die dingen.

Sadye: Haha!

Demi: *(luider)* Ik meen het. Ik verrek van de pijn in mijn billen.

Sadye: Sst! Zachtjes!

Demi: *(fluisterend)* Oké, ik doe zachtjes. Nog even voor het nageslacht, wat was jouw keuzevak en hoe vond je het?

Sadye: Klassiek blijspel. We moesten korsetten aandoen.

Demi: Op de eerste dag al?

Sadye: Ja. We moesten korsetten aandoen en dan rondlopen, om een gevoel te krijgen van hoe je in de zeventiende eeuw liep.

Demi: Wat deden de jongens?

Sadye: Er was maar één jongen. Hij keek met veel belangstelling naar onze omhooggedrukte boezems. En bij jou?

Demi: Ik heb geen boezem.

Sadye: Je bijvak.

Demi: Auditievoorbereiding. We moesten onze drie belangrijkste eigenschappen bij het casten opnoemen.

Sadye: En?

Demi: Onze belangrijkste eigenschappen bij het casten. Zodat we die kunnen benutten om de beste liedjes te kiezen. Bijvoorbeeld: je komische talent, je stoerheid, je onschuld, het feit dat je een hoge sopraan bent, dat soort dingen.

Sadye: En die van jou waren?

Demi: Ik heb gezegd: joie de vivre.

Sadye: Mooi.

Demi: En mijn kopstem. Maar de docent vond dat te beperkt. Ik kon op de auditie wel een lied in kopstem doen, zei ze, maar ik zou niet altijd mijn kopstem willen gebruiken.

Sadye: En wat was je laatste eigenschap?

Demi: Zeg ik niet.

Sadye: *(knijpt hem)* Hoe bedoel je, zeg ik niet?

Demi: Au, au!

Sadye: Zeg op!

Demi: Oké, maar het klinkt zo stom. Ik zei: de kwaliteit om leading man te zijn.

Sadye: En wat zei zij toen?

Demi: *(wacht even)* Dat vond ze prima, maar ik moest mijn kopstem vervangen door mijn zwart zijn.

Sadye: Waarom?

Demi: Ik ben toch zwart. Ga me nou niet vertellen dat je dat nog niet gezien had!

Sadye: Hoezo?

Demi: Ik ben z-w-a-r-t, zwart.

Sadye: Dat is gemeen.

Demi: Nou –

Sadye: Waarom zeg je dat tegen mij?

Demi: – omdat jij doet alsof het je nog nooit is opgevallen.

Sadye: Wat? Bedoel je de hele tijd?

Demi: Voornamelijk.

Sadye: Hoe moet ik dan anders doen?

Demi: *(stilte)*

Sadye: Wil je dan dat ik er af en toe over begin, dat ik zeg, o, vandaag zie je er bijzonder zwart uit, Demi? Of zoiets?

Demi: Nee.

Sadye: Wat dan?

Demi: Doe niet zo geïrriteerd.

Sadye: Ik begrijp gewoon niet wat je wilt zeggen.

Demi: Andere mensen hebben het er wel over. Alsof ze niet bang zijn het erover te hebben.

Sadye: Zoals wie?

Demi: Lyle. We hadden er vandaag een heel gesprek over na Auditievoorbereiding. Of Candie. Die –

Sadye: Candie is belachelijk.

Demi: Dat mag dan wel zo zijn, maar zij vroeg gewoon rechtuit of ik een homo was. En later zei ze dat ze nog nooit een zwart vriendje had gehad. Ze is heel open over haar achtergrond, ook al is ze dom.

Sadye: Maar mij valt het helemaal niet op dat je zwart bent. Echt niet.

Demi: Dat zég ik nu juist. Het is heel belangrijk voor me, en jij ziet het niet eens.

Sadye: Maar is het dan niet juist goed dat ik het niet zie?

Demi: Het is een feit. Hallo, Sadye.

Sadye: Oké, het is een feit. En het is een feit dat ik blank ben. Het is een feit dat ik lang ben.

Demi: Dat is niet hetzelfde.

Sadye: Waarom niet?

Demi: Je kunt niet zeggen dat dat hetzelfde is. Dat weet je toch.

Sadye: *(stilte)*

Demi: Laat maar.

Sadye: Laat maar.

Demi: De docent zei dat ze me voor bepaalde rollen willen casten, omdat ik zwart ben en dat ik een lied op mijn repertoire moet hebben dat daar rekening mee houdt.

Sadye: O.

Demi: Bijvoorbeeld een nummer uit *Ragtime*. Of uit *Porgy and Bess*.

Sadye: O.

Demi: Of zoiets. Ik vraag me af waar Brian Stokes Michael auditie mee doet.

Sadye: Laten we het ergens anders over hebben.

Demi: Acteren. Dat hadden we samen met Morales.

Sadye: Het was afschuwelijk.

Demi: Hoezo?

Sadye: Hallo! Ik was vijf minuutjes te laat en hij gaf me er van langs waar iedereen bij was.

Demi: Ik dacht dat je hem aardig vond. Na de oriëntatie vond je hem leuk.

Sadye: Ik vind hem ook leuk. Daarom was het zo erg. Het feit dat het zo'n fantastische, talentvolle regisseur is, maakt het allemaal nog veel erger.

Demi: Waarom was het zo erg?

Sadye: Had hij niet een beetje soepeler kunnen zijn? Ik moest nog bijkomen van de verschrikkingen met *Midzomernacht*. En we waren allemaal laat bij het ontbijt, omdat hij zijn lijst zo laat had opgehangen. Ik zou nooit te laat zijn geweest als ik daar niet op gewacht had.

Demi: Trouwens, ik vind dat je genaaid bent met die rol van Quince.

Sadye: Dank je. Maar wat ik wil zeggen is of het nou echt nodig was dat Morales iemand eruit pikte om te vernederen en ons allemaal een preek te geven? Gezien het feit dat het de eerste dag was en de castinglijsten pas waren opgehangen en iedereen, niet alleen ik, in alle staten was, we waren allemaal kwetsbaar.

Demi: Nou –

Sadye: Wat?

Demi: Ja.

Sadye: Hoe bedoel je?

Demi: Dat wilde hij nou juist zeggen. Dat het niet uitmaakt dat de castinglijsten pas waren opgehangen, of dat je huisbaas je eruit heeft gegooid of je vrouw is weggelopen, of wat dan ook; een professioneel acteur is er op tijd en laat zijn persoonlijke leven niet meespelen.

Sadye: Misschien. Oké. Maar hij had toch niet die hele acteeroefening hoeven te schrappen en ons vijfenvijftig minuten op de grond laten liggen?

Demi: Dat was fantastisch. Ik moest vreselijk piesen, maar verder was het geweldig.

Sadye: Wat?

Demi: Niemand, geen enkele docent, heeft me ooit eerder een uur laten nadenken. Echt laten nadenken over wat belangrijk is.

Sadye: Ik wilde iets leren. Niet op mijn rug liggen en me afvragen, wanneer komt hij terug en heb ik het echt voor iedereen verknald?

Demi: Je hebt het niet verknald. Dit zou hij toch al gedaan hebben, want daar ging het hem nu juist om.

Sadye: Wáár om?

Demi: Om vertrouwen. Je moet vertrouwen hebben in je regisseur, in je acteerdocent. Hij is degene die overzicht heeft, die kan zien of wat jij doet in het geheel, de voorstelling past. We moesten erop vertrouwen dat hij ons niet was vergeten. Blijven doen wat hij tegen ons had gezegd, hoe bizar het ook leek. Hij liet ons zien dat we vertrouwen moesten hebben in zijn visie.

Sadye: Maar hij zat waarschijnlijk ergens een sigaretje te roken en de krant te lezen, terwijl hij ons eigenlijk acteerles moest geven.

Demi: Maar hij gáf ons acteerles. Dat zeg ik nu juist.

Sadye: Het was tijdverspilling.

Demi: Dat komt omdat je het niet goed deed.

Sadye: Waarom ben je vandaag zo gemeen tegen me?

Demi: Ben je nog altijd geïrriteerd?

Sadye: Je bent gemeen!

Demi: Ik? Ik ben degene die boos moet zijn.

(Luid geklop op de deur van de wasruimte. Eerder gebons.)

Sadye: Ai!

Demi: Verstop je!

Sadye: Waar dan?

Demi: Er is niks waar –

Farrell, de gangwacht: *(doet de deur open en knipt het licht aan)* Wat hebben we hier nou?

Demi: Het is heel anders dan het lijkt.

(schuif, beng, klik)

F ARRELL betrapte ons.
We boden onze excuses aan.
Hij schudde zijn hoofd. Maar gelukkig was hij assistent-regisseur bij *Bye Bye Birdie* – en dus geneigd zich soepel op te stellen tegenover Demi. Hij gaf ons alleen een waarschu-

wing en bracht me terug naar mijn kamer met de belofte dat hij deze eerste overtreding niet zou melden.

* * *

De volgende ochtend maakten Demi en ik het bij het ontbijt weer goed. 'Sorry dat ik zo'n lul was,' zei hij, terwijl hij me van achteren omhelsde toen ik in de rij stond voor pannenkoekjes.

'Sorry dat ik zo'n trut was.'

'Zand erover?'

'Tuurlijk.'

'Mooi. Mag ik dan een paar van jouw pannenkoekjes hebben?'

'Ga zelf maar in de rij staan.'

'Oh, wil je me geen pannenkoekje geven om het weer goed te maken? Na onze Eerste Officiële Ruzie?'

'Oké, oké. Maar dan haal jij sinaasappelsap, goed?'

'Ik vlieg al.'

En we deden weer gewoon tegen elkaar – maar toch. Het was onze Eerste Officiële Ruzie – en het zou niet de laatste zijn, zo bleek.

De volgende dagen waren een rommelig geheel van scripts, repetities, nieuwe lessen, zweet, muziek en dans. Zo veel dans dat mijn voeten ervan gingen bloeden. De badkamer hing vol druipende balletpakjes die we met de hand hadden uitgespoeld. We verbruikten zo veel energie dat we bij de lunch twee of zelfs drie boterhammen met pindakaas naar binnen schrokten.

Bij de repetities van *Midzomernacht* besteedden we niet veel tijd aan het script. We bouwden een band op met bomen.

In Reannes opvatting over de voorstelling was, zo vertelde ze ons, *Midzomernacht* bij uitstek een ensemblestuk.

Het toneel zou een grote, oplopende cirkel zijn, bedekt met glanzend groen doek, en samen zouden we het toverwoud uit Shakespeares fantasie creëren. Het verhaal gaat over twee verliefde tienerstelletjes die verdwalen in de wilde bossen, waar boze elfen hen betoveren. Een groep 'ruwe ambachtslieden' (arbeiders) is ook in het bos, onder aanvoering van een halve gare, Peter Quince (ik). Een van die ambachtslieden, de wever Bottom (Lyle), verandert in een ezel en wordt verleid door de elfenkoningin Titania. Een dolle nacht volgt. Liefde, razernij, persoonsverwisselingen, betoveringen.

Reanne legde uit dat ze wilde dat wij onszelf zouden onderdompelen in het sprookjesachtige karakter van Shakespeares blijspel. We zouden geen bomen, rotsen, beschaduwde plekken, of wat dan ook als decorstukken hebben, maar die maken met ons lichaam, door onszelf in het doek te wikkelen en voor de ogen van het publiek het bos te worden. 'Het concept dat de acteurs lichamelijk vormgeven aan de toneelomgeving is een vast element in mijn manier van werken,' legde ze uit. 'Het is een organische manier van werken, inherent aan toneel. Zo wordt op heel fundamenteel niveau gecommuniceerd met het publiek.'

De eerste paar dagen hadden we repetities in de Shakespearetuin (vol kruiden en andere planten die in de stukken van Shakespeare worden genoemd), in de bossen achter het campusterrein, of bij de oever van het meer, om contact te krijgen met de geest van de natuur. We hielden in een kring elkaars handen vast, deden onze ogen dicht en vormden een groep door een handkneep van de een naar de ander door te geven. We gingen in het bos staan, snoven de aardse geuren op en luisterden naar de zachte geluiden van de bladeren in de wind. Daarna werden we zelf 'bomen', door onze armen de lucht in te steken en te proberen het houterige maar toch beweeglijke karakter van het bos uit te drukken. We gingen aan de rand van het water zitten en zochten elk naar een ge-baar waarin voor ons gevoel de schoonheid van de natuur om ons heen was gevangen – een gebaar dat we vervolgens moesten meenemen naar de repetitieruimte om de aanwe-zigheid uit te drukken van de grillige, verbazend levende Moeder Natuur, die zo'n belangrijk element was in de visie van Shakespeare.

Ik vond die oefeningen leuk. Reanne was hartelijk, royaal en erg enthousiast. Ik vond het fijn mijn gedachten te con-centreren en me te laten leiden door haar hese stem. Op een dag speelden we tikkertje in het bos en deden of we elfen waren.

Theatervechttechnieken was mijn lievelingskeuzevak. We leerden hoe we iemand een nepklap moesten geven, kre-gen les over de verschillende manieren om nepbloed te ma-ken en deden zwaardgevechten. Het was een populaire les bij het contingent heterojongens, onder wie Theo (die Ly-sander speelde, een van de verliefden) en een paar van de ru-we ambachtslieden uit *Midzomernacht*.

Ik was het enige meisje, maar de docent maakte het me om die reden er niet makkelijker op. 'Harder Sadye!' schreeuwde hij vanaf de kant, terwijl ik mijn zwaard in iemands zij stootte. 'Vechten of je leven ervan afhangt!' We oefenden met vallen, schoten met pistolen die waren geladen met knalpatronen en deelden elkaar steeds opnieuw nepklappen uit.

Op de tweede lesdag (de vierde dag van de repetities) moest ik Theo slaan. Ik had erg mijn best gedaan om hem te negeren, omdat hij niet met me gedanst had. De docent wees ons aan als partners.

Wham! Dus jij zag me niet.

Wham! Dus jij vond me niet leuk genoeg om mee te dansen.

Wham! Dus jij was zelfs vergeten dat ik je had gevraagd.

Wham! Dus jij wilde een Kristin-type, zoals Bec.

Het gaf me een heerlijk gevoel, moet ik zeggen. Ook al sloeg ik tegen mijn eigen hand, ik zag zijn knappe gezicht, bedacht wat voor rottig gevoel hij me bezorgd had, bewoog mijn arm naar achteren om naar hem uit te halen en zag hem kronkelen van namaakpijn.

Wham! Dus jij vond het prima dat Morales me zo vernederde.

Wham! Dus jij bent boos dat het mij niet uitmaakt dat je zwart bent.

Wham! Dus jij gaat ervandoor met Blake.

Wham! Dus jij hebt meer talent dan ik.

Tegen de tijd dat mijn beurt erop zat, was ik een beetje in de war – ik wist bijna niet meer of Theo of Demi voor me stond, en waarom dacht ik trouwens aan Demi? Ik was toch niet meer boos op hem? De docent gaf ons opdracht van rol te wisselen, maar ik luisterde amper. Ik stond daar alleen maar en voelde een mengsel van woede en verwarring.

Nu was Theo aan de beurt om mij te slaan. We werkten de hele gang van zaken een paar keer zonder problemen af, maar toen schoot zijn hand uit en gaf hij me een dreun op mijn wang, hard en luid.

Ik viel naar achteren, mijn gezicht prikte en mijn adem stokte.

'Ik heb je echt geslagen!' riep Theo en sloeg verbijsterd zijn hand voor zijn mond. 'Heb ik je pijn gedaan? Heb ik je pijn gedaan?'

Ik wankelde naar een stoel en ging zitten.

'Het is helemaal rood. Heb ik je pijn gedaan?'

Ik kon niets uitbrengen.

'Het spijt me zo. Zal ik een zak ijs of zoiets halen?'

'Nee, nee,' antwoordde ik ten slotte. 'Laat me gewoon maar even zitten. Ik ben geen teer bloempje of zo.'

Theo keek me aan. Strak. 'Ik weet dat jij geen teer bloempje bent,' zei hij. 'Dat vind ik zo leuk aan je.'

'Ik geloof dat ik toch een zak ijs wil,' zei ik tegen hem.

Theo holde weg om er een te halen en het tegen de docent te zeggen en ik bleef zitten, met mijn hoofd tussen mijn knieën.

Ik had het gevoel alsof ik smolt.

Daarna praatten Theo en ik weer met elkaar. We werden partners bij gevechten en maakten grapjes bij de *Midzomernacht*-repetities. Hij was graag in mijn gezelschap – daar was ik tamelijk zeker van. Maar ik geloof niet dat hij me weer had opgemerkt als meisje – want enige neiging me te bespringen bespeurde ik niet. En ik deed het ook niet bij hem. Want waarom deed híj het niet? Er waren op Wildewood zo veel meisjes, die rondhingen in maillots en balletpakjes, die hem vroegen tijdens de lunchpauze piano te komen spelen terwijl zij hun liedjes oefenden, of vanaf de andere kant van het gazon naar hem riepen. Was Theo iemand die eigenlijk van vanille hield en alleen zin had in munt met chocolade als er geen vanille te krijgen was?

D E DAGEN DAARNA werd me tijdens de *Midzomernacht*-repetities één ding duidelijk: de aanpak van Reanne liep erop uit dat sommigen van ons boom gingen spelen.

Het was makkelijk te begrijpen dat de mensen, die Puck, Bottom de wever, Titania en de verliefde stellen speelden daar geen tijd voor hadden. Dus konden degenen met kleine rolletjes de boom in!

Ik bijvoorbeeld.

Toen we eenmaal met het script begonnen te werken hield Reanne zo vast aan haar visie dat de hele groep het elfenkarakter van het stuk moest uitdragen – het idee dat we élk moment sámen het stuk maakten, ongeacht wie tekst had of wie boom was – dat ze ons met uitgestoken armen liet staan terwijl de acteurs die de verliefden speelden hun tekst aan het repeteren waren.

Ik weet niet of je ooit een halfuur met uitgestoken armen hebt stilgestaan, maar dat is enorm ongemakkelijk.

Ik moet toegeven dat Reanne dat ook wel begreep. Ze gaf ons aanwijzingen en besprak met ons welke boomvormen we moesten maken om de sfeer voor een bepaalde scène te creëren. Soms was ik een dreigende boom, soms een beschermende, soms vrolijk of wild.

Maar ik kon er niet omheen. Een aanzienlijk deel van de repetitietijd was ik een boom.

Op een dag, toen de geliefden en de koninklijke personen bezig waren met het begin van het stuk (dat zich afspeelt in een paleis, niet in het betoverde woud), hadden de ambachtslieden de opdracht gekregen nog eens door de bossen bij de campus te wandelen en al improviserend 'banden te smeden en de nuances van de persoonlijke relaties tussen de personages verder te ontwikkelen', aldus Reanne.

Dus gingen we lopen. Ik, Lyle en vier jongens die een karakterrol speelden: een bleke, meisjesachtige jongen (Flute, de blaasbalgmaker), eentje met een spits gezicht (Starveling, de kleermaker), eentje met een paardenkop (Snout, de ketellapper) en een heel klein onderkruipseltje (Snug, de houtsnijder).

'Zal ik je eens wat vertellen?' vroeg Lyle, terwijl we de koele bossen inliepen.

'Dat ga je toch wel doen,' zei ik.

'Het zou me geen moer uitmaken als ik mijn hele leven geen boom meer zou zien.'

'Ha!'

'Ik heb het helemaal gehad met dat bomengedoe, en we zijn pas zes dagen bezig.'

'Serieus,' zei de meisjesachtige jongen van vijftien, die Flute speelde. 'En jij hoeft nog niet eens een boom te zíjn, Bottom. Ik moet uren boom zijn terwijl Oberon en Titania ruziemaken.'

'Ik ook,' klaagde Starveling.

'Hoort dit bij hun rol?' fluisterde Snout. 'Want dat had Reanne gezegd.'

'Ik weet niet,' zei Snug. 'En jij?'

'Ik weet niet,' antwoordde Snout en schoot in de lach.

'Ik ben inderdaad geen boom,' gaf Lyle toe, 'maar weet je wat ik word, in de scènes voordat de ambachtslieden opkomen? Reanne heeft het me daarnet verteld.'

'Wat dan?'

'Een rots. Ik moet mezelf oprollen en een rots worden. Hermione gaat op me zitten.'

'Arme Lyle.' Ik gaf hem een klopje op zijn arm.

'Niet zo erg als jij, schat. Ik zag jou gisteren achter mij een boom opzetten. Je zag eruit alsof je flauw ging vallen.'

'Ik ben écht bijna flauwgevallen,' kreunde Starveling.

'Dat doet Reanne elk jaar,' zei Lyle. 'Er is niks aan te doen. Vorig jaar regisseerde ze *Koning Oedipus* en liet ze de rei het meubilair spelen. Het was heel komisch. Mensen moesten tafel spelen en iedereen was gehuld in witte lakens.'

'O, nee.'

'O, ja.'

'Lyle houdt zich beslist niet aan zijn rol,' mompelde Snout.

'Ik weet het niet meer,' zei Snug.

'Of misschien toch?' zei Snout.

'Maar Reanne is zo aardig dat niemand er iets van zegt,' ging Lyle door. 'En zij doet de hele organisatie voor Morales, zodat hij zich daar niet mee hoeft te bemoeien en de sterregisseur kan uithangen.'

'Aha.'

'Haar aanpak is trouwens wél gebaseerd op hele interessante dramatheorieën,' zei Lyle. 'Vorig jaar moesten we Theatergeschiedenis doen en ik geloof dat het Andre Gregory was, die in 1970 die beroemde *Alice in Wonderland* met het Manhattan Project deed, waarin mensen met hun lichaam het wonderland uitbeeldden. Dat was echt cool. We hebben er foto's van gezien.'

'Weet je wat we moeten doen?' zei ik. 'Ik bedoel, ik ben dol op klagen, dat wil ik niet ontkennen. Maar moeten we niet eens ophouden met klagen en proberen iets te verbeteren? We hebben nog een hele tijd tot de voorstelling. Het hoeft toch geen *Oedipus in beddenlakens* te worden?'

'Maar hoe dan?' begon Flute.

'We moeten met haar praten. Suggesties doen.'

'Dat is niet de taak van een acteur,' zei Lyle.

'Maar zij heeft het zelf toch ook de hele tijd over het geheel. Denk je dat ze niet weet dat *Oedipus in beddenlakens* zo belabberd was?'

Lyle schudde zijn hoofd. 'Misschien wel, misschien niet. Maar het is niet aan ons daar tegen haar over te beginnen. Een acteur heeft tot taak de visie van de regisseur uit te voeren. Als beddenlakens haar visie zijn, dan zijn beddenlakens haar visie. In deze situatie levert het niets op om haar gezag aan te vechten.'

'Maar als zij het de hele tijd heeft over het geheel, dan moeten wij toch ook een stem hebben. Ieder van ons moet zijn zegje kunnen doen.'

Lyle schoof zijn bril hoger op zijn neus. 'Ik geloof van niet, Sadye. Het enige wat we kunnen doen is er achter haar rug over praten.'

In de tiendaagse was je, anders dan in *Midzomernacht*, een soort prins of prinses – zelfs als je zo'n klein rolletje had als ik. Op de tweede dag al werd ik uit Zang gehaald om een kostuum te passen. Ik voelde me heel bijzonder toen ik de deur uitrende om naar de garderobe te gaan. Daar werd ik samen met de andere hotboxgirls in een avondjurk met klittenbandsluiting gestoken voor 'Take back your mink', en paste ik de jurk met gele veren voor 'Bushel and a peck'. De kleedster en haar assistentes pasten ons gouden schoenen met hoge hakken aan, namen op welke maat kousen we hadden, haalden stapels nepbont tevoorschijn waarin we zouden gaan rondsluipen – bruin voor ons, wit voor Nanette.

Iedereen moest om halfacht 's avonds op de repetitie zijn – een uur voordat degenen die niet in de Tiendaagse zaten bij het recreatieve programma moesten zijn, dus wij moesten snel eten, terugrennen naar onze kamer om ons te verkleden, onze voeten te verbinden en onze scripts te pakken – en waren alweer haastig onderweg naar de studio's als de anderen in kleine groepjes uit de kantine kwamen.

Dan werkten we ons in het zweet. Meestal dansten de hotboxgirls twee uur aan een stuk. Bij 'Bushel and a peck' hadden we allemaal harken vast. We tikten er ritmisch mee op de grond, zwaaiden ermee, sprongen er overheen, gebruikten ze als wandelstok en leunden erop bij het springen. Bij 'Take back your mink' deden we synchroon een halve striptease, gevolgd door een ingewikkeld tapnummer. Ik vond het niet makkelijk – ook al had ik jaren tapdansles gehad – en Nanette, die sowieso al niet zo'n geweldige tapper was, schrokte elke avond haar eten naar binnen om naar de dansstudio te rennen om nog een halfuurtje extra te oefenen op het nummer.

Je kunt veel zeggen van Nanette Watson, maar op de vijfde repetitiedag, toen Morales naar de dansnummers kwam kijken, had ze het te pakken en deed ze het beter dan ik.

De regisseur, die 's middags en 's avonds had gerepeteerd met de hoofdrolspelers en de gangsters, waggelde de dansstudie binnen, zwaaide zonder een woord te zeggen goedendag en ging op een bank zitten om naar de dansen te kijken.

Je zag dat Tamar nerveus was. Ook al was ze zijn vriendin. Ze nam de twee nummers met ons door en legde hem tijdens 'Mink' uit wat we met onze denkbeeldige kleren deden. De muziekregisseur, die achter de piano zat om te begeleiden, zei geen woord.

Toen we klaar waren, was Morales even stil. Toen zei hij: 'Als jullie denken dat iemand er opgewonden van raakt als jullie het zo doen, dan heb je het mis. Willen jullie écht dat het publiek hierbij in slaap valt? Willen jullie dat? Já?'

We schudden ons hoofd, nee.

'Begin dan eens van voren af aan en geef "Mink" een beetje ouderwets sexappeal,' zei hij. 'Als Tamar tegen jullie zegt: steek je kont uit, steek hem dan uit. Als je volgens haar choreografie moet zwaaien, hou het dan niet bij zo'n voorzichtig, klein wiebeltje – "O jee, ik ben pas zestien, ik weet niet of ik dit moet doen" – hou het daar niet bij, want jullie moeten dánsen. Niemand is geïnteresseerd in jullie remmingen, het is jullie taak om dit nummer te laten sprankelen. Je moet het gróót dansen!' schreeuwde hij. 'Anders hoor je hier niet thuis!'

We deden het nummer opnieuw. Met alles wat hij gezegd had. Het was een stuk beter. Dat wisten we allemaal.

Maar moest hij zo gemeen zijn? Zo grof ook?

Morales was nog niet klaar. 'En nog iets. De alten klinken niet goed. Vertel eens meisjes, wie zingt er hier vals?'

Iz en het andere meisje dat de altpartij zong schudden hun hoofd.

Was ik het?

Werkelijk?

Ik geloofde niet dat ik het was.

'Alten, zing je partij eens,' zei de muziekregisseur met een vlakke stem. 'Sopranen, hou even je mond.'

We zongen. Het klonk vreemd zonder dat de sopranen de melodie zongen. Ik concentreerde me op de juiste tonen die ik moest zingen.

'Het is die daar!' Morales wees naar mij. 'Die lange hotbox. Zorg dat ze op toon blijft,' zei hij tegen de muziekregisseur, 'of laat haar alleen haar lippen bewegen als haar dat niet lukt. We kunnen wel iemand backstage laten meezingen als dat nodig is. We hebben nog maar vijf dagen.'

De muziekregisseur knikte.

'O, en Nanette?' ging Morales verder. 'Je ziet er fantastisch uit, schat. Je klinkt perfect. Maar ik wil dat je probeert de hele zaak nog een beetje omhoog te tillen door ons te laten zien dat Miss Adelaide haar baan in de nachtclub helemaal beu is. Ze is het zat om op haar veertigste rond te huppelen voor een stel walgelijke kerels, oké? Ze wil trouwen en het vak uit. Kun je er helemaal tabak van hebben en het toch nog grappig houden?'

Nanette knikte.

'Oké,' zei Morales. 'Ik moet in de volgende ruimte naar "Luck be a lady" gaan kijken.' Hij knikte naar Tamar. 'Als ik terugkom, wil ik "Bushel" nog een keer zien. Dan sturen we de meiden weg en wil ik van Nanette zien hoe "Lament" gaat.'

'Begrepen.'

Toen Morales weg was speelde de muziekregisseur de alt-partij drie keer voor mij op de piano, totdat het leek alsof ik hem te pakken had. Maar ik bleef me onzeker voelen. Ik vind het niet makkelijk om andere noten te zingen dan de melodie – maar het leek wel alsof niemand anders daar een probleem mee had.

(klik, schuif)

Sadye: Het is 2 juli. De nachtrust is al ingegaan. Iz en ik liggen in bed. Nanette en Candie zijn juist binnengekomen.

Iz: Hotboxgirls zijn eerder klaar dan hoofdrolspelers.

Sadye: Nanette loopt in haar blootje.

Nanette: Ik ga douchen! Ik stink!

Sadye: Candie ligt op de grond.

Candie: Laat mij maar. Ik geloof dat ik zo meteen bezwijk van uitputting.

Sadye: Hoe was het?

Candie: Leuk, maar zwaar. Hij wil niet alleen de noten horen, hij wil ook haar gevoelens horen. Alleen, ze weet niet dat ze de dingen voelt die ze voelt. Je kunt het eigenlijk niet goed doen. Het lijkt wel alsof dit personage nooit zegt wat ze écht denkt – behalve als ze dronken is.

Iz: Het klinkt goed. Heb je ons zien luisteren, bij de deur? Voordat ze ons eruit gooiden?

Candie: Ik moest Demi zoenen, ook dat nog. We deden die scène in Havana. Ik had geen pepermuntjes bij me. Ik had al sinds de dansles van vanochtend niet meer gedoucht en ik had bij het avondeten een pizza met paprika gegeten. Ik was bang dat hij zou moeten kotsen.

Iz: Er zou een regel moeten zijn dat ze het je moeten vertellen als je moet gaan zoenen. Het is zo klote als je je niet hebt voorbereid.

Candie: Ik heb niemand meer gekust sinds mijn vriendje van *Jekyll*. Mijn ex-vriendje. Nou ja. En daarvoor nog één andere jongen. Dus het was heel bizar.

Iz: Kan hij goed zoenen?

Candie: *(giechelt)*

Iz: Nou? Betekent dat ja?

Nanette: *(komt de douche uit met een handdoek om zich heen gewikkeld)* Of moest hij kotsen?

Sadye: Nanette, hij hoefde niet te kotsen. Dat was bij wijze van spreken. Doe eens wat aardiger.

Nanette: Oké. Maar wat deed hij dan? Ze zegt toch niks!

Iz: Was jij er niet bij?

Nanette: Nee, ik was op de gang bezig met 'Sue me'.

Candie: *(giechelt terwijl ze haar kleren uittrekt en naar de douche loopt)* Hij stak zijn tong in mijn keel.

Nanette: Nee hè, nee!

Candie: Jawel.

Nanette: Midden in de repetitieruimte? Met Morales en iedereen erbij?

Candie: *(gillend uit de douche)* Ja! Alsof hij niet wist dat je, nou ja, een toneelkus moet doen!

Sadye: Hij deed een mega-bespringpoging!

(gelach overal)

Iz: *(tegen Sadye)* Denk je dat hij al eens eerder een meisje gezoend heeft?

Sadye: Ik weet het niet.

Iz: Heeft hij jou nooit gezoend?

Sadye: Iegh! Nee, wij zijn als broer en zus.

Candie: Maar hij kan geweldig zingen. Echt. Vergeleken bij hem sta ik wat te mekkeren als een schaap.

Sadye: Jij staat helemaal niet te mekkeren als een schaap. Je klinkt als kersenroomijs.

Nanette: *(stapt in bed)* Nu we het er toch over hebben, ik heb nul kansen gehad om een jongen te bespringen sinds die repetities zijn begonnen. En die jongen met het *Rent*-shirt bleek een vriendin te hebben.

Candie: *(droogt zich af)* We hebben zelfs zondag niet vrij. Iedereen heeft zondags vrij, behalve als je in de Tiendaagse zit. We hebben zelfs op Onafhankelijkheidsdag geen vrij. Hoe kan je hier nou een jongen bespringen?

Sadye: Misschien bij de lunch.

Candie: Waarom bij de lunch?

Sadye: Dan heb je nog wat energie, je hebt even vrije tijd, je hebt geen repetitie. Een jongen bespringen tijdens de repetitie is onmogelijk.

Nanette: Dat ben ik met je eens. Maar ik kan ook geen jongen bespringen als ik vet ben van de friet en naar zweet ruik. Ik zou walgen van die jongen. Voordat ik iemand kan bespringen moet ik eerst douchen.

Candie: *(stapt in bed)* Wanneer krijgen wij eigenlijk de kans om te douchen, behalve voordat we naar bed gaan?

Sadye: Dat is het 'm juist. De jongens hier moeten maar

accepteren dat hier alleen maar zweterige meiden met frietlucht zijn.

Nanette: Heb jij nog pogingen gedaan, Sadye? Wou je ons dat vertellen?

Iz: O ja! En wie? Kenickie James of Theo?

Nanette: Bij een ervan is een hoop te vinden! Denk eraan, hè!

Iz: Ooo! Heb je een mega-bespringpoging gedaan bij de lunch?

Sadye: Dat ik bevriend ben met Demi wil nog niet zeggen dat ik mega-bespringpogingen doe.

Iz: Oké. Oké.

Sadye: Ik klets uit mijn nek, oké. Ik heb nog niemand besprongen. Maar dat wil nog niet zeggen dat ik het geen goed idee vind.

Nanette: Dan moet je het ook doen. Laat ons zien hoe je 't doet.

Iz: Maar wie dan?

Nanette: De lekkerste koffie is heet en sterk. Meer zeg ik niet.

Sadye: Ik zet dit ding uit, hoor.

Iz: Ooo, ik was helemaal vergeten dat je aan het opnemen was.

(klik)

O P AVONDEN dat de hotboxgirls vroeg klaar waren bleven we nog een paar minuten bij de deur van de grote *Guys and Dolls*-studio staan om te zien hoe de hoofdrolspelers hun scènes instudeerden, Het was verbazingwekkend om Morales in actie te zien. Op een avond zagen we bijvoorbeeld Demi en Candie 'I'll know' zingen – een liefdesduet.

In het begin van de scène, als Candie zegt: 'Is dat de chemie van de liefde?' en Demi antwoordt 'Pure chemie', zei Morales tegen Demi dat hij een lange tel naar Candie moest kijken voordat hij iets zei – en plotseling leek het of Demi écht verliefd was, in plaats van dat hij er alleen maar over praatte. De regisseur vroeg hem bovendien zijn tekst een tikje langzamer te fraseren – en het lied klonk ineens een stuk geloofwaardiger. Hij liet Candie naar de hemel kijken terwijl ze zong, en haar voeten bij elkaar houden, en zo veranderde ze van een verlegen schoolmeisje in een vrome zendelinge.

Die man wist precies wat hij deed. Alles wat hij tegen de acteurs zei maakte de voorstelling sterker. Hij was niet aardig en hij was niet vriendelijk; hij was vooral praktisch. Hij had een duidelijke opvatting en hij was er een kei in de acteurs zover te krijgen dat ze die uitvoerden. 'Bushel and a peck', wat we nog wel een paar keer hadden gedaan voordat het Morales' goedkeuring kon wegdragen, was honderd keer beter nu Nanette liet merken hoe zat en moe ze het was, dan toen ze alleen maar brutaal was geweest.

Ik vond Reanne leuk. Echt. Maar ze was geen Morales. In feite had ze haar spelers niet onder controle.

Ik deed mijn best op Peter Quince. Ik had in elk geval een paar regels grappige tekst, en Reanne maakte een aardige opmerking dat ik de taal van Shakespeare zo natuurlijk weergaf. Quince probeert zijn vrienden, een groep maffe schooiers, een toneelstuk te laten instuderen – en hij is een beetje bazig, een beetje fel en heel gefrustreerd. Maar de eerste dag dat we de scène probeerden uit te werken waren de meeste ambachtslieden in één woord suffig, vanwege alle verkeerde energie die we hadden opgebouwd doordat we de hele week bomen waren geweest. Flute en Starveling vergaten steeds hoe ze moesten bewegen en Lyle en Snug maakten de hele repetitie door grapjes. Snout sprong op en neer en sprak de tekst van andere mensen uit om Flute aan het lachen te maken. Wat hem ook lukte.

Reanne vroeg hun 'die chaotische energie naar de chaotische scène te sluizen', maar leek niet in staat hen zo rustig te krijgen dat we iets konden doen. We begonnen opnieuw met mijn openingspraatje, maar achter me mompelde Lyle: 'Misschien zijn er wel ouders die bezwaar maken tegen de naam van mijn personage. Zullen we Bottom niet veranderen in Eugene? Zodat ze er geen aanstoot aan nemen. Of misschien Engelbert? Want wij willen niet dat onze ouders denken dat het hier een verloederde toestand is en ons van de cursus afhalen.'

Ik stond voor op het toneel, met het script in mijn hand. Ik wíst dat ik het niet geweldig deed en ik dacht, deze voorstelling wordt ook weer zo'n *Oedipus in beddenlakens*. Niemand vindt het leuk eraan mee te doen. Niemand concentreert zich. In doek gewikkelde tieners die hun armen omhoogsteken creëren géén sprookjesachtige sfeer, zelfs niet als die tieners echt nadenken over Moeder Natuur en hun best doen om het wezen daarvan door hun houding uit te drukken. In feite zijn die tieners het zo zat dat ze bomen zijn dat ze geen cent meer geven om die hele productie.

Het concept werkt niet, dacht ik, want *Midzomernacht* is helemaal geen ensemblestuk. Het is helemaal niet de bedoeling dat we állemaal één zijn met het elfenbos – geliefden, geesten, ambachtslieden. We zijn eerder tegengestelde elementen en contrasterende verhaallijnen. Op deze manier, waarbij iedereen de toverachtige sfeer probeert over te dragen maar niet eens weet wat zijn tekst betekent, is het verwarrend. Ik kan wel proberen om mijn best te doen, om te denken als een boom en te acteren als een man, ik kan wel proberen om te begrijpen wat mijn scène betekent en wat mijn personage denkt – maar Lyle en Snug houden niet eens zolang hun mond dat we kunnen leren die stomme regie-aanwijzingen op te volgen.

Hoe was het mogelijk dat Reanne elke zomer naast Morales werkte en geen greintje regievaardigheid van hem overnam? Was er iets wat ik kon zeggen of doen om deze voorstelling beter te krijgen?

Maar toen herinnerde ik me weer wat Morales had gezegd op de avond van de oriëntatie en wat ook Lyle en Demi hadden gezegd, ieder op hun eigen manier: acteurs staan voortdurend in slechte voorstellingen. Ze moeten volhouden en hun werk zo goed mogelijk doen, want dat doet een goed acteur. Hij stelt de regisseur geen vragen en ondermijnt het regieproces niet, wat hij er ook van denkt. Hij bedwingt zijn ego.

Hij zet zich in.

* * *

JAMES, THEO en Lyle hadden aan het begin van *Guys and Dolls* een trio, 'Fugue for tinhorns'. Daarin zijn ze drie gokkers, die bluffen over de paarden waar ze op wedden. Het wordt gezongen als een canon, met verschillende stemmen door elkaar. Op een avond hoorden we het bij het begin van de repetitie. Morales stond voor de hele cast en zei dat dit nummer de toon zette voor de hele voorstelling. Hij wilde dat we ernaar keken en de sfeer ervan overnamen.

Ik keek naar James en Theo terwijl ze aan het zingen waren. De een lang en blond, onmiskenbaar een Timberlake-type. De andere kleiner en donkerder, en plotseling helemaal geen onhandige tiener meer – maar een gangster en een gokker, ruig en met een vet Brooklyn-accent. Theo veranderde in zijn personage, Benny Southstreet.

Demi zat naast me. 'Heb je al besloten wie het wordt?' fluisterde hij toen ze klaar waren. 'Ik stem namelijk voor die lange blonde.'

'Dat komt omdat blond jouw type is,' zei ik.

'Ik heb geen type!'

'O nee?'

'Nee! Ik sta open voor de helft van de menselijke soort. Heb je hem nog gesproken?'

'James? Niet veel. Pas kwam hij een keer bij het ontbijt bij Iz en mij zitten, maar ik was bang dat ik te laat zou komen bij Acteren, dus ik ging er snel vandoor.'

'Nou, dan komt hier mijn antwoord,' zei Demi.

'Wat?'

'Je vindt die andere leuk.'

'Hou je kop!'

'Wel. Ik zie het.'

'Je houdt je mond tegen Blake en Lyle, hè?' zei ik. 'Het wordt toch niks.'

'Je onderschat je slungelig-sexy kwaliteiten, lieve Sadye.

Ik wed dat als je eens met je wimpers knippert, die kleine oosterse jongen je als een hondje aflebbert.'

'Ik geloof dat we alleen vrienden zijn.'

'Die keus is aan jou,' zei Demi.

DE VOLGENDE AVOND deden we *Guys en Dolls* voor het eerst met het hele gezelschap. Tijdens het voortreffelijke nummer van Lyle, 'Sit Down, You're Rockin' the Boat' sprong Morales op en gaf Lyle opdracht drie bewegingen te maken – armbewegingen die ervoor zorgden dat de figuur van de gangster Nicely-Nicely Johnson en het gospelachtige lied dat hij zong schitterend op elkaar aansloten. Op een bijna magische manier werd het nummer van een aardig deuntje feestelijk en uitbundig.

Toen Lyle klaar was riep Morales: 'Ik wil dat je er nóg wat in legt. Laat je dikke lijf schommelen, je buik, het hele zaakje.'

Dat deed Lyle, hij buitelde en schommelde met zijn ronde lijf over het toneel in een ongelooflijke uiting van extase en genot. Het was schitterend. Maar ik zag ook zijn gezicht toen de woorden van Morales tot hem doordrongen. O, ik ben alleen maar een dik mannetje. Ik ben pas zeventien, maar dit is kennelijk mijn hokje en daar zal ik wel altijd in moeten blijven.

Ik geloof niet dat je iemand op die manier moet zeggen dat hij dik is. Zelfs al is hij het wel. Dik.

Het ging niet alleen om Lyle. We sprongen allemaal toen Morales zei: 'Spring.' Als marionetten. Niet als mensen. Hij was zo goed in wat hij deed, en tegelijkertijd zo ongeïnteresseerd in het communiceren met de acteurs, in het luisteren naar onze opvattingen, rekening houden met onze gevoelens, of iets anders doen dan zijn buitengewone visie op het toneel te krijgen.

Hij herinnerde zich zelfs mijn naam niet; noemde me 'die lange hotbox', een naam die me ineen liet krimpen. Maar ik was een en al aandacht voor wat hij deed – kleine stukjes op hun plaats zetten, een grap écht grappig maken, een scène zó uitwerken dat ze meer energie kreeg, absolute perfectie en totale aandacht eisen van alle leden van zijn cast.

Ik zag wel waarom hij zo werd aanbeden. Hij was het tegenovergestelde van Reanne, die zo bezig was met haar opvattingen over acteren als groepsproces dat ze geen stapje achteruit kon doen om het grotere geheel te zien. Reanne was aardig en het was best interessant om met haar te praten, maar zij maakte van de poëzie van Shakespeare op het toneel een grote warboel. Morales was autoritair, gedecideerd en visionair. Hij streefde naar resultaat en verwachte een professionele houding van iedereen. Hij stond geen moment stil bij de acteurs en hun innerlijk leven. Hij dacht aan het publiek. Hij wilde dat wij leverden wat hij als regisseur nodig had, zo snel en probleemloos mogelijk – terwijl Reanne wilde dat we in onszelf op zoek gingen naar waarheden en die dan vertaalden in toneelgebaren die natuurlijk aandeden.

Ik wist niet zeker wie er gelijk had.

Misschien had Reanne wel gelijk met haar filosofie, maar ze was ook een slechte regisseur. Wat zou betekenen dat Morales geen gelijk had, maar wél een goede regisseur was.

MISS ADELAIDE was de mooiste rol in *Guys and Dolls* en Nanette was er niet zonder meer het ideale type voor. Haar Adelaide was stralend en fris, ten minste voor iedereen die de film of het castalbum kende. Nanette, die er meestal klein, kinderlijk en fel uitzag, was in deze voorstelling een ordinaire vrouw van tegen de veertig. Toch werden Adelaides zware jaren in het nachtclubcircuit haar grote kracht. Haar tengere figuurtje werd een verrassende bal woede als ze tegen haar gokkende verloofde schreeuwde. Ze had een Broadwaystem en de ervaring om alles wat Morales van haar vroeg meteen de eerste keer te doen.

Het was niet eerlijk.

We waren allemaal jaloers. Alle hotboxgirls. Niet alleen omdat zij had wat wij wilden. Maar omdat ze het verdiende.

(schuif, klik)

Sadye: Ik ben in de garderobe met de hotboxgirls: Iz, Jade, Kirsten, Bec en Dawn. Zeg eens hallo, dames.

Dames: Hallo!

Bec: Hallo recorderding van Sadye.

Sadye: We zijn bij de tweede pasbeurt van de 'Mink'-kostuums. Ze zetten klittenband aan de zijkanten van de jurken, zodat we ze los kunnen trekken en we controleren nu of dat werkt.

Jade: Die van mij wilde niet los. Ik had zeker superklittenband.

Sadye: Nanette moest eerst passen, dus zij is al weer naar de les. De rest van ons mist Mime, of wat dan ook.

Iz: Ze zijn nu bezig met de jurk van Jade.

Sadye: Dawn, vertel het nageslacht eens wat je aan hebt.

Dawn: Oké. Eh. Zwarte panty, dansschoenen, onderjurk met gouden lovertjes.

Kirsten: Die dragen we onder de avondjurken.

Jade: Rode jarretels, niet te vergeten, rode jarretels.

Sadye: En een pruik! We hebben allemaal een zwarte pruik op.

Iz: Bij 'Bushel and a peck' zijn we roodharig, hè?

Jade: Ja, dat hebben ze zo gekozen. En Nanette witblond.

Dawn: Heb je haar pruik gezien?

Bec: Ja, jij niet dan?

Jade: Waarom krijgt Nanette platinablond? Ik wil ook platinablond.

Kirsten: Omdat Nanette alles krijgt.

Dawn: Omdat ze Nanette is.

Jade: Misschien wordt ze wel neergeschoten.

Sadye: Of ze wordt ziek en moet naar huis.

Dawn: Ik ben haar understudy. Ik kan haar niet neerschieten, want dan worden ze achterdochtig. Jij moet het doen, Bec.

Bec: Misschien doe ik wel gif in haar limonade.

Kirsten: O, die limonade de hele tijd. 'Ik moet limonade drinken voor mijn keel. Mag ik even wat limonade drinken?' Oech.

Dawn: Heb je gehoord hoe ze tegen Morales zei wat haar regisseur bij *Annie* had gezegd? *Annie, Annie, Annie* – als ik nóg iets hoor over die stomme tourproductie ga ik kotsen.

Sadye: Ze was alleen understudy.

Dawn: Nee!

Sadye: Jawel. Ze doet het voorkomen alsof ze de hoofdrol had, maar het grootste deel van de tijd was ze alleen weeskind. Dat kun jij bevestigen, Iz.

Iz: Dat is waar.

Dawn: Wat een afgang!

Kirsten: Ik zit ook met haar in *Showboat* en het spijt me wel, maar die meid mag zich best eens wat minder arrogant opstellen.

Sadye: Wat ik zo irritant vind is dat ze concurreert met amateurs. Zij heeft al op Broadway gestaan. Kan ze iemand anders niet ook eens een kans geven?

Iz: *(geïrriteerd)* Je bent hier niet op de basisschool, Sadye. Het gaat er hier niet om dat iedereen een beurt krijgt.

Sadye: Dat weet ik ook wel.

Iz: Hier gaat het om talent. Mensen met talent krijgen wat ze verdienen. Zo gaat het in de theaterwereld.

Sadye: Wat wil je daarmee zeggen?

Iz: Niets. Ik heb het niet over jou.

Jade: Ooo! Jongens, help me eens uit al die franjes.

(schuif, klik)

I K WIST dat Iz het niet zo bedoeld had. Maar het deed toch pijn.

D IE AVOND, na de hotbox-repetitie trok ik een reep uit de automaat bij de studio's en liet de andere meisjes doorlopen.

'Hé, Peter Quince.' Het was Theo.

'Noem me niet zo, bah!' Ik zei het speels.

'Sorry. Lange hotbox misschien?'

'Ik baal ervan dat hij mijn naam nog steeds niet weet.'

'Die van mij ook niet,' zei Theo, die zijn stappen aanpaste aan die van mij. Ik liep het pad op. Theo had zijn capuchonsweater helemaal tot boven dicht geritst en hij liep met een komisch sprongetje. Dat vond ik leuk aan hem. Ik werd me plotseling bewust van het zweet dat in mijn balletpakje was getrokken en in mijn haar was gelopen. Ik had het wel stoer gehad over jongens die zweterige meiden met frietlucht maar moesten accepteren, maar nu dat scenario realiteit dreigde te worden, had ik zo mijn twijfels.

'Je, eh, je zag er fantastisch uit gisteren bij die "Mink"-dans,' mompelde Theo.

'O, dank je.'

'Ja. Ik, eh, had hem nog niet eerder gezien.'

'"Fugue for tinhorns" was ook fantastisch,' zei ik. 'Het wordt een geweldig openingsnummer.' Ik praatte door, babbelde over de voorstelling, tot ik me realiseerde dat Theo naar me keek, in het licht van de lantaarn langs het pad. Er was niemand in de buurt. Hij staarde naar me, met zachte ogen, alsof de 'Mink'-dans iets met hem gedaan had.

Theo had me heropgemerkt.

Oké, wat maakte dat zweet ook uit. Dit was duidelijk het moment om hem te bespringen. Ik pakte flirterig Theo's elleboog en leunde tegen hem aan. We hadden het erover hoe onze kostuums eruit gingen zien. Ik voelde de harde spieren van zijn arm door het katoen van zijn sweater.

'Demi heeft me verteld dat hij een lila kostuum moest passen,' zei ik. 'En een lichtblauw. Heb jij al kostuums gepast?'

'Ze doen het helemaal antistereotiep,' bevestigde Theo. 'Alle gangsters in het wit, crème en bruin. Demi in het blauw en het paars en Sam in allerlei kleuren groen.'

'O, chic,' zei ik. 'Maar Demi is pissig, omdat hij er vaal uitziet in lila. Volgens hem ziet zijn huid er dan grauw uit.'

'Dat komt vast wel goed. Die Demi van jou is goed, dat moet ik hem nageven,' zei Theo.

'Als hij op het toneel staat lijkt hij licht uit te stralen.'

'Zo zou ik het niet precies zeggen, maar oké.'

'Hij heeft als kind in een jongenskoor gezeten. Daar heeft hij zo goed leren zingen.'

Theo keek me onderzoekend aan. 'Jullie zijn dik met elkaar, hè?'

'Ik ken niemand met zo veel talent.'

We waren bij de jongensslaapkamers. Theo bleef staan en keek naar me, met zijn handen in de zakken van zijn spijkerbroek.

'Nou welterusten dan,' zei hij kalm.

Oké. Volgende kans om hem te bespringen. Ik deed een stap in zijn richting. Te dichtbij.

Ik bedoel, ik dacht dat ik enige hoop mocht koesteren na wat hij over de 'Mink'-dans had gezegd. Na die zachte, starende blik in het licht van de straatlantaarn.

Maar hij kuste me niet. En hij deed ook niets anders. Hij zwaaide alleen even en liep op een holletje naar de jongensverblijven.

Bij de technische repetitie had Morales op het laatste moment besloten dat de jurken met gele veren die de hotboxgirls bij 'A bushel and a peck' droegen niet grappig genoeg waren en bracht hij de kleedster tot tranen door binnen twee uur zeven kippenhoeden te eisen.

'Hoe bedoel je, een kippenhoed?' had ze tegen hem geroepen, terwijl ze uit de coulissen kwam en bij de rand van het toneel ging staan.

'Een hoed met een kippenkop erop!' brulde hij. 'Een grote kip. Gebruik die kippen van de set van *Our town* van vorig jaar maar. Die heb je nog wel. De meisjes moeten eruit zien als supersexy kippen, anders trek ik dit nummer zo door het toilet! En als je dan toch bezig bent, zorg dan dat Nanette een boerinnenjurk krijgt in plaats van dit korte geval.'

'Dus je wilt zes kippenhoeden, omdat je Nanette in een boerinnenkostuum wilt. Zes, geen zeven?'

'Nee. Geef me er maar zeven, voor het geval dat. Zeven van alles. Misschien wil ik Nanette ook wel als kip.'

Morales zat in het publiek en de kleedster sloeg haar armen over elkaar en kneep haar ogen dicht in het felle toneellicht: 'Dat hadden we niet afgesproken, Jacob.'

'Nee, inderdaad niet,' zei hij. 'Maar zo gaan we het doen.'

Ze beende weg, veegde driftig over haar ogen en verdween door een zijdeur.

Maar binnen anderhalf uur had Morales zijn hoeden. Nanette kreeg een nieuwe outfit. En hoe belachelijk het ook mag klinken, het nummer werd er beter door. Morales was als een boze tovenaar – alle mensen die hij aanraakte bibberden van angst, maar ze veranderden allemaal als hij zijn aandacht op hen richtte.

Na de technische repetitie deden we de eerste helft van de voorstelling en na 'Bushel and a peck' kondigde Morales aan dat hij er wat zangeressen bij wilde hebben om het geluid van de hotboxgirls van achter de schermen te verbeteren. Twee alten en twee sopranen zouden morgenochtend het lied instuderen en het bij de generale repetitie samen met ons zingen.

Terwijl we uiteengingen wenkte de muziekregisseur me

naar hem toe te komen. 'Sadye, ik vind het erg vervelend je dit te moeten vragen, maar als die nieuwe stemmen er morgen bijkomen wil ik dat je alleen je lippen beweegt.'

'Huh?'

'Alleen je lippen bewegen. Je verpest de samenklanken. Je hebt de neiging onder de toon te gaan zitten.'

'Kun je me dat niet leren?' vroeg ik. 'Kun je me niet laten zien wat ik met mijn stem moet doen? Sommige van die meisjes hebben jaren zangles gehad.'

Hij schudde zijn hoofd. 'Misschien. Misschien zou ik het je kunnen leren,' zei hij. 'Maar niet meer op tijd voor de première. Niet op tijd voor deze voorstelling.'

'Maar ik wil zingen!' riep ik, plotseling bijna in tranen. 'Ik probeer het echt.'

Hij stond op en trok zijn jasje dichter om zich heen. 'Er is maar één ding dat je in deze situatie moet willen, schatje. Je moet willen wat het beste is voor de voorstelling.'

'Ik ben dol op die voorstelling,' zei ik tegen hem. En ik meende het.

'Oké dan,' zei hij. 'Wat doe je als je dol bent op deze voorstelling?'

Ik zuchtte. 'Ik houd mijn mond wel.'

'Grote meid.' Hij kriebelde me onder mijn kin en gebaarde Demi en Candie naar de piano te komen.

Ik liep die avond in mijn eentje naar de studentenverblijven, een stuk of tien stappen achter de rest van de dansers.

Ik dacht na. Over dat ik niet kon zingen.

Natuurlijk, ik kon het beter leren. Maar als ik al niet goed genoeg was om de samenklanken van de hotboxgirls te zingen, kon ik er wel van uitgaan dat ik nooit goed genoeg zou worden om een solo te zingen, laat staan dat ik een hoofdrol zou krijgen.

'Laat zien wat Sadye kan,' – dat had Demi tegen me gezegd. Maar het werd steeds duidelijker dat wat Sadye kon een heel stuk mínder was dan wat een heleboel andere mensen konden.

Was ik wel goed genoeg voor Wildewood?

Wat moest ik doen als ik niet goed genoeg was?

Wat moest ik doen?

Wie zou ik zijn?

'Hé Sadye!' Het was Nanette, die in haar eentje over het pad kwam aanlopen. De laatste persoon die ik op dat moment wilde zien. Nanette, met haar kanjer van een stem, haar twee hoofdrollen en haar zelfverzekerdheid.

Maar Nanette zag er zo klein en zo eenzaam uit, zo alleen in het donker. Dus zei ik 'Hoi lieverd,' en ging op een van de banken naast het pad zitten.

Nanette kwam naast me zitten. 'Mag ik je iets vragen?'

'Tuurlijk.'

'Ik weet dat ze allemaal over me kletsen,' zei ze. 'Dat is toch zo?'

'Wie?'

'De hotboxgirls. Misschien jij en Iz niet, maar Jade en de anderen wel.'

'O ja? Nee,' jokte ik.

'Zeg het maar eerlijk. Ze hebben de pest aan me. Ik voel het wel.'

Natuurlijk was het waar. Ik had het ook gedaan, al was het lang niet zo erg als Bec, Dawn en Kirsten. 'Ze kan voor geen meter tappen, ze redt het nauwelijks in dat nummer.' 'Ze is veel te plat voor zo'n avondjurk, ik snap niet hoe dat er sexy uit moet zien.' 'Ze denkt dat ze zo goed is, maar het is geen gezicht.' 'Zij altijd met haar limonade.' 'Zij met haar *Annie*.' 'Ieggh'.

Het punt was dat ik Nanette aardig vond. Ondanks al haar pretenties en haar houding. Ik zag dat ze harder werkte dan iemand anders en ik bewonderde haar talent. Bovendien kon ik met haar lachen. Maar ik had nooit tegen de andere meisjes gezegd dat ze hun mond moesten houden en ik had ze verteld dat ze understudy was geweest in *Annie*.

Niet alleen dat, ik had ook gezegd dat ik wilde dat ze thuis was gebleven. Het stond zelfs op de band.

Op dit moment, nu ik zag hoe haar vastberaden kaak trilde, alsof ze op het punt stond om in huilen uit te barsten, voelde ik me een monster. 'Ze zijn alleen maar jaloers,' zei ik tegen haar. 'We zijn allemaal jaloers. We kunnen er niks aan doen.'

'Dus ze kletsen wél over me.'

Ik knikte. 'Het is de situatie. Ze zouden kletsen over iedereen die Adelaide was.'

Nanette zuchtte. 'Bij *Annie* was het ook al zo,' zei ze. 'Het meisje dat de hoofdrol speelde, Jenny Forsythe, we hadden allemaal een hekel aan haar. Als zij de kleedkamer binnenkwam, hielden we op met kletsen en op vrije dagen gingen we zonder haar winkelen. Toen had ze drie weken bronchitis en moest ik het overnemen, en toen was het of de andere meisjes ineens een hekel aan mij kregen. Ik was zo opgelucht toen ze terugkwam, maar het duurde een hele tijd voordat ze weer aardig tegen mij deden.'

'Eh, Nanette?'

'Wat?'

'Misschien zou het helpen als je niet zo veel over *Annie* en *Fiddler* en al die dingen praatte.'

'Wat?'

'Je hebt het er de hele tijd over.'

'Maar het is mijn leven. En iedereen lijkt het interessant te vinden.'

'Het ís ook interessant. Maar soms worden we er ook beroerd van.'

'O.'

'Ja.'

Nanette ging met haar hand naar beneden, maakte haar veter los en strikte hem weer. 'Gaat het op school ook zo?'

'Je bedoelt dat meisjes over elkaar kletsen?'

'Mmmm.'

'Ik heb geen vriendinnen op school,' zei ik. 'Niet echt. Ik heb alleen Demi.'

'Nou, dat is in elk geval meer dan ik.'

* * *

IN *Bye Bye Birdie*, dat Demi en Iz 's middags repeteerden, zit een sullig personage, een vader die zijn topmoment beleeft als hij met zijn gezin in de Ed Sullivanshow komt, dat net zo'n tv-programma was als dat van David Letterman, maar dan nog groter. Die vader is zo verschrikkelijk opgewonden dat hij in het programma komt dat hij een lied zingt, 'Hymn for a Sunday evening'. De tekst bestaat bijna alleen maar uit 'Ed Sullivan', dat hij zingt alsof het een religieuze openbaring is. Dan komt er een koortje achter hem staan als een soort engelenkoor en raakt hij helemaal in extase.

Hoe dan ook, als Demi niet opging in *Guys and Dolls* of *Bye Bye Birdie* was hij net zo opgetogen over zijn droombink, blonde Blake uit Boston, als die vader over Ed Sullivan. Dan zong hij op dezelfde melodie:

Blake Polacheck!
Blake Polachek!
Ik geil op
Blake Polachek!
Blake! Blake!
Pol! Pol!
Later zeggen ze van die gozer:
Hij was de allerbeste vozer!
Blake Poooooooool-a-cheeeeeeek!

Zolang Blake er niet bij was.

En hij was er niet bij, niet vaak. Ik schat dat hij Demi in de dagen voor de voorstelling van *Guys and Dolls* nog twee keer heeft gekust. Het grootste deel van de tijd was hij nergens te vinden – rende hij na de les altijd ergens naartoe, haastte hij zich om te gaan douchen, moest hij naar iemand toe met wie hij had afgesproken.

Voor iemand met maar een beetje ervaring, of zelfs voor mij, was het duidelijk dat Blake niet bijster geïnteresseerd was. Hij kon elke jongen of elk meisje op Wildewood krijgen, en hij vond Demi duidelijk wel leuk, maar te apart, of misschien wel gewoon te veel een persóónlijkheid.

In elk geval, alleen iemand wiens hele romantische leven zich in zijn dromen afspeelde zag niet dat Blake niet echt zat te wachten op de rol van blond-vriendje-van-Demi, en dat hij zodra hij niet bij hem in de buurt was de boodschap uitzond dat hij niets van hem wilde weten.

Maar Demi zag het niet. En toen ik het hem vertelde zei hij: 'Je weet niet hoe het is als we bij elkaar zijn, lieverd' – en wat kun je daar nu op zeggen?

Op de vrijdag van de generale van de Tiendaagse ging ik met Blake en Demi lunchen. We hadden allemaal Mime in hetzelfde gebouw, maar bij verschillende docenten.

Demi was lekker aan het opscheppen. Hij babbelde over *Guys and Dolls* en was in zijn element, zo in zijn nopjes met zichzelf, honderdduizend keer zo gelukkig als ik hem thuis ooit had meegemaakt. En toen zei Blake: 'Hé joh, ik moet even iemand spreken. Ik sla de lunch over. Ik zie jullie straks wel,' en weg was hij, in de richting van de slaapkamers.

Wij gingen lunchen en liepen daarna, in het kwartiertje dat over was voordat de les weer begon, naar Demi's kamer, omdat hij daar een doos bonbons had staan van zijn ouders, die nog steeds op rondreis/safari in Europa waren en niet naar de voorstelling zouden komen.

We liepen naar binnen en daar lag Blake, op Demi's onderbed, te zoenen met Mark.

Ze hadden allebei hun kleren aan. Maar toch. Demi wierp een blik op hen en dook de deur weer uit. Ik hoorde zijn voetstappen in de gang en buiten.

Blake en Mark lagen naar mij te kijken. 'Stoort het je?' zei Blake ten slotte. Alsof het zijn kamer was. Alsof het niet Demi's bed was. Alsof hij me niet kende.

'Ik kom die bonbons halen,' antwoordde ik, alsof er niets aan de hand was.

'Die liggen daar,' zei Mark, en wees boven op Demi's kast. 'Het zijn die bonbons van Godiva.'

'Dat zijn de lekkerste,' zei Blake, terwijl hij zich flirterig op het bed uitrekte.

Ik pakte de doos bonbons en liep naar buiten.

* * *

DEMI STOND BUITEN op me te wachten. Ik sloeg mijn arm om hem heen en we liepen naar het meer. Ik maakte de doos bonbons open (het was een grote doos) en we gingen zonder iets te zeggen in het zand zitten en rommelden met onze vingers door de bonbons om de lekkerste uit te zoeken.

Demi stak er twee tegelijk in zijn mond, alsof hij tegenwicht wilde geven aan het gevoel dat hij over Blake en Mark had.

Ten slotte zei hij: 'Ik heb dorst.'

'Ik ook. Dat krijg je van chocola.'

'Hm.'

'We kunnen als we teruggaan wel wat gaan drinken.'

'Oké.' Demi prikte zijn duim in een aardbei-roombonbon. 'Zijn we al te laat voor de repetitie?'

'Nog vijf minuten.'

'Hoe kan hij zoiets doen als ik moet optreden? Met Mark. Mark die boven mij in dat stomme stapelbed ligt.'

'Ik weet het.'

'Ieggh, ze lagen op míjn bed, hoe lomp kun je zijn?'

'Heel lomp.'

'Ik voel me, eh, net zoiets als een weggegooide zakdoek.'

'Je bent veel meer dan een zakdoek, lieverd.'

'Nee ik ben een zakdoek. Ik ben in één middag van een top-Bunbury een verfrommelde, smerige, oude zakdoek geworden.'

Ik klopte op zijn schouder en bood hem nog een bonbon aan.

'Wat moet ik doen? Moet ik met hem praten? Gewoon alles eruit gooien en alle rottigheid kwijtraken, of moet ik doen alsof er niks is gebeurd?'

'Je doet net of er niets is gebeurd,' zei ik. 'Je bewaart je waardigheid.'

'Oeh,' riep Demi. 'Waarom Mark? Waarom in hemelsnaam Mark? Ik bedoel, die jongen weet nog niet eens hoe hij de plee moet doortrekken.'

'Het is een zak, Demi. Blake is een zak.'

'Maar dan nog, waarom kiest hij Mark in plaats van mij? Waarom?'

'Waarom? Daarom! Het is gewoon klote!'

'Ik kan die voorstelling niet doen vanavond. Of morgen.' Demi stond resoluut op en veegde over zijn ogen. 'Ik zal tegen Morales moeten zeggen dat ik het niet kan. Ik red het nooit als ik Blake en Mark op het toneel zie, in de wetenschap dat ze achter mijn rug hebben liggen bunburyen.'

'Jawel. Je kunt het wel.'

'Nee, ik kan het niet. Ik stort in elkaar, vergeet mijn tekst, mijn keel knijpt dicht. Het is veel professioneler dat toe te geven en me terug te trekken. Laat de understudy het maar doen.'

'Dat meen je toch niet.'

'Moet je me zien!' riep hij. 'Een zakdoek! Die kerel heeft een zakdoek van me gemaakt.'

'Demi.' Ik stond op en pakte hem bij zijn arm.

'Wat? Je weet niet hoe ik me voel, Sadye. Ik voel me slap. Misselijk. Ik heb het gevoel dat ik moet overgeven,' schreeuwde hij. 'Ik kan helemaal niks meer, zeker niet de hele middag zingen en dansen alsof ik Elvis Presley ben, dan nog een selectie uit *Porgy and Bess* zingen bij Auditievoorbereiding en vervolgens een lila pak aantrekken, glad en romantisch zijn, luidkeels hoge noten zingen en Candie Berkolee kussen. Dat zou ik moeten doen. Ik heb pijn in mijn keel en als ik pijn in mijn keel heb kan ik dat niet, Sadye. Ik kan het vandaag niet, het is onmogelijk, ik kan het niet, begrijp je dat niet?'

'Demi! Demi!'

'Ik heb keelpijn! Wat?'

'Hou op. Hou daarmee op. Haal eens diep adem!'

Hij haalde niet diep adem, maar keek me rustig aan.

'Je kunt *Guys and Dolls* niet opgeven vanwege Blake,' zei ik. 'Dat kan niet. Kijk, Blake heeft met Mark liggen te bunburyen omdat... Mark een sufferd is. Hij ziet er niet uit, hij is níét leuk en je hebt me zelf verteld dat hij er de grootste moeite mee heeft om zijn tekst te onthouden. Blake wílde een middelmatig iemand. Anders had hij nooit Mark in plaats van jou gekozen.'

'Hè?' Demi las kennelijk nooit meidenbladen. 'Hoezo?'

'Mensen houden van middelmatigheid, omdat ze zich dan zelf beter voelen. Hij voelde zich bedreigd door jou,' ging ik verder. 'Want Blake mag dan wel de mooiste jongen hier zijn, dat is hij misschien wel – maar jíj bent de beste. Een jongen als Blake wil niet de tweede viool spelen. Hij is eraan gewend altijd op de eerste plaats te komen en altijd zijn zin te krijgen. Denk maar eens aan die middelmatigheid als je vanavond op het toneel staat. Denk maar: daar staan jullie dan, zonder een greintje talent en zonder enig ethisch benul. Denk maar: daar staan jullie dan, in je politiepakjes in de coulissen, en hier ben ik, ik sta midden op het toneel "Luck be a lady" te zingen. Denk maar: Ik ben de beste en jullie gevoos tussen de middag doet me niks, omdat ik op weg ben naar Broadway en jullie voor me in het stof zullen kruipen!' Ik had Demi's hand vast en was steeds harder gaan schreeuwen.

Ten slotte begon hij te lachen. Toen trok hij me tegen zich aan. 'Dank je, Sadye. Je hebt gelijk.'

Hij bleef me knuffelen, alsof hij vergeten was wat we aan het doen waren en alweer aan iets heel anders dacht. Ik voelde hoe hij al snel weer zichzelf werd. 'Als je nou niet gaat, kom je nog te laat voor de repetitie,' fluisterde ik in zijn oor.

'O, nee! Is het al één uur?' Demi liet me los en bukte zich om de bonbondoos op te rapen. 'Ik moet ervandoor, je bent een kanjer, Sadye. Je bent een schat. Een ongelooflijke meid.'

'Dat zeggen ze,' zei ik.

Hij stoof weg. Op zijn hoofd hield hij met één hand de gouden bonbondoos.

(klik)

Sadye: Hallo nageslacht. Ik ben op het strand, na de lunch. Demi is zojuist weggerend naar de repetitie van *Birdie*, maar ik ga *Midzomernacht* even uit de weg.

Ik weet dat Reanne op me wacht. Het is onbeschoft en fout om te laat te komen, omdat het de groepsgeest verpest. Maar ik heb een hekel aan die voorstelling.

Ik baal ervan dat ik een boom ben. Ik baal ervan dat ik een man ben en ik baal van de manier waarop Reanne mensen onder druk zet om allerlei dingen uit het bos uit te beelden, terwijl duidelijk is dat bijvoorbeeld Titania niet het flauwste benul heeft van wat ze zegt. Ze weet niet wat haar tekst betekent, maar Reanne gaat het haar ook niet vertellen, omdat ze de ontdekkingsgeest wil stimuleren en de acteur zelfstandig wil laten zijn. Alleen, ik betwijfel of Titania er ooit achter komt, en dan staat ze daar straks in die voorstelling op die vage, sprookjesachtige manier te praten, en niemand heeft er enig benul van waar het over gaat.

Het decor is rommelig en leidt het publiek af. Gisteren begonnen we 'met het doek te werken' en ging de helft van de repetitie op aan experimenten om ons in dat felgroene doek te wikkelen, zodat we eruit zouden zien als bomen.

Daar komt nog bij dat we allemaal catsuits aan moesten trekken. Reanne maakte bekend – en ik moet zeggen dat ze er echt blij mee leek – dat er catsuits over waren van de bestelling voor *Cats*, en dat wij in onze productie spiksplinternieuwe, zwartglimmende catsuits aan kregen. Ik vermoed dat zij dacht dat we blij zouden zijn dat we iets nieuws kregen, omdat bij de meeste producties kostuums uit het kostuumatelier worden veranderd, in plaats van dat ze helemaal opnieuw worden gemaakt.

165

Stel je eens voor.

Lyle. In een catsuit.

Ik, in een catsuit, als man.

Hoe moet iemand dan het verschil zien tussen de elfen en de ambachtslieden? Of de bómen? Je zou zulke fantastische kostuums voor de geliefden kunnen bedenken – het ene stel in rood, het andere in blauw – het ene klassiek, het andere gothic – het ene zestiende-eeuws, het andere modern – maar wij hebben er zelf al moeite mee Helena, die wordt gespeeld door een brunette, te onderscheiden van Hermia, die ook bruin haar heeft en ook een catsuit aan heeft.

Ik wilde er met Demi over praten, maar hij is in alle staten over *Guys and Dolls* en het gerotzooi van Blake met Mark en – ik kan het er pas na vanavond met hem over hebben.

En nu ben ik te laat. Uitgerekend nu. Met opzet.

Want het is één ding om je in te zetten wanneer je gelooft in wat je doet. Maar wat moet je eigenlijk doen als je er niet in gelooft?

(schuif, schuif, klik)

IK ZEI wat ik ervan vond. In de repetitie van *Midzomernacht*. Achteraf gezien had ik beter een afspraak met Reanne persoonlijk kunnen maken om met haar te praten over mijn theaterideeën en dat hopeloos verwarrende gedoe met die boomgeest waar we allemaal mee bezig waren. Maar dat deed ik niet. Mijn irritatie was flink opgelopen nadat ik vijf-entwintig minuten met uitgestoken armen had gestaan, in een voortdurende poging de verbaasde uitdrukking op mijn gezicht te bewaren, terwijl ik naar het repeteren van de hoofdrolspelers luisterde.

'Reanne?' vroeg ik, toen ze de geliefden onderbrak om hun een aanwijzing te geven. 'Is het nou echt nodig dat Starveling, Snug en ik de hele tijd boom spelen terwijl we hiermee bezig zijn? Het duurt eindeloos en straks vallen onze armen er nog af.'

Terwijl ik het zei lieten Snug en Starveling hun armen langs hun zij zakken, maar ze zeiden niets. Reanne deed een paar stappen naar me toe. 'Sadye, ga jij me vertellen hoe ik moet regisseren?'

En weet je wat? Dat was ook zo.

Ik was boos dat ik een boom was, zeker. Ik geef het toe, dat speelde mee. Maar Starveling zag eruit alsof hij elk moment kon flauwvallen en ik had het gevoel dat het tijd werd dat ik mijn mond opendeed – niet alleen om duidelijk te maken hoe ongemakkelijk al diegenen die dienst moest doen als boom zich voelden, en hoe vernederend het was om daar maar te staan als een soort meubelstuk, maar ook om iets te zeggen over hoe het er op toneel uit zou gaan zien.

Ik weet wel dat iedereen me vertelde dat een goed acteur zich volledig moet inzetten en de visie van de regisseur niet mag ondergraven – maar de meeste van die mensen liepen er behoorlijk de kantjes van af, maakten grapjes en hadden hun tekst niet eens geleerd. Ik was de enige die zich genoeg bekommerde om de voorstelling om er iets aan te doen dat die bomen klote waren, dat het moreel steeds verder achteruitging en de voorstelling een grote puinhoop werd. Dus in zekere zin toonde ik meer inzet dan een van hen.

'Die bomen werken niet,' zei ik. 'Ze leiden af van de scènes, hoezeer iedereen ook zijn hun best doet.'

Een paar acteurs knikten.

'Echt, als je daar zit en je kijkt naar de scènes – wat ik heb gedaan als ik geen boom ben – zie je dat de mensen zomaar wat rondlopen. Ze zien er moe, of verveeld uit, wat afleidt van de handeling. Bovendien is het erg moeilijk te geloven dat ze bomen zijn, want ze zijn véél te klein.'

'Vooral ik,' zei Snug spits, en Starveling begon te lachen.

'Misschien zouden we moeten werken met echte bomen van karton of draad, in plaats van met mensen,' ging ik verder. 'En als – als we het eens niet zo letterlijk namen, met een decor dat geen bos was, maar meer een interpretatie van een bos? Bijvoorbeeld een bos van rozen?'

Reanne haalde haar wenkbrauwen op.

'Of een stad? Een soort stadsjungle, met donkere hoekjes en straatlantaarns, in plaats van bomen. Of dat je het gevoel zou krijgen dat we ergens onder water waren? Dat zou het minder alledaags maken. Een soort onderwaterwonderland, alsof we allemaal in een magische zee waren terechtgekomen.' Ik wist dat ik zat te zwammen, maar de ideeën kwamen vanzelf.

'Sadye,' zei Reanne, en haar stem klonk bijna verdrietig. 'Kunnen we alsjeblieft doorgaan met de repetitie?'

Ik vond Reanne aardig. Echt. En ik wist dat ze vond dat ik me vreselijk onhebbelijk had gedragen. Dus knikte ik en stak mijn armen uit, alsof ik een boom was.

Maar ik had het gevoel dat ik gelijk had.

NA DE REPETITIE liepen Lyle, Theo en Starveling met me naar Blijspel-met-omhooggedrukte-boezem.

'Dat was helemaal in de stijl van Peter Quince,' zei Lyle,

en hij sloeg zijn arm om me heen. 'En dat bedoel ik uiterst positief.'

'Hoezo "Peter Quince"?'

'Hij is de regisseur, hij probeert al die schooiers in het gareel te krijgen en een fatsoenlijk toneelstuk te laten opvoeren. Maar hij heeft er geen greep op.'

'O.'

'Je hebt een goede strijd gestreden,' zei Theo, 'ook al wilde ze het niet horen. Maar ik spreek mijn veto uit over dat onderwateridee.'

'Waarom?'

'Het is al erg genoeg dat ik een ezelskop op moet. Maar ik ga geen zwembroek aantrekken. Dat is nog erger dan die catsuits!'

'Ach, kom op,' zei ik. 'We kunnen toch allemaal ouderwetse badpakken aantrekken uit de jaren veertig van de vorige eeuw, zodat we eruitzien als Esther Williams.'

'Excuseer me, Madam-met-de-ideeën,' zei Lyle. 'Ik ben net als Winona Ryder. Ik sta op een "geen bloot-bepaling". Dat idee van dat rozenbos was beter.'

'Dank je. Dat vind ik zelf ook.'

'Had je dat allemaal van tevoren bedacht?' vroeg Starveling.

'Nee hoor,' zei ik. 'Ik was helemaal niet van plan dat allemaal tegen Reanne te zeggen. Het kwam er gewoon uit. Maar ik moest toch iets bedenken, terwijl ik dienst stond te doen als boom.'

'Wow,' zei Starveling. 'Ik denk meestal aan seks.'

'Is dat de reden dat je altijd bijna flauwvalt?'

'Zou kunnen. Waarschijnlijk wel, ja.'

Lyle greep me bij mijn schouder. 'Je weet toch dat ze geen van die ideeën ooit zal uitvoeren, hè?'

'Ja, dat weet ik wel.'

'Ik moet nodig wat sinaasappelsap drinken vóór de repetitie van morgen,' zei Starveling. 'Vandaag ging ik echt bijna van mijn stokje.'

D E VOLGENDE avond kwamen mijn ouders met de auto uit Brenton om naar *Guys and Dolls* te kijken. Ik ontmoette ze een uur voor de voorstelling – ze kwamen eten in de kantine. Mijn vader had een bos bloemen bij zich, die helemaal verlept was van de lange autorit.

Op de een of andere manier was er eigenlijk niet zo veel te vertellen. Demi kwam bij ons zitten, omdat hij geen bezoek kreeg van zijn familie – en toen ik praktisch voor het eerst sinds we op Wildewood waren aangekomen weer eens aan Brenton dacht, realiseerde ik me dat ik Demi sindsdien nooit meer in zijn heterovermomming had gezien. Niet dat hij die trouwens bij mijn ouders nog aanhad – maar zelfs de laatste restjes ervan waren verdwenen.

Hij nam een van mijn rozen en had die de hele maaltijd achter zijn oor. Toen dronken mijn ouders koffie en moesten we weg.

'*Hals- und Beinbruch!*' zei mijn moeder, en maakte tegelijk het gebaar uit de doventaal. 'Breek al je ledematen maar!'

'Dank je!' zei Demi. 'Ik wist niet dat je die uitdrukking kende.'

'Dat moet je toch zeggen, hè?' vroeg ze. 'Een vriendin op mijn werk heeft me dat verteld.'

'Helemaal goed.'
'Oké dan, breek alles!' zei ze. 'Ga nu maar!'
En we gingen.

D E SHOW was fantastisch.
Demi was schitterend, mannelijk en geheel overtuigend als de ruige bink die valt voor de brave zendelinge. In de generale repetitie, de avond daarvoor, had hij het niet geweldig gedaan, maar in de voorstelling haperde hij geen enkele keer, hij raakte zijn stem niet kwijt en liet niet merken dat zijn hart gebroken was, behalve dan dat hij met zo veel emotie zong dat ik elke toon geloofde. Candie was gekwetst en aardig tegelijkertijd: haar Sarah was een vrouw met een hart dat zo groot was dat ze niet wist wat ze met al haar gevoelens over de wereld aan moest, dus werkte ze in de liefdadigheid en onderdrukte ze haar gevoelens, zodat ze niet zou worden overweldigd door haar hartstochten. Nanette was brutaal en ruig, en kwetsbaar onder de oppervlakte. Wij zagen er allemaal sexy-belachelijk uit met onze kippenhoeden. En Lyle kreeg de zaal plat met zijn dans als dikke man en het topnummer 'Sit Down, You're Rockin' the Boat'.

Hij moest het wel drie keer herhalen voordat het publiek de voorstelling verder liet gaan.

Het was zó anders in een echte voorstelling. Met de reacties van het publiek, dat keek en lachte. Dat na de liedjes applaudisseerde. Met mijn ouders, die midden op de tweede rij zaten te lachen.

Bij de generale repetitie had *Guys and Dolls* een goede, levendige, frisse voorstelling geleken – maar met het publiek erbij werd het glitter en glamour.

Er waren zes open doekjes. En ik dacht: ik moet een manier vinden om in deze wereld te kunnen blijven.

Ik KLEEDDE ME om, nam afscheid van mijn ouders en ging naar de castparty in het Blackboxtheater. We mochten die avond later naar bed. Eerst danste ik met Demi en Lyle (zo ver weg mogelijk van Blake en Mark), toen met Iz en Candie, toen met Nanette, toen met de andere hotboxgirls en plotseling legde iemand zijn handen over mijn ogen.

Theo?

Nee. James. 'Je was fantastisch vanavond,' zei hij.

Hete, sterke koffie, dacht ik.

Theo rende weg zonder me te kussen, maar James zet de beste espresso.

'Jij ook,' zei ik tegen hem, lachend naar hem opkijkend. Wat niet vaak voorkomt – dat er een jongen is naar wie ik kan opkijken bedoel ik.

'Je ziet er fantastisch uit.'

'Kilo's make-up doen een hoop.'

'Nee, dat is het niet,' zei James. 'Heb je zin om even frisse lucht te happen?'

Ik keek om me heen. Ik wilde Theo, maar alles wees erop dat ik die kans niet zou krijgen. Ik zag hem zelfs nergens. 'Goed.'

We liepen de zwoele zomeravond in en James zette er de pas in. 'Waar ga je naartoe?' vroeg ik lachend.

'Ik weet niet,' antwoordde James. 'Loop maar mee.'

Maar hij wist het wel. We liepen recht naar het strandje. 'Het toneel van diverse middernachtelijke losbandigheden die op schorsing uitliepen,' aldus Lyle.

We deden onze schoenen uit en liepen het water in. We babbelden wat over de voorstelling.

Toen trok James zijn shirt uit en dook het water in.

Hij had een mooi lichaam. Hij was duidelijk bezig met iets wat in de richting kwam van een mega-bespringpoging. Dus dacht ik, waarom niet?

Ik ben geen Sarah meer, met Verborgen Grootsheid. Ik ben Sadye, ik ben al Groots. Sadye, die zojuist heeft opgetreden in de meest fantastische show. Sadye, die leeft zoals zíj wil.

Ik dankte de godin Liza Minelli dat ik een bh aanhad die bij mijn onderbroek paste, trok mijn jurk uit en ging zwemmen.

James zwom naar me toe en voordat ik er erg in had waren we aan het zoenen. Ik had nog nooit in mijn leven een jongen gekust met alleen mijn ondergoed aan. Eigenlijk had ik pas één jongen gekust, in de derde. En nu was er een jongen met ontbloot bovenlijf. Zijn beugel was lomp, maar zijn mond was zacht, en we dreven, en het water maakte ons glad. 'Ik heb al zolang naar je uitgekeken,' fluisterde hij. 'Jij ook naar mij?'

'Ja,' antwoordde ik, wat wel een klein leugentje was.

We zoenden nog wat en een deel van me dacht dat ik dit geweldig vond, dat dit was wat ik wilde – maar een ander deel dacht dat het niet de goede jongen was. Het ging allemaal veel te snel.

'Ik heb het koud,' zei ik, terwijl ik afstand nam.

'Laat mij je warm houden.'

Het leek wel een toneeltekst.

Ik wilde niet dat een jongen me warm hield. Ik wilde een jongen die me aan het lachen maakte, die liedjes voor me op de piano speelde, die me plaagde en me dán warm hield. James en ik waren nog helemaal niet in het warmhoudstadium.

Ik waadde rillend naar het strandje en trok mijn jurk aan over mijn natte ondergoed.

'Sadye, wacht!' James kwam achter me aan het water uit. 'Wat is er?'

'Ik heb het gewoon koud,' zei ik. 'Ik denk dat ik naar bed wil.'

Dat klonk helemaal verkeerd.

'Ik bedoel, je bent fantastisch hoor, alleen – ik wil gewoon alleen naar huis lopen, oké?'

'Hé,' zei hij, terwijl hij zijn droge shirt aantrok en met zijn hoofd schudde om het water uit zijn haar te krijgen. 'Ik wilde je niet dwingen. Je – je deed al je kleren uit.'

'Dat weet ik,' zei ik. 'Ik ben van gedachten veranderd.'

'Goed.'

'Nee, dat is niet zo,' zei ik, terwijl ik mijn sandalen aandeed. 'Ik weet dat ik een trut ben.'

'Nee, het is al goed. Maakt niet uit.'

'Oké dan. Welterusten.'

'Dag.'

Ik liet hem bij het strand achter, maar ik ging niet meteen naar mijn kamer. Ik ging terug naar het feest, met mijn klamme kleren en natte haren, en danste de rest van de avond met Demi.

Theo kwam later ook nog, hand in hand met Bec.

* * *

IJ ACTEREN gingen we monologen doen. Een paar dagen na de voorstelling van *Guys and Dolls* moest ik een voordracht houden uit *Medea*. Toen ik klaar was deed Morales voor de hele groep voor hoe verkrampt ik mijn voet had gehouden terwijl ik bezig was. Ik had mijn tenen gekruld gehouden, liet hij zien.

Toen hield hij een lange preek dat we onze persoonlijke sores, onze tics en pijn – en in wezen onze hele persoonlijkheid – achter ons moesten laten als we op het toneel stonden. Mensen knikten en keken naar mijn voet alsof het een of andere besmettelijke ziekte was die ze niet wilden krijgen.

'En als we onze persoonlijkheid nou wel meenemen?' vroeg ik. 'Is dat niet wat acteurs doen die volgens de *Method* werken? Stanislavski en Strasberg en dat soort dingen?'

Voordat ik naar Wildewood kwam had ik een boek gelezen over de methode van Stanislawski. Ik had immers geen acteertraining en had gedacht dat ik het moest bestuderen, zodat ik niet achter zou liggen. In principe komt die methode erop neer dat acteurs niet proberen te acteren als uiteenlopende personages. Ze proberen zichzelf te zijn en te reageren op wat er gebeurt. Ze gaan eerder uit van hun persoonlijke herinneringen en ervaringen, dan dat ze die verzinnen voor hun personages, en ze spreken en gedragen zich zo natuurlijk mogelijk.

'Dat is een acteermethode voor films,' zei Morales minachtend. 'Dat leer je hier niet.'

'Maar er waren toch ook acteurs die op toneel met deze

methode werkten,' hield ik vol. 'En Marlon Brando dan?'

'Jij daar, hoe je ook mag heten,' snoof Morales. 'Je kunt me niet tegenspreken want je hebt een verkrampte voet. Die verkrampte voet heb je nu al een week lang bij je monoloog. Vergeet de Method, vergeet Marlon Brando.'

'Waarom?'

'Jij bent geen Brando en jij bedenkt geen nieuwe speltechniek door mij te gaan tegenspreken. Je moet proberen te leren wat ik je uitleg. Je moet niet proberen Brando te zijn. Die man is trouwens dood.'

'Ik –' Ik deed mijn best de juiste woorden te vinden. 'Ik zeg niet dat ik het goed deed bij *Medea*, of wat dan ook. Ik wil niet zeggen dat ik weet wat ik doe. Ik probeer een gesprek met u te hebben over acteren. Over wat het betekent om acteur te zijn. Moeten we niet de beschikking hebben over verschillende methodes?'

'Haal je voet uit die kramp, dan kunnen we er misschien over praten,' zei Morales. Maar hij vroeg me niet om de scène nog eens te doen.

(klik, schuif, bèng, bèng)

Demi: Staat hij aan?

Sadye: Wacht. Wacht even. Ja. Oké, je kunt.

Demi: Het is 9 juli –

Sadye: Nee, het is de tiende –

Demi: Ja? Sorry. Geen idee wat voor dag het is.

Sadye: – we nemen op wat onze indrukken van Wildewood zijn na meer dan twee weken.

Demi: O, laten we het lied over Blake zingen. Dat moeten we vastleggen voor het nageslacht.

Sadye: Oké.

Demi: Sadye heeft een lied over Blake voor me geschreven, eigenlijk meer een versje, als een soort bezwering.

Sadye: Om dat gedoe met Blake te verwerken.

Demi: En ik kan wel zeggen dat ik de harde Paulson-rijmmethode kan aanbevelen om liefdesverdriet te overwinnen. Klaar?

Sadye: Klaar!

Demi: Vijf, zes, zeven, acht!

Samen: Blonde, bluffende

Blake de bink.

Je voelt je met je mooie kop

vast en zeker erg flink.

Met je mooie praatjes en je lekkere mond

ben je een betoverende kletsmeier.

Met je lonkende ogen en je lokkende kont

ben je een gewiekste vleier.

Maar zo'n ondermaatse

klerelijer

die wordt toch nooit

mijn vrijer!

(uitbundig geklap voor dit eigen product)

Demi: O, wat knap ik daarvan op! Ik weet niet wat ik ooit in hem gezien heb.

Sadye: Spieren misschien?

Demi: Behalve spieren dan.

Sadye: Noem me maar liefdesdokter.

Demi: Liefdesdokter! Oké. En nu wil ik, voor het nageslacht, jouw verslag horen. Acteren, Zang, Blijspel-met-omhooggedrukte-boezem, Vechttechnieken-met-heterohunks, *Midzomernachtmerrie* – wat je allemaal maar kwijt wil.

Sadye: Bij Acteren leren we een soort antimethode.

Demi: Vind je Morales niet briljant?

Sadye: Ik weet het niet. Eerst vond ik dat ook. Misschien is hij ook wel briljant. Maar vind jij dat hij tegen iemand van pas zeventien moet zeggen dat hij geen Brando is?

Demi: Ach, jij ben gewoon boos over die preek over die verkrampte voet. Dat was gemeen, dat moet ik toegeven.

Sadye: Hij doet alsof hij precies kan zien wat we waard zijn en dat is het dan. Maar wie zegt dat dat zo is?

Demi: Hij is een Broadwayregisseur.

Sadye: Ja, maar we zijn nog niet eens van school en hij heeft iedereen al vastgepind.

Demi: Nou en?

Sadye: Ik bedoel, ik weet heus wel dat ik geen Brando ben, want Brando was Brando. Ik wil helemaal niet zeggen dat ik een genie ben. Ik bedoel, op dit moment ben ik vooral een sukkel. Maar het punt is, ik zóú Brando kunnen zijn. Ik bedoel, ik zou een sóórt Brando kunnen zijn. Hoe kan hij zo zeker aan mij zien dat ik dat niet ben?

Demi: Sadye –

Sadye: Misschien zit er in mij een soort Brando verborgen die op het toneel zou ontluiken als mijn acteerdocent me niet zo vernederde door te zorgen dat iedereen naar mijn voeten staart.

Demi: Hij leert ons regieaanwijzingen op te volgen.

Sadye: Waarom moet ik de Method vergeten als ik dat interessant vind? Een heleboel grote acteurs hebben ermee gewerkt. Weet je nog, dat boek dat ik erover had?

Demi: Voor een deel gaat het hem er alleen maar om dat als je in de klas al geen druk kunt verdragen je dat zeker niet kunt in de echte wereld.

Sadye: Maar vind je dan niet dat er een soort dialoog moet zijn? Dat hij niet alleen tegen mij schreeuwt, maar dat er meer een gesprek is over wat we proberen te leren.

Demi: Er zitten twintig mensen in die klas, Sadye. Niet alleen jij.

Sadye: Ja, maar dat lijken wel schapen. Acteerschapen die alles doen wat hij zegt.

Demi: Zo zie ik het niet.

Sadye: Hoe zie jij het dan?

Demi: Ik zie hem als iemand van wie ik iets kan leren.

Sadye: *(pauze)* We moeten maar van onderwerp veranderen of we krijgen onze Tweede Officiële Ruzie.

Demi: Goed. *(weer een pauze)* Ik heb vandaag voor het eerst kostuums moeten passen. Voor *Birdie*.

Sadye: O ja?

Demi: Ja. En ik verklap maar één woord.

Sadye: Wat?

Demi: Goudlamé.

Sadye: Dat zijn twee woorden.

Demi: Nee, één woord, drie lettergrepen. Strak, superstrak goudlamé.

Sadye: Nu we het toch over kostuums hebben, ik moet je ook een woord verklappen. Over de *Midzomernacht*-kostuums. Eigenlijk kan ik niet geloven dat ik het je nog niet verteld heb.

Demi: Wat?

Sadye: Catsuit.

Demi: Zeg dat het niet waar is.

Sadye: Catsuit. Catsuit. Heeft Lyle het je nog niet verteld?

Demi: Ik weet zeker dat Lyle er helemaal niet over wil nadenken.

Sadye: Catsuit. Catsuit!

Demi: Ik vind het een schitterend woord. Een *Midzomernachtcatsuit*.

(klik)

MIDZOMERNACHT-repetitie, na drie weken. Reanne gaf Titania de aanwijzing dat ze op een ontspannen, flirterige manier om mij (de boom) heen moest cirkelen, zoals iemand dat waarschijnlijk zou doen bij een echte boom die rond was en geen menselijke vormen had – en Titania probeerde het te doen, maar voelde uiteindelijk per ongeluk aan mijn borst en trapte vervolgens twee keer op de verfrommelde stukken doek bij mijn voeten, en die hele beweging leek helemaal nergens op; het was een belangrijk stuk tekst, maar ze struikelde en gleed uit. Ik stond niet stabiel, dus ik bewoog per ongeluk toen ze aan me ging hangen, en het feit dat ik een persoon was (en geen boom) leidde de aandacht af van Titania.

Dus onderbrak ik haar. 'Reanne,' zei ik. 'Zo leid ik iedereen af, per ongeluk,' zei ik. 'Als zij aan me gaat hangen, ga ik wiebelen en denkt iedereen dat ik tot leven kom.'

'Dank je, Sadye, maar wij willen hier de intieme band van Titania met het toverbos laten zien. Dat is de reden dat ik voor deze bewegingen heb gekozen,' zei Reanne.

'Sorry dat ik je borst beetpakte,' zei Titania.

'Geeft niet,' zei ik. 'Daar gaat het me niet om. Ik denk alleen dat je vast komt te zitten in al dat doek, en dat ik ga wiebelen, en dat niemand goed oplet wat er met Bottom aan de hand is.'

'Sadye,' zei Reanne vriendelijk. 'We hebben nu eenmaal besloten dat we dit doen. Als het niet werkt nadat we de scène diverse keren hebben gedaan, kunnen we iets anders doen. Maar we gaan het eerst gewoon proberen.'

'Kunnen we het niet zonder die bomen proberen?' zei ik. 'Of dat die bomen een of andere elfendans doen en dan van het toneel af gaan, zodat ze niet de aandacht afleiden? Als een soort sfeerinleiding?'

'Als ik het vanaf hier bekijk, denk ik niet dat jij de aandacht afleidt, Sadye.'

'En als we Bottom en Titania nu eens naar de voorkant van het toneel verplaatsten, zodat de aandacht van het publiek zich meer op hen richt? En misschien kunnen de bomen kostuums aantrekken, om het verschil duidelijker te maken tussen bomen en personages?'

'Zullen we doorgaan, lieverd? We gaan het gewoon proberen.'

Ik moet toegeven dat ik mijn ogen ten hemel sloeg toen Titania weer struikelde bij haar poging zich om mijn stam heen te slingeren.

Maar serieus...

* * *

NA DE REPETITIE wilde ik met een paar van de ambachtslieden naar Theatervechttechnieken gaan toen Reanne me opzij trok en me vroeg even te blijven. 'Ik wil je zeggen Sadye, dat je meer invloed hebt dan je beseft.'

'Hoezo?'

'Je bent een sterke persoonlijkheid en trekt erg de aandacht naar je toe. Ik weet dat je niet blij bent met je rol, maar ik heb je die rol gegeven, omdat ik dacht dat jij in staat bent je uit te rekken op manieren die veel acteurs niet kunnen – en omdat jij het zelfvertrouwen leek te hebben om een rol te spelen waar de meeste meisjes geen zin in zouden hebben.'

'O.' Ik was gevleid, maar ik geloofde haar niet. Eerlijk, ik denk dat ze gewoon een jongen te kort kwamen, ik was het langste meisje dat ze hadden en van mijn auditie wisten ze dat ik op zijn minst Shakespeare-Engels kon spreken, al kon ik dan misschien geen stukken van hem spelen.

'Het is aan jou ervoor te zorgen dat deze productie zo goed mogelijk wordt,' zei Reanne. 'Dat heb je in je macht. Maar je hebt het ook in je macht om ons werk te ondergraven met je negatieve houding.'

'Hoe bedoel je?'

'Het geloof dat de andere ambachtslieden en Titania in het hele gezelschap hebben wordt ondergraven doordat jij laat merken dat je niet ziet zitten wat wij aan het doen zijn. Als jij in staat bent je rol en de wereld die wij proberen te creëren te accepteren, dan weet ik zeker dat de anderen je zullen volgen. Mensen volgen jou als je meedoet, Sadye. Maar nu verspreiden je interrupties en je negatieve houding zich als een kankergezwel door deze productie, en ik kan me niet voorstellen dat je dat wilt. Wil je dat?'

'Natuurlijk niet.'

'Alsjeblieft dan. Stel je bij de volgende repetitie positief op en je zult zien, dat weet ik zeker, dat het hele stuk op zijn plek valt.'

'Oké,' mompelde ik. 'Sorry.'

Reanne omhelsde me. Ze was erg omhelzerig. 'Je bent belangrijker dan je denkt, Sadye.'

Ik bedankte haar en liep naar buiten, naar mijn les Theatervechttechnieken.

Ik kon het niet helpen, maar ik had het gevoel dat er tegen me gezegd was dat ik mijn mond moest houden.

LATER DIE middag liep ik vanuit Theatervechttechnieken naar de kantine toen ik voor me op het pad Demi en Lyle zag lopen.

Demi stak zijn hand uit en pakte die van Lyle vast. Eventjes maar – kneep erin en liet hem weer vallen. Toen boog Lyle zich naar Demi over en fluisterde iets in zijn oor, waarbij hij Demi's nek aanraakte.

Er was iets tussen hen. Ik zag het.

'Wat is er tussen jou en Lyle?' fluisterde ik tegen Demi toen we in de rij stonden voor taco's en Lyle pastasalade aan het halen was.

'Ik had het je moeten vertellen, Sadye. Het spijt me zo.' Demi keek schuldbewust.

'Wat is er aan de hand?'

Hij nam een bord met taco's en zette het op zijn dienblad. 'Ik weet niet wat ik moet zeggen. Het is pas een paar dagen.'

'Een paar dagen?'

'Ik had het je moeten vertellen. Mijn fout.'

'Je gaat toch niet rotzooien met Lyle, hè,' zei ik, 'om het Blake betaald te zetten?'

Het kwam er beschuldigend uit, zonder dat ik het zo bedoelde. Want Lyle zag er zo gelukkig uit. Verliefd.

Wat er ook tussen hen was, het was erg belangrijk voor Lyle. Dat was zeker.

'Sadye, wat zeg je nou?' Demi stopte halverwege op weg naar de frisdrankautomaat en keek me aan.

'Ik hoop dat je geen spelletje met hem speelt.'

'Ik heb je wel gehoord.' Demi zei het heel zacht, omdat er een heleboel mensen om ons heen stonden. 'Ik – hoe kom je daarbij? Niemand zei toch dat ik een spelletje met iemand speel.'

'Dat weet ik wel, maar –'

'Echt. Heb ik ooit een spelletje met iemand gespeeld? Zeg op.'

'Zo bedoelde ik het niet.'

'Hoe bedoelde je het dan wel? Want op mij komt het over alsof jij zegt dat ik spelletjes speel met mensen.'

'Ik –' Dit ging helemaal fout.

'Aan wie zijn kant sta jij eigenlijk?' Demi keek vijandig. 'Aan die van mij of die van Lyle?'

'Die van jou natuurlijk.'

'Gedraag je daar dan ook naar.' Demi draaide zijn hoofd om en ging bij Lyle en Nanette zitten.

DEMI EN LYLE werden verliefd. Het was echte liefde, gebaseerd op een enorme bewondering voor elkaars talent, een passie voor theater en een honger naar aandacht, plus echte belangstelling voor wat de ander te vertellen had. Ze accepteerden elkaars fouten, plaagden elkaar, kibbelden vaak over onbenullige dingen en maakten het daarna weer goed. Ze vonden elkaar mooi en lief. Ze vertelden elkaar hun geheimen.

Binnen een paar dagen waren ze een geaccepteerd stel. Ze hoorden zo duidelijk bij elkaar dat zelfs Candie accepteerde dat ze een stel waren. 's Avonds vreeën ze vaak op het dak van de jongensverblijven. Na de repetities of de recreatieve activiteiten maakten ze samen het rondje van achttien minuten naar de vierentwintiguurswinkel, en lagen daarna op het dak bier te drinken en naar de sterren te kijken, terwijl trouwe vrienden als ik, Iz en Nanette zich koesterden in de warmte van hun geluk.

Demi voelde zich met Lyle thuis op Wildewood. Hij voelde zich er meer thuis dan hij zich ooit ergens anders had thuis gevoeld.

Meer thuis dan bij zijn ouders.

En meer dan bij mij.

Weg waren zijn heterovermomming en de saaie kleren die hem onzichtbaar maakten. Weg was ook de noodzaak van onze band, de band die we gehad hadden toen ik nog de enige was die hem leuk vond zoals hij echt was.

Demi op Wildewood en Demi met Lyle was een Demi die uit de halve kast was gekomen waarin hij zo lang had gezeten, al lang voordat wij elkaar hadden ontmoet. Het was een Demi die wist wie hij was – en die niet bang meer was.

Ik probeerde om niet jaloers te zijn.

T WEE DAGEN na onze ruzie kwam ik weer bij Demi in de gratie, omdat ik een lied had geschreven. Ik was vroeg in de ochtend naar de winkel van Cumberland gerend om papier en een felroze pen te kopen, schreef het netjes op en gaf het aan Demi na Acteren.

Biedel-die diedel-die die! Twee jongens!
Biedel-die diedel-die die! Twee jongens!
Biedel-die diedel-die die!
En ik ben blij, écht, voor ze!
Biedel-die diedel-die die! Zij vrijen!
Biedel-die diedel-die die! Gedijen!
Biedel-die diedel-die die!
Wat een mooi stel!
Lyle valt op Demi
en Demi op Lyle
Maar wie houdt van dat stel?
Wie?
Wie?
Ik dus.
Biedel-die diedel-die die! Twee jongens!
Biedel-die diedel-die die! Twee jongens!
En ik ben blij, écht, voor ze!

Alles was vergeven. Onze Tweede Officiële Ruzie was voorbij.

Toch denk ik dat ik Demi op dat moment begon kwijt te raken.

* * *

O_P EEN DAG_ verdeelde Morales ons bij Acteren in vier groepjes. Elk groepje moest gaan werken vanuit een bepaalde lichamelijke toestand. 'Buikpijn,' zei hij tegen een groep. 'Zware dronkenschap,' tegen een andere. 'Extreme uitputting,' tegen een derde. Maar tegen mijn groepje van drie meisjes zei hij: 'Zwangerschap.'

Ik had wel eens buikpijn gehad, al was het misschien niet zo heel erg. En het spijt me te moeten zeggen dat ik wel eens in zware dronkenschap heb verkeerd dankzij de open wijnkast van Demi's ouders en onze domme poging in een kosmopolitische sfeer naar _Damn Yankees_ te gaan kijken. Maar ik ben nog nooit zwanger geweest en ken niemand die zwanger is, dus het leek me een beetje oneerlijk.

Maar vooruit, acteurs moeten emoties en situaties uitbeelden die ze nog nooit ervaren hebben, of niet soms? En het is de bedoeling van die oefening (hield ik mezelf voor, terwijl ik acht maanden zwanger door de ruimte probeerde te lopen) dat Morales ons naderhand technieken geeft om ons in te leven in een psychische en lichamelijke toestand die we nog nooit hebben meegemaakt.

Maar dat deed hij niet. Nadat hij ons liet ophouden maakte hij snel een paar opmerkingen. 'Demi, geweldige inzet, maar als we verder gaan wil ik je vragen je het wat meer ingehouden te doen. Iets gedempter. Veronica, jij acteert met je gezicht, maar niet met je lichaam. Ik wil dat je lichaam ook mee gaat doen. En, eens kijken.' Hij kwam op mij aflopen en knipte met zijn vingers voor mijn neus. 'Hoe heet je ook alweer, zeg eens? Snel.'

'Sadye,' zei ik. 'Ik zat in uw voorstelling. En ik ben geen Marlon Brando. Weet u nog wel?'

'Wat moet je zijn? Wat moet je zijn?'

'Zwanger.'

'Wat moet dit dan voorstellen, dit gewaggel? Laat de anderen eens zien wat je deed.'

Ik deed zo goed als ik kon mijn zwangere-vrouwenloopje.

'Hou op! Hou op!' Morales kromp ineen alsof mijn acteerprestaties hem lichamelijk pijn deden. 'Je moet eraan denken vanuit je voeten. Vanuit je lijf, door je schouders. Want nu ziet niemand dat je zwanger bent. Het publiek *ziet niet* dat ze zwanger is!' schreeuwde hij. 'Luister. Ik wil ieders volledige aandacht, want dit is belangrijk. Als ik een stuk regisseer – en dat geldt voor iedereen die een stuk regisseert – dan is het jullie taak als acteurs om de regisseur te geven wat hij wil. Het kan zijn dat je het nog niet goed doet. Het kan zelfs zijn dat je het slecht doet, of misschien wil hij wel dat je het heel anders doet dan wat je eerst hebt geprobeerd. Maar je moet hem in elk geval geven wat hij van je vraagt. Dat is acteren. Als hij wil dat je zwanger bent, moet je hem dat geven. Hij kan het veranderen, of je vragen nog verder te gaan, of je vragen een andere richting in te slaan. Maar geef hem nooit, nooit een waggelloopje van niks. Want dan word je, weet je wat je wordt? Je wordt werkloos.'

Hij ging weer op zijn kruk zitten en stak zijn handen in de lucht.

'Oké. Nog een keer. Dezelfde lichamelijke toestand, maar geef het ze. Geef het aan je publiek.'

Na de les ging ik naar Morales. 'Ik weet niets van zwanger zijn,' zei ik tegen hem. 'Ik bedoel, ik weet wel wat het is, maar ik weet niet hoe het voelt of wat je dan doormaakt. Dus ik vroeg me af –'

'Ja?' Hij keek me aan, maar zijn ogen waren hard.

'Ik vroeg me af hoe je zover kunt komen dat je het, zoals u zegt, geeft. Hoe je ergens komt waar je nog nooit bent geweest.'

'Je doet gewoon alsof,' antwoordde hij. 'En meteen na de repetitie ren je naar de boekhandel. En ga je lezen. Je praat met zwangere vrouwen. En je zorgt ervoor dat je alles weet over zwangerschap voordat je weer moet werken. Want één zwakke dag is begrijpelijk. Maar een tweede – dat is gewoon onverantwoordelijk!'

'Bestaat daar een techniek voor?' vroeg ik. 'Een manier van handelen die u ons kunt leren?'

Morales hees zijn tas op zijn schouder. 'Die léér ik jullie al. Ik heb het gevoel dat je het moeilijker maakt dan het is.'

'Maar hoe heeft u dan geleerd wat u doet?' Ik wilde het weten. 'Ik bedoel, de manier waarop acteurs zich over het toneel bewegen, zien hoe je scènes beter kunt maken – hoe heeft u dat dan geleerd?'

Morales keek op zijn horloge. 'Ik heb het druk,' zei hij. 'Je moet gewoon naar de les komen en luisteren, oké. Ik weet dat je enthousiast bent, maar dit is geen privéles.'

SINDS HET STANDJE van Reanne gedroeg ik me keurig bij de repetities van *Midzomernacht*: ik had mijn tekst snel onder de knie, probeerde verwoed één te worden met de bosgeesten als ik boom moest zijn en ontwikkelde een macholoopje en een nasaal stemgeluid voor Peter Quince. Ik pro-

beerde zelfs het beklagenswaardige meisje dat Titania speelde uit te leggen dat ze verliefd was op de ezel vanwege zijn
buitengewoon mannelijke uitrusting. Maar het was allemaal vergeefs. *Midzomernacht* zat in de puree en was er waarschijnlijk met geen mogelijkheid weer uit te krijgen. De perfecte opvolger van *Oedipus in beddenlakens*.

Maar er is één ding van Wildewood dat belangrijk is om
te weten: ook al was ik verontwaardigd, vernederd, talent-
loos, wanhopig vanwege catsuits of wat dan ook – ik voelde
me niet ellendig. Totaal niet. Ik lééfde. Eindelijk was ik weg
uit die doodsaaie stilte van Ohio. Op Wildewood deden gesprekken ertoe, mensen hadden uitgesproken meningen en
na wanhopige, gênante momenten volgden er altijd weer tijden van tastbare opwinding.

Op een dag ging ik met Nanette naar een gospelconcert
uit het recreatieve programma – het was een van de wei-
nige avonden dat ze niet voor *Showboat* hoefde te repeteren en we vonden de geweldige, jezusachtige klanken zo
fantastisch dat we op onze roodfluwelen stoelen gingen
staan, klapten, dansten en met onze handen door de lucht
zwaaiden toen het koor 'When the saints go marching in'
zong. Toen we ons omdraaiden (we zaten tamelijk vooraan), zagen we dat iedereen achter ons ook op zijn stoel
stond en samen met het koor zongen we 'Loves me like a
rock'.

Of toen Iz en ik een paar avonden gingen eten in volledig Blijspel-met-omhooggedrukte-boezem-kostuum – wit-
gepoederde pruiken, korsetten, nepschoonheidsvlekjes en
wat al niet. Of toen Jade en ik bezems uit een werkkast hadden gepakt en voor de vuist weg in de gang de dans van

'Bushel and a peck' opvoerden, terwijl Demi en Lyle het lied tweestemmig zongen, Demi met zijn kopstem.

Of toen ik Candie, Iz en Nanette uitdaagde om 's ochtends om zeven uur op de gang keihard 'Supercalifragilisticexpialidocious' te zingen en op alle deuren te bonzen. Toen ze het nog deden ook moest ik hun elk vijf dagen lang een reep chocolade geven. Of toen we op het gras bij het pad lagen en tegen alle jongens die langskwamen met een Frans accent praatten.

Of dit: op een dag ging ik tijdens Zang naar de wc. Toen ik door de gang van het repetitiegebouw liep kwam ik langs drie andere klassen. Door de gesloten deuren klonken bonkende pianoklanken. Toen ik dichterbij kwam hoorde ik een groep toonladders doen, een groep worstelde zich door een meerstemmige versie van 'What a piece of work is man' en een andere bedwong in opgewekte samenzang de hoge noten van 'One' uit *A Chorus Line*, met al zijn accentverschuivingen. In de volgende ruimte stond de deur open en waren Tamar en haar assistent stappen aan het afbakenen voor *Cats*, dat hier 's middags gerepeteerd zou worden. Vlak voor de wc was de gang versperd door een rek met kostuums voor *Showboat*: jurken met veel franje en enorme rokken, bruine juten jasjes en een rij roze parasols die aan het handvat hingen. Ik bleef staan en voelde aan de polyestermouw van een van de jurken, raakte de kunstdiamanten langs de halslijn aan, luisterde naar het geruis van de stof, nauwelijks nog te horen boven de 'vijf, zes, zeven, acht' uit de oefening van de choreografen en de muziek uit de lokalen. Zelfs een heel gewone, tamelijke verveloze gang kwam hier tot leven door glitter en zweet. Elke dag op Wildewood was vol muziek, dans, komedie, drama.

Bedenk daarom dat ik, ondanks wat er later gebeurde, nooit, nooit meer naar huis wilde.

(klik, schuif, schuif)

Sadye: Demi! Niet laten vallen.

Demi: Lieverd, ik heb hem al laten vallen.

Sadye: Je raakt je cassetteprivileges kwijt. Ik houd hem wel vast.

Demi: Oké, maar ik zit in het midden. Het geluid is veel beter als ik hem vasthoud.

Sadye: Oké, doe maar. Maar laat hem niet weer vallen.

(schuif, ruis)

Demi: Het is 18 juli, denken we, en wij leggen het avondritueel sterren kijken vast. Sadye, Lyle, Theo, Nanette en ik bevinden ons momenteel op het dak van de jongensverblijven –

Lyle: Zoals de meeste avonden –

Demi: – totdat Farrell naar boven komt en de meiden eruit gooit.

Theo: En Theo is nieuw.

Sadye: Het is pas zijn tweede avond.

Lyle: Wij oefenen een verderfelijke invloed op hem uit. Maar we denken eigenlijk dat dat niet al te moeilijk zal zijn.

Nanette: Nu bespringen!

Sadye: Hou je kop, Nanette!

Theo: Wat?

Nanette: Laat maar. Zeg Theo, vertel eens. Ga jij met Bec?

Theo: Wat?

Lyle: O, ik wist niet dat hij bezet was toen ik hem uit nodigde. Ben ik zo slecht op de hoogte?

Theo: Nee.

Nanette: Ik heb je heel vaak met haar gezien, dat is alles. Ik wil graag alles weten over de mensen met wie ik dit dak deel. En nu het ernaar uitziet dat je een vaste gast wordt, wil ik weten hoe het ervoor staat. Ga je je vriendinnetje ook hier naartoe halen?

Sadye: Nanette!

Theo: Ze is mijn vriendinnetje niet. We – eh. We hebben een paar keer samen opgetrokken. Ze heeft een vriendje thuis.

Demi: Als je soms problemen met de dames hebt, Theo – Lyle en ik kunnen je wel een advies geven.

Lyle: *(giechelend)*

Theo: Wat?

Demi: Je moet een strakkere broek aantrekken.

Theo: Ha!

Demi: Ik meen het serieus. Je moet je vorm meer laten zien.

Sadye: Luister maar niet naar hen, lieverd. Ze zijn alleen geïnteresseerd in je kont voor hun eigen homodoeleinden.

Nanette: Oké Theo. Nog een vraag. Wat is je lievelingssmaak ijs?

Sadye: Nanette!

Theo: Eh –

Demi: Ik houd van alle soorten ijs. Ik ben een ijsomnivoor.

Lyle: Een ijssloerie, dat ben je.

Demi: Dat is waar. Pindakaasijs, kokosijs, rumrozijnen – zelfs de vieze smaken, daar hou ik nog van.

Lyle: Ik heb een lievelingssmaak.

Demi: O ja?

Lyle: Chocola. Net als jij, schat.

Demi: Ah, dat is lief. Is hij niet lief?

Nanette: Lieve schatten, ik vroeg het aan Theo. Niet aan jullie.

Sadye: Ja. Ik wil ook wel horen wat Theo zegt.

Theo: Ik ga voor muntijs met chocola.

Nanette: Ooh! Ik wist het wel!

Sadye: Hou je kop!

Demi: O, ik snap het nu pas! Hij houdt van muntijs met chocola!

Sadye: Sorry, Theo. Ze stellen zich belachelijk aan. Wil je een biertje?

Theo: Ja, best wel. Zeker.

Demi: Ik ook.

Lyle: En ik.

(het geluid van rinkelende flesjes)

Theo: Dat had ik jullie al eerder willen vragen. Knijpt Farrell een oogje dicht voor dat bier?

Lyle: Precies. Een oogje.

Theo: Betaal je hem daarvoor?

Demi: *(geschokt)* Nee!

Lyle: Misschien niet eens zo'n gek idee.

Demi: Tot nu toe is hij altijd erg soepel.

Lyle: Misschien kunnen we hem uitbetalen in bier.

Demi: Hij heeft dat bier helemaal niet gezien, Theo. Lyle houdt je voor de gek.

Lyle: Dat is waar. We verstoppen het bier. Maar ik betwijfel of hij iets zou doen als hij het zag.

Sadye: Waar is Iz? Voor de documentatie: Iz en Candie komen hier soms ook naartoe.

Nanette: Iz ging douchen en daarna naar bed.

Demi: Morales maakt het haar aardig moeilijk in *Birdie.* Vanavond moest ze het nummer 'Spanish Rose' doen. Hij liet haar op tafel dansen en tegenritmes doen met die klikdingetjes – hoe heten ze ook alweer?

Sadye: Castagnetten.

Demi: Castagnetten. Ja. Het wordt goed.

Nanette: Candie is nog niet terug van de repetitie. Er zijn wat technische problemen bij *Little Shop*, met die mensenetende plant.

Sadye: Terug naar de documentatie.

Lyle: Voor wie moeten we documenteren?

Sadye: Voor het nageslacht.

Theo: Waarom wil je documenteren? Ik bedoel, het is leuk, natuurlijk, maar waarom?

Demi: Voor als we ooit allemaal beroemd zijn.

Sadye: Voor als jij beroemd bent.

Demi: We worden allemaal beroemd. Dat is toch duidelijk?

Sadye: Ik wil alleen maar zeggen dat de kans dat we allemaal beroemd worden erg klein is.

Demi: Niet waar. Kijk maar naar John Cusack en Jeremy Piven en Joan Cusack. Die zaten allemaal bij elkaar op de toneelschool.

Theo: O ja?

Demi: Absoluut. En Steve Pink ook. Die schreef *High Fidelity* en *Grosse Pointe Blank*.

Lyle: Ik heb nog nooit van Steve Pink gehoord.

Demi: Dat komt omdat jij een domkop bent.

Lyle: Jij noemt mij een domkop, omdat jij jaloers bent dat ik veel meer weet van theatergeschiedenis.

Demi: Als je nog nooit van Steve Pink hebt gehoord, ben je in elk geval een beetje een domkop.

Lyle: Het is al goed. Ik zal hem morgen wel even googelen in de computerruimte. Ik geloof nooit dat die Steve Pink echt bestaat. Je hebt hem gewoon verzonnen.

Demi: Niet!

Sadye: Oké allebei, zo is het wel genoeg. Nu gaat iedereen op zijn rug liggen en zingen jullie meerstemming een serenade voor me.

Nanette: Prima. Wat wordt het deze keer?

Sadye: 'The Telephone Hour'. Kent iedereen dat?

Theo: Natuurlijk.

Nanette: Natuurlijk.

Lyle: Natuurlijk. Iedereen die 'The Telephone Hour' niet kent is een domkop.

(schuif, klik)

O P 27 JULI had Nanette een afspraak voor een auditie voor *Secret Garden* in Los Angeles. Ze kreeg er een dag vrij voor en haar vader liet met een koeriersdienst haar bladmuziek bezorgen, omdat ze een nieuw auditiestuk moest leren om te laten zien dat ze de moeilijke muziek in het stuk zou kunnen zingen. Ze repeteerde een stuk uit *Into the Woods* met de docent Auditievoorbereiding. 's Ochtends vroeg vertrok ze met een taxi naar het vliegveld voor de vlucht naar Californië en ze zou diezelfde middag nog auditie doen.

Toen ik, op de dag voordat ze zou gaan, na het eten naar mijn kamer ging zag ik haar op haar onderbed zitten. Ze had mijn cassetterecorder vast.

'Is er iets?' zei ik, terwijl ik mijn schoenen uittrok.

'Ik heb naar de band geluisterd.'

'Wat deden we belachelijk, hè,' zei ik. 'Ongelooflijk dat jij Theo vroeg wat zijn lievelingsijs was!'

'Trouwens, ik heb ook gehoord wat jij en Bec en de anderen over mij zeiden. Tijdens de pasbeurt voor *Guys and Dolls*.'

Shit.

Ik wist dat ik gemeen en jaloers was geweest. We waren allemaal gemeen en jaloers geweest.

Wat was ik voor een idioot dat ik dat allemaal opnam en het bewaarde?

'Het spijt me,' zei ik. 'Het was gemeen van ons.'

'Maar we hadden toch gepraat,' snoof Nanette. 'Ik dacht dat je aan mijn kant stond.'

'Dat is ook zo.' Ik ging op het bed zitten, overmand door schuldgevoel. 'Dit had ik al eerder opgenomen.'

'Ze zeiden dat ze gif in mijn limonade wilden doen. Dawn wilde me wel neerschieten.'

'Dat heb ik niet gezegd!'

'Nee, maar je was er wel bij. En jij zei, wat was het ook alweer, waarom ik eigenlijk hier kwam? En dat ik misschien ziek zou worden en naar huis zou gaan.'

Dat was waar. 'Ik was gewoon vreselijk jaloers, Nanette,' zei ik tegen haar. 'Het was echt gemeen om dat te zeggen.'

'Dat kun je wel zeggen.'

'Het spijt me. Je – je hebt er geen idee van hoe het voelt als je allesbehalve een ster bent.'

'Dat is niet waar!' schreeuwde ze. 'Ik was niet de ster in *Night Music*. Ik was niet de ster in *Fiddler*.'

'Maar dat waren wel nationale producties,' zei ik. 'En jij was het enige kind.'

'Het grootste deel van de tijd was ik trouwens ook niet de ster in *Annie*. Ik heb je verteld dat ik wist hoe het voelde. Die avond, toen we het erover hadden.'

'Nanette, luister, ik wil niet zeggen dat we niks fout hebben gedaan, dat we niet gemeen waren, maar –'

'Ik dacht dat we vriendinnen waren.'

'Dat zijn we ook. Ik had die dingen nooit moeten zeggen.'

'Waarom deed je het dan?'

197

'Ik – ik heb het hier best moeilijk. Het lijkt wel alsof iedereen in alles beter is dan ik, en jij bent de beste van allemaal.'

'Dat ben ik niet.'

'Dat ben je wel,' zei ik. 'En doe niet net alsof je dat niet weet.'

Nanette gooide de cassetterecorder naar me toe. 'Je had het voor me moeten opnemen. Zelfs Iz was nog aardiger dan jij en Adelaide was de rol die zij graag gewild had.'

Het was ook de rol die ik had willen hebben. Dat herinnerde Nanette zich gewoon niet meer.

'Een echte vriendin zou blij zijn met het succes van iemand anders.'

'Het spijt me,' zei ik weer. 'Het spijt me echt.'

'Spijt is niet genoeg,' zei Nanette.

Ze rende de kamer uit en smeet de deur achter zich dicht.

Z E KWAM die avond pas terug nadat de nachtrust al was ingegaan en vertrok de ochtend daarop in alle vroegte naar Californië. Ik had geen idee hoe ik het goed moest maken en Iz ook niet.

Om halfacht die avond was ik na het eten in mijn kamer toen de telefoon op de gang ging.

'Candie Berkolee!' gilde iemand in de gang. 'Candie Berkolee! Telefoon!'

'Die is er niet,' zei ik, terwijl ik mijn hoofd om de deur stak. 'Zij heeft een hoofdrol.' Wat betekende dat ze 's avonds repetitie had.

Het meisje zei iets tegen de telefoon. 'Isadora Feingold?' gilde ze. 'Is Isadora er? Telefoon!'

'Die is er ook niet.'

Het meisje luisterde naar de telefoon en keek naar mij. 'Het is Nanette, van bij jou op de kamer,' zei ze even later. 'Ze wil iemand spreken.'

'Mij wil ze vast niet spreken,' zei ik. 'Dat denk ik niet.'

'Nee, ze vroeg niet naar jou,' zei het meisje. 'Maar je moet hem toch maar aannemen. Er is iets gebeurd.'

Ik nam de telefoon aan. Nanette huilde.

'Ik ben mijn portefeuille kwijt,' snikte ze. 'Ik dacht dat hij in mijn tas zat, maar ik heb hem niet. Nu heb ik geen ID-bewijs.'

'Waar zit je nu?' vroeg ik.

'Op het vliegveld van Los Angeles,' snoof ze. 'Een taxi heeft me hier afgezet en toen heb ik in een van die restaurantjes een stuk pizza genomen, en toen ik een tijdschrift wilde kopen had ik mijn portefeuille niet meer. Ik ben al bij Gevonden Voorwerpen en zo geweest.'

'O nee hè.'

'Ze wilden me niet in het vliegtuig laten zonder ID-bewijs. En nu heb ik het vliegtuig gemist. Ik heb hem overal gezocht. Bij de restaurantjes en de tijdschriftenwinkels en buiten op de stoep. De mensen bij Gevonden Voorwerpen hielpen helemaal niet mee.'

'Is er niemand bij je? Heb je geen begeleiding van iemand van het theater?'

'Nee, ik heb in mijn eentje een taxi genomen.'

'Wat zeggen ze bij de balie van de luchtvaartmaatschappij?'

'Ik moet mijn ID-bewijs laten zien. Ik mag met mijn ticket in het volgende vliegtuig, maar alleen met mijn legitimatiebewijs.'

'Heb je geld bij je?'

'Nee.'

'Een bankpas?'

'Nee. Mijn vader vermoordt me.'

'Je moet hem bellen.'

'Dat durf ik niet.'

'Je moet, Nanette. Misschien kan hij instaan voor je identiteit of een fax van je paspoort sturen.'

'Hij is vast verschrikkelijk boos.' Ze huilde nog steeds. 'Vorig jaar, toen ik op tournee was, is hetzelfde gebeurd. Portefeuille verloren met mijn ID-bewijs, pasjes en contant geld erin en toen was hij razend dat ik zo slordig ben.'

'Luister. Je komt daar niet weg als je hem niet belt,' zei ik. 'Ik wacht hier wel bij de telefoon.'

'Ik weet niet.'

'Hij wil toch ook niet dat je moederziel alleen op het vliegveld van L.A. blijft hangen. Daarvoor heb je toch je mobiel. Voor noodgevallen. Hij wil dat je hem belt. Geloof me nou maar.'

Nanette begon weer te huilen. 'Maar hij...' Ze sprak met verstikte stem en kon met moeite iets uitbrengen. 'Hij, hij, hij wil dat ik me gedraag als een professional. Ik hoor het hem al zeggen.' Ze verlaagde haar stem. 'Denk jij dat Sarah Jessica Parker haar portefeuille verloor toen ze in *Annie* zat? Denk jij dat Daisy Egan met haar hoofd in de wolken liep toen ze terugkwam van de auditie voor *Secret Garden*? Nee, natuurlijk niet. Mensen die lopen te dagdromen krijgen die rollen niet. En als ze ze wél krijgen houden ze ze niet.'

'Nanette –'

'Je begrijpt het niet, Sadye. Jouw ouders houden van je. De

mijne kennen me niet eens. Ze zijn niet eens naar *Guys and Dolls* komen kijken, omdat mijn broertje een filmauditie had en mijn zusje een reclamespotje moest opnemen.'

'Oech.'

'Ik woon al een jaar niet meer bij hen. Kylie heeft zelfs mijn kamer.'

'O.'

'Ja. Toen ik een week thuis was, voordat ik naar Wildewood kwam, moest ik op een opklapbed slapen.'

'Pfoeh.'

'Ik ben een soort werkpaard voor ze. "Laat Nanette maar reizen, dan sturen ze het geld wel naar huis." Daar gaat het om. De enige reden dat ze me naar Wildewood hebben gestuurd is omdat *Fiddler* was afgelopen en ik de laatste drie banen die ik wilde niet heb gekregen. Ze meenden dat ik op deze manier in elk geval zou worden gezien door Morales, omdat hij volgend jaar die musical van Lemony Snicket gaat doen en ze willen dat ik daarin kom.'

'Nou, je weet dat hij je goed vindt,' zei ik. 'Dus misschien is 't het wel waard.'

'Ik moet het allemaal alleen doen,' zei Nanette. 'Alsof ik geen kind meer ben. Alsof ik de hele tijd een perfecte volwassene moet zijn. Ik ben aan een stuk door op reis. En als ik *Secret Garden* niet krijg, weet ik niet wat ik moet doen. Dan ben ik een mislukkeling in hun ogen en dat vinden ze niet leuk.'

'Luister,' zei ik. 'Je vader opbellen is echt het enige wat je kunt doen. Het komt allemaal in orde. Ik blijf hier zitten en jij belt me terug.'

We hingen op. Ik zakte op de vloer van de gang en wachtte.

Uiteindelijk ging de telefoon weer. Ik nam hem op.

'Oké, ik heb gebeld,' zei Nanette. 'Hij stuurt een fax van mijn paspoort. Maar hij is zo boos, Sadye, dat wil je niet weten.'

'Hoe laat komt je nieuwe vliegtuig aan?'

'Vier uur 's ochtends in Rochester,' zei ze. 'Maar ik weet niet hoe ik van het vliegveld terug naar Wildewood moet komen.'

'Maak je daar maar geen zorgen over,' beloofde ik. 'Ik zorg wel dat iemand je komt ophalen.'

* * *

Ik LIEP naar de administratie om het de secretaresse van de zomercursus te vertellen, zodat ze een auto voor Nanette kon regelen – maar het was al acht uur geweest; er was niemand meer. Dus ging ik naar de repetitieruimte voor *Midzomernacht* en liep binnen zonder te kloppen. De jongen die Puck speelde stond in een woeste, katachtige houding een monoloog af te steken, terwijl Theo (Lysander) en Rosa (Helena) verveeld met hun rug tegen de muur zaten te wachten tot zij hun scènes konden repeteren.

Reanne stak haar hand op, om aan te geven dat ik hen niet moest onderbreken voordat Puck klaar was. Ik wachtte een paar minuten, maar toen hij klaar was en zij zich naar hem toeboog om een opmerking tegen hem te maken over zijn lichaamstaal, hield ik het niet meer uit. Die arme Nanette moest in haar eentje midden in de nacht een vlucht van zes uur maken en kon vervolgens niet meer op Wildewood komen, en die mensen hier stonden met elkaar te ouwehoeren of Puck zijn hand op zijn knie moest leggen of dat zo'n gebaar te veel aan honkbal deed denken. Ik tikte Reanne op haar schouder.

Ze haalde diep adem en vroeg Puck even te wachten. 'Wat is er?'

Ik legde de situatie uit en vertelde dat ze moesten regelen dat Nanette werd opgehaald.

'Oké,' zei Reanne. 'Ben je al bij de administratie geweest?'

'Die is dicht.'

'Oké. Ik zal even bellen.'

Reanne zei tegen de spelers dat ze konden pauzeren en belde iemand – misschien Morales wel – met haar mobieltje.

'Het was niet doordat de auditie was uitgelopen,' zei ze. 'Ze is haar portefeuille verloren.'

Reanne keek naar me om te controleren of haar verhaal klopte. Ik knikte en voegde eraan toe: 'Jullie moeten haar laten ophalen met een auto.'

'Als ze terugkomt ligt de hele campus nog te slapen,' zei Reanne in de telefoon. 'Iemand moet opblijven om haar binnen te laten.'

Degene aan de andere kant van de lijn zei iets en Reanne begon te giechelen. 'Als ik het maar niet ben.'

Ik onderbrak haar nog een keer. 'Het punt is dat Nanette geen taxi kan betalen. Ze komt daar niet weg als ze niet wordt opgehaald.'

'Ssstt.' Reanne gebaarde dat ik mijn mond moest houden.

'Ze zal wel kapot zijn; ze komt midden in de nacht aan.' Ik stak een stuk papier uit, waarop ik het nieuwe vluchtnummer van Nanette en de aankomsttijd had geschreven. 'Iemand moet haar gaan ophalen.'

'Momentje,' zei Reanne in de telefoon. 'Sadye, ik weet dat je je zorgen maakt om je vriendin, maar je moet ook inzien dat ze van een simpel tripje een puinhoop heeft gemaakt.'

'Ja, en?'

'En dat we het er nu over hebben wie de verantwoordelijkheid moet nemen en wat de mogelijkheden zijn.'

'Ik zie niet in waarom je niet even een auto regelt en zorgt dat ze wordt opgehaald,' schreeuwde ik. 'Ze weet heus wel dat ze er een puinhoop van heeft gemaakt. Dat weet ze heus wel! Ze voelt zich een idioot. Ze moet opgehaald worden!'

'Ik bel je zo terug,' mompelde Reanne en brak het gesprek af.

'Je moet een auto regelen,' zei ik iets zachter. 'Anders kan ze niet hier komen.'

Reanne sloeg haar armen over elkaar en keek me aan. 'Er is nog tijd genoeg, Sadye. Haar vliegtuig is nog niet eens vertrokken en het is een vlucht van zes uur.'

'Maar waarom regel je niet vast een auto?' vroeg ik. 'Ik wil haar terugbellen voordat ze in het vliegtuig zit, zodat ze weet dat er een auto komt.'

'Het zou jou niet misstaan als je eens een keer "alsjeblieft" zei, Sadye,' mompelde Reanne ten slotte. 'Het zou je ook niet misstaan als je eens zei: "Sorry, Reanne, dat ik je repetitie moet onderbreken".'

Ik keek naar Reanne. Ze was aardig en een tikje mal; bereid om onder het maken van woewoe-geluiden door het bos te springen en te doen of ze een elf was. Ze was nooit onvriendelijk of autoritair tegen de acteurs – en moedigde zelfs het geringste boompje altijd vriendelijk aan. Ze had mijn opstandigheid, mijn onderbrekingen en mijn kritiek verdragen – meestal geduldig en hoffelijk en nooit met meer dan lichte irritatie.

Ik vond haar aardig.

Ik vond haar een slecht regisseur.

Ik begon te huilen. 'Ik weet dat ik overdrijf,' snikte ik. 'Maar ik ben het aan Nanette verplicht. Ik heb heel lelijk tegen haar gedaan; ik ben de hele zomer jaloers geweest op hoe ze zingt en hoe ze eruitziet, op haar talent en op alle kansen die zij krijgt. Ik ben jaloers op Lyle dat hij Demi heeft gekregen en op Demi dat hij Lyle heeft, en op Iz en Candie, vanwege hun stemmen en ik ben jaloers op de rollen die iedereen heeft en –'

Reanne sloeg haar arm om me heen en leidde me naar een klapstoel.

'Het is alleen dat ik hier niemand ben,' ging ik door. 'Ik zou gewoon kunnen verdwijnen. Ik zou morgen kunnen weggaan. Het zou niemand iets uitmaken. Ik was dol op *Guys and Dolls*, ik vond het enig, maar als ik niet in de show had gezeten had niemand het gemerkt.'

'Dat is niet waar,' zei Reanne hartelijk. 'Je bent een belangrijk deel van het geheel.'

'Morales kent mijn naam niet eens. Al mijn vrienden hebben een hoofdrol. Om me heen barst het van de mensen met talent, en wat ik doe maakt helemaal niets uit,' snikte ik. 'Ik probeer met je te praten over *Midzomernacht*, bij de repetities of in de acteerles probeer ik steeds weer over mijn ideeën te praten – en niemand wil horen wat ik te vertellen heb. Ik kan helemaal niets op Wildewood – alleen dit.'

'Kom kom.'

'Ik wil alleen mijn vriendin helpen,' zei ik. 'Dat is het enige wat ik kan.'

'Haal eens diep adem,' zei Reanne. 'Ik beloof je we dat we Nanette zullen laten ophalen.'

'Ik wil onvervangbaar zijn,' zei ik snuivend. 'Ik wil iemand zijn die ertoe doet.'

'Acteurs zijn nooit onvervangbaar, Sadye,' zei Reanne. 'Dat is de aard van hun baan: ze móéten vervangbaar zijn. Voorstellingen krijgen de hele tijd nieuwe bezettingen. Ze lopen maandenlang, mensen gaan iets anders doen, er komen nieuwe acteurs in hun plaats. Als je graag onvervangbaar wil zijn moet je geen acteur worden.'

NANETTE kwam weer veilig terug. Het was bijna tijd om op te staan toen ze op haar tenen de kamer binnenkwam. Voordat ze in bed stapte legde ze een doos chocolaatjes op mijn kussen. Die waren het gratis cadeautje geweest dat op de achterbank stond van de auto waarmee Wildewood haar had laten ophalen.

* * *

TWEE DAGEN LATER gebeurde er iets vervelends en leuks tegelijk. Een meisje dat Amy heette moest naar huis. Ze at niet genoeg en ze werkte te hard gezien wat ze at en op een dag kon ze niet meer uit bed komen, zo moe en uitgeput was ze. De eerste dag zeiden haar kamergenoten dat ze hoofdpijn had, maar het werd al snel duidelijk dat ze bijna anorectisch was en het niet meer aankon. Ze moest terug naar huis om te rusten en in psychotherapie te gaan.

Terwijl ik de volgende ochtend voor dansles op de grond stretchoefeningen zat te doen kwam Tamar naar me toe en vroeg of ik de rol van Amy wilde overnemen: Rumpleteazer.

Rumpleteazer is een van een komisch tweetal schorre katten (de andere is Mungojerrie) die een belachelijke dans uitvoeren terwijl iemand anders zingt dat ze lijken op slimme clowns die zelfs zo handig zijn om vlees te stelen uit de oven van het gezin waar ze wonen.

'Je zult het 's avonds moeten instuderen,' zei Tamar 'en het recreatieve programma een paar dagen moeten overslaan; dan zullen we het schema van de generale repetities zo moeten aanpassen dat je zowel aan *Cats* als aan *Midzomernacht* kunt meedoen, maar zoiets hebben we andere jaren ook wel eens moeten doen en dat zal wel lukken. Maar het is best een zware klus. Wat denk je ervan, Sadye?'

Even schoot het door mijn hoofd dat Reanne tegen Tamar had verteld dat ik me ongelukkig voelde. Ze hadden die rol makkelijk kunnen laten opvullen door iemand die al in de cast zat; ze hadden hem niet aan mij hoeven te geven.

Maar het maakte me niet uit of het uit aardigheid was. Ik nam hem aan.

Die middag moest ik de repetitie van *Midzomernacht* overslaan om de belangrijkste elementen van de rol onder de knie te krijgen. Het was de beste middag die ik op Wildewood heb gehad. Jade van de hotboxgirls speelde Mungojerrie. Ze was heel klein, net als Amy. Tamar werkte ter plekke haar choreografie om, om te profiteren van het verschil in lengte tussen ons. Jade sprong op mijn knie, liet zich op mijn rug rijden en rende tussen mijn benen door. Het was fascinerend om te zien hoe Tamar zo snel kon werken en gebruikmaakte van wie ik was – de dans aan mij aanpaste.

Bezweet en tevreden gingen Jade en ik eten. We waren uitgehongerd en aten grote borden slappe kantinespaghetti, alsof het de lekkerste maaltijd was die we ooit gegeten hadden.

Zo hoort het te zijn, dacht ik. Daarvoor ben ik hier gekomen.

Sadye: Het is 29 juli. Wij, Demi, Nanette, Sadye en Lyle, zitten weer op het dak.

Lyle: Het is een prachtige sterrennacht. De maan is opgekomen.

Nanette: En wij, Sadye en ik, zitten hier met twee fantastische en totaal intelligente jongens.

Demi: Hé, wat is er eigenlijk gebeurd met die jongen, Theo, die je zo aardig vond? Die jongen die zijn kont verbergt? Hij is hier twee keer geweest. Maar nu is hij –

Nanette: Ja, waar hangt hij tegenwoordig uit?

Demi: Hij is in absentia!

Sadye: Hang het maar aan de grote klok, vooruit!

Demi: We weten toch allemaal dat je hem leuk vindt.

Sadye: Dat was gewoon even een *crush*. Ik vind hem nu gewoon leuk, als vriend.

Lyle: En dat geloof je zelf?

Sadye: Wat? Hoe weet jij dat nou?

Lyle: In *Midzomernacht* kijk je hem de hele tijd aan als een jong hondje, als jij een boom bent. Je lijkt wel een boomhondje.

(Sadye knijpt Lyle.)

Lyle: Au!

Sadye: Ik ben geen boomhondje! Ik ben gewoon heel subtiel en kampioen in het verbergen van mijn emoties.

Nanette: Ahum.

Sadye: Wat?

Nanette: Niks.

Sadye: Oké. Ik vind hem nog steeds leuk.

Lyle: Oké, je bent geen hondje. Demi heeft me verteld dat je hem leuk vindt.

Sadye: Demi!

Demi: Ik moest het van hem vertellen!

Lyle: Ik heb hem gedwongen. Ik heb afgrijselijke martelmethodes.

Demi: Dat is waar. Hij is door en door slecht.

Lyle: Kijk, ik zal het je laten zien. Let op vrienden, hier komt een publieke demonstratie van de beproefde methodes om Demi Howard alle geheimen van zijn vriendin te laten vertellen.

(Lyle knijpt Demi.)

Demi: Ai! Je weet dat je me daar niet mag knijpen! Dat is niet eerlijk!

Nanette: Waar heeft hij je geknepen?

Demi: Dat wil je niet weten.

Lyle: In zijn been. Net boven zijn knie.

Nanette: Mij knijpt nooit iemand.

Demi: Ik zal je wel knijpen.

Nanette: Dat wil ik niet.

Demi: Waarom niet?

Nanette: Ik wil dat een heterojongen me knijpt.

Lyle: Zal ik naar beneden gaan en er een halen? Dat kan ik best. Ik weet zeker dat Frankie op de bovenverdieping woont. Het kost me veertig seconden om hem te halen om je te laten knijpen.

Nanette: Nee! Nee!

Lyle: Topheterogeknijp van Frankie. Wat wil je nog meer? Ik kan het zo regelen!

Sadye: Het peil is ernstig aan het verloederen.

Nanette: Je gaat níét aan Frankie vragen of hij me wil knijpen.

Lyle: Oké. Oké. Ik wilde je alleen helpen.

Sadye: Nanette, je hebt helemaal geen geknijp nodig. Mij knijpt ook niemand. Kijk maar!

Nanette: Wat?

Sadye: We hebben geen geknijp nodig. We voelen ons prima zonder jongens.

Nanette: Ach, kom op. Als Theo je kneep zou je niet antiknijp zijn. Dan was je een knijpvoorstander.

Sadye: Nou ja, maar dan gaat het om Theo. Niet om geknijp in het algemeen. Dan gaat het om Theo-geknijp.

Nanette: Wat is het verschil?

Sadye: Het verschil is dat je niet uit bent op liefde in het algemeen. Je wil liefde van een speciaal iemand.

Nanette: Is dat feminisme?

Sadye: Kan best. Ik weet niet. Is dat niet alleen maar zelfvertrouwen? Dat je geen man nodig hebt.

Lyle: Hé Sadye, heb jij ons niet nodig? Wij jou wel hoor!

Demi: Sinds wanneer is geknijp hetzelfde als liefde? Knijpen is niet hetzelfde als liefde.

Sadye: In dít gesprek wel.

Nanette: Het maakt me niet uit of het de bedóéling is dat ik er behoefte aan heb of niet. Ik wil het gewoon. Liefde van heterojongens, liefde van mijn publiek, liefde van de wereld.

Lyle: Maar niet van Frankie.

Nanette: Dat klopt.

Sadye: Wij houden van je, Nanette. Is dat niet genoeg?

Nanette: Nee. Ik wil hetero's en de hele wereld.

Sadye: Ik kan die cassetterecorder maar beter uitzetten voordat we nog meer bezwarende verklaringen afleggen.

(schuif, klik)

NANETTE kon huilen op commando. 'Dat heb ik mezelf geleerd nadat ik die videofilm maakte,' vertelde ze op een dag bij de lunch.

'Hé, heb jij een film gemaakt?' vroeg Demi.

'Ja, maar het was maar een klein rolletje en het was waardeloos,' zei Nanette. 'Waarschijnlijk krijgt mijn zus de filmcarrière. Tenminste, dat zegt mijn vader.' Ze nam een slok cranberrysap en vervolgde: 'Trouwens, die regisseur was een enorme zak. Ik had samen met een jongen een scène waarin we moesten huilen omdat onze moeder dood was – het was een soort thrillerdetective –'

'Wie zaten er nog meer in?' wilde Demi weten.

'O, die vent van de tv, Michael Rapaport; maakt niet uit, ik heb hem niet eens gezien, ik zat alleen in die ene scène. Hoe dan ook, we moesten huilen en zo, ik was een jaar of twaalf en die jongen pas zes. Ik vermoed dat die regisseur nog niet veel met kinderen had gewerkt, want we huilden maar niet. We huilden maar niet – ik bedoel, we probeerden het wel, maar het lukte niet – en die jongen begon te lachen, en toen begon de regisseur tegen ons te schreeuwen en te gillen. Hij zei dat we slechte acteurs waren en dat we verschrikkelijk waren en dat hij van ons walgde – en toen begonnen we alle twee écht te huilen. Toen liet hij de camera's draaien, nam de shots die hij nodig had en zei tegen ons dat we het fantastisch hadden gedaan.'

'Wat afschuwelijk.'

'Ach. Zo gaat het de hele tijd bij films,' zei Nanette. 'Ze hebben dat shot nodig en je verspilt hun tijd als ze het niet kunnen nemen. Ik heb urenlang voor de spiegel in de badkamer gestaan om te leren hoe ik mezelf op commando kon leren huilen. Dus als ze me nu vragen te huilen zeg ik: "Uit welk oog wil je het hebben?"'

'Hoe doe je dat?' vroeg Demi.

'Vroeger dacht ik aan hoe mijn broertje is gestorven – ik had een broertje dat is gestorven toen ik een jaar of vier was en hij zes – maar nu hoef ik alleen maar te denken: *huil* – en dan huil ik.'

'Doe het eens,' zei Demi.

'Ja, doe het eens!' drong ik aan.

En Nanette deed het. Ze veegde netjes haar mond af, staarde voor zich uit en toen vertrok ze haar gezicht en begonnen er tranen over haar wangen te lopen.

We voelden ons rot. Ik tenminste. Ik bedoel, Nanette heeft haar hele leven al kunstjes moeten opvoeren voor volwassenen. Ze hoefde toch geen kunstjes op te voeren voor haar enige vrienden.

M

AAR TOCH, toen Morales in de les aankondigde dat we een paar dagen gingen werken aan huilen op commando was ik wel geïnteresseerd. Ik dacht, als ik dat kan, weet ik dat ik een actrice ben – dan maakt al die rottigheid van die acteerles me niets meer uit.

Als ik dat kan, weet ik dat ik hier thuishoor.

'Er zijn vier methodes voor een acteur om te kunnen huilen,' kondigde Morales aan. Wij zaten op de grond en hij liep voor ons op en neer. 'Eén. Je roept een ellendige levenservaring op uit je verleden. Je haalt je die voor de geest en concentreert je erop, totdat je voelt dat je gaat huilen. Die methode is misschien wel bruikbaar voor filmacteurs, bij een reactieshot, maar als toneelacteur word je uit je rol gehaald, terwijl je op het toneel juist in je rol moet blijven. Daarom geloof ik niet in de Method en werk ik er ook niet mee.

'Twee. Een variatie op de eerste methode. Je stelt je voor dat je moeder dood is, of je hond of je beste vriend. Niet iets wat werkelijk is gebeurd, maar iets denkbeeldigs. Daar ga je uiterst geconcentreerd mee door tot je moet huilen. Met deze aanpak heb ik dezelfde problemen als met die eerste, omdat je uit je rol wordt gehaald. Maar het is duidelijk dat je bij deze aanpak ook je fantasie moet aanspreken en niet alleen emoties omhoog moet halen. Hij komt dus dichter in de buurt van acteren zoals ik dat zie.

'Drie. Je leert hoe huilen eruit ziet. Je onderlip trilt. Iemand die huilt klemt zijn lippen op elkaar, alsof hij het probeert tegen te houden. Hij slaat zijn ogen neer. Knippert om de tranen tegen te houden. Je kijkt een tijd naar jezelf als je huilt en je bestudeert je gezichtsuitdrukking zo grondig dat je die op commando kunt nadoen. Heel vaak volgen er dan ook nog tranen als de rest van je lichaam eenmaal zover is.

'Vier. Je kruipt zo diep in het innerlijk van een personage dat je huilt omdat je personage huilt. Je voelt de emoties van je personage en huilt omdat je personage moet huilen.

'Dus: ik stel voor dat we beginnen met de tweede aanpak

– en als je huilt, dan bestuderen we onszelf in deze toestand. We kunnen greep krijgen op de specifieke gezichtsuitdrukking die hoort bij onze tranen. Wat doen je schouders? Wat doen je gezichtsspieren? Waar willen je handen naartoe? En dat we ze dan beginnen na te bootsen, zoals je doet bij aanpak drie. Door te oefenen met het aanspreken van je fantasie en jezelf dan te observeren vervagen je grenzen, ga je meer openstaan voor de emoties die je nodig hebt voor een personage dat gaat huilen. Vervolgens gaan we uit van die vervaagde grenzen en zullen we de rest van de zomer werken aan nieuwe monologen, zodat jullie naar aanpak vier worden gebracht, waarbij de emoties van je personage je zover brengen. Begrepen? Mooi.'

Hij dimde het licht en we moesten allemaal op de grond gaan liggen. Toen deed hij een geleide fantasie met ons – net zoals Reanne bij het begin van de *Midzomernacht*-repetities had gedaan – alleen was het nu de bedoeling dat we gingen huilen. Het was oorlog, vertelde hij. Ons huis werd geplunderd door vijandelijke militairen. We moest ons ons huis voorstellen, onze ouders, onze huiskamer.

En toen werden onze meubels vernield en werden onze bezittingen in brand gestoken.

Onze ouders vermoord. Ons lichaam verkracht.

Onze huisdieren aan hun nek opgehangen.

In een mum van tijd was ik aan het huilen, voor een deel vanuit de beelden die ik voor ogen kreeg, voor een deel uit woede en frustratie. Ik had de neiging de repetitieruimte uit te lopen. Ik had het gevoel dat het fout was dat ik hier moest blijven zitten en gedwongen was me die verschrikkelijke rampen voor de geest te halen. Ik verlangde ernaar op te staan, de deur open te smijten en voor altijd uit Morales' klas weg te lopen. Gewoon de zon en de frisse lucht in te lopen, weg van deze verzonnen verschrikkingen.

'Jullie mogen gaan zitten,' zei Morales. 'Ik draai het licht wat hoger en dan wil ik dat jullie een plekje zoeken voor de spiegels. Kijk naar je gezicht. Kijk naar je rug, je benen, je schouders, je handen. Voel het ritme van je ademhaling, denk aan het gevoel in je keel. Sla het op in je geheugen. Sla het op in je geheugen.'

Ik stond op en liep naar de spiegel. De tranen stroomden nog steeds over mijn wangen. Ik zag dat sommige mensen huilden en andere niet, maar ik voelde niet de voldoening die ik had gedacht te voelen als het me zou lukken om te gaan huilen.

Ik voelde me gebruikt en boos. In de val gelopen.

Want ik moest blijven. Als ik nu naar buiten liep, hoe kon ik dan ooit nog terugkomen? Ik zou weglopen uit mijn droom ooit op het toneel te staan. Toegeven dat ik was mislukt, juist op het moment dat ik heel even had gevoeld hoe het was in een fatsoenlijke voorstelling te zitten.

En toch vond ik het verschrikkelijk wat Morales ons had laten doen. Het was iets wat ik nooit had gewild, mijn emoties zo te laten manipuleren door iemand die ik niet eens aardig vond. Dat was niet wat ik bedoeld had toen ik hem had gevraagd hoe ik daar moest komen.

Huilend ging ik zitten en staarde naar mezelf in de spiegel.

Uiteindelijk deed hij het licht aan en vroeg ons te praten over de lichamelijke kenmerken die ons bij onszelf waren opgevallen, of we nu wel of niet gehuild hadden. Er waren mensen die hun hand opstaken en iets zeiden. Ik luisterde niet.

Terwijl we de klas uitliepen tikte Morales me op mijn schouder. Ik bleef achter, terwijl verder iedereen naar buiten ging. 'Je bent vandaag flink vooruitgegaan,' zei hij. 'Je mag trots zijn op jezelf.'

Even dacht ik, o, godzijdank, hij heeft me gezien. Hij vindt dat ik vooruitga. Tamar zal hem wel hebben verteld dat ik het goed doe als Rumpleteazer. Ik ga vooruit, ik ben een actrice; de grote Jacob Morales is tevreden over me.

Maar toen herinnerde ik me weer hoe ik me had gevoeld en ik zei, eigenlijk zonder dat ik er erg in had: 'Ik had anders wel een probleem met die oefening.'

'Hoezo?'

'Misschien dat uw acteurs u wel vertrouwen bij de regie van een stuk, omdat u daar goed in bent –'

'Natuurlijk doen ze dat,' zei hij.

'Toen ik hier kwam had ik zo'n bewondering voor u,' zei ik. 'Een echte Broadwayregisseur, iemand die van elke voorstelling een succes kan maken. Maar nu – misschien werkt deze oefening wél wanneer een groep studenten geweldig veel vertrouwen heeft in een docent, misschien werkt hij wél wanneer mensen niet bang zijn om weg te lopen als ze er niet meer tegen kunnen, maar bij u – we zijn doodsbang voor u.'

'Pardon?'

'Het enige waar ik aan kon denken toen ik op de grond lag was dat het lijkt alsof het u plezier doet als wij allemaal gaan huilen.'

'Wat?'

'U trok aan de touwtjes alsof we marionetten waren. En niemand van ons had het lef om weg te gaan, omdat u hier alles te zeggen heeft over ons leven.'

'Je kunt niet ontkennen dat het bij jou werkte.'

'Misschien – maar je kunt het niet maken om een hele groep kinderen die doodsbenauwd voor u zijn, het gevoel te geven dat hun ouders dood zijn en hun huisdieren aan hun nek worden opgeknoopt. Dat is niet goed. Dat heeft niets te maken met acteren.'

Morales stak zijn hand omhoog om me het zwijgen op te leggen. 'Zo is het genoeg. Jij hoort hier niet thuis.' Hij liep naar de deur. 'Je bent hier om te studeren en iets te leren. Het spijt me te moeten zien dat je zo geblokkeerd en zo boos bent, Sadye, maar dat is mijn zorg niet.'

En weg was hij.

Het rare was dat een deel van me blij was dat hij tenminste mijn naam wist.

IK WILDE met Demi praten over wat er gebeurd was. Ik rende naar buiten om hem te zoeken, maar hij was al naar zangles, in een ander lokaal dan waar ik les had.

De rest van die dag kwam ik door op die vreemde stoot adrenaline die ik had gekregen door mijn woordenwisseling met Morales. Ik ging lunchen met Nanette en Candie, ik had repetitie van *Midzomernacht*, Klassiek blijspel, ik at met de meisjes uit die klas en ik had een uur lang *Cats*-repetitie, van acht tot negen 's avonds.

Toen Jade en ik plaats moesten maken voor een andere groep dansers gingen we terug naar onze kamer. Het zou

nog minstens een uur duren voordat mijn vrienden terugkwamen van hun repetitie. Ik douchte en trok gewone kleren aan.

Toen ging ik naar buiten. Ik was van plan met een zak-
lamp naar het dak van de jongensverblijven te gaan en te lezen totdat de anderen vrij waren.

Voordat ik bij de trappen was, kwam ik Theo tegen.

'Hoi,' zei hij, 'ik dacht dat jij bij *Cats* was.'

'Ik was wat vroeger uit.'

Theo lachte. 'Ik hoorde dat je je mond hebt opengetrok-
ken tegen Morales.'

Ik knikte. Ik had het bij de lunch tegen Nanette verteld en
die kon nooit haar mond houden. Ik ging over op een ander
onderwerp. 'Moest jij niet naar de repetitie van de *Midzomernacht*-hoofdrollen?'

'We mochten weg van Reanne.' Hij haalde zijn schouders
op. 'Ze wilde met Bottom en Titania werken. Die heeft nog
steeds geen idee waarover ze het heeft.'

'Titania?'

'Ja. Ik wou dat iemand haar uitlegde wat haar tekst betekent.'

'Ik heb het geprobeerd.'

'Echt?'

'Ik dacht dat ik het heel vriendelijk deed. Maar ze vond
het niet leuk.'

'Echt iets voor jou.'

'Wat?'

'Om je neus daarin te steken.'

'Hoezo, ben ik zo irritant?'

'Misschien.'

'Echt?'

'Een tikje.'

'Vind jij me irritant?'

'Zo had ik het niet willen zeggen.'

'Is er dan wel een goede manier om iemand te vertellen dat ze irritant is?' vroeg ik gekwetst.

'Ik zei niet irritant. Jij zei irritant,' antwoordde Theo. 'Ik bedoel...' Hij zuchtte. 'Kom op, we gaan een stukje lopen. Niet boos zijn, je bent niet irritant.' Hij pakte me bij mijn arm en we liepen van de jongensverblijven over het pad naar de dansstudio's. 'Je bent erg betrokken, hè?' zei hij. 'Je doet je mond open. Daarom heb je ook tegen Morales geklaagd over die acteeroefening, daarom zeur je tegen Reanne en daarom probeer je Titania te helpen. Je voelt je betrokken bij al die dingen. Ik ken niemand die zo betrokken is.'

'Reanne vindt dat ik me meer moet opstellen als deel van de groep,' zei ik 'Als ik onvervangbaar wil zijn, zei ze tegen me, moet ik geen acteur worden.'

'Ach,' zei Theo, terwijl we de open dansstudio binnenliepen waar we elkaar voor het eerst hadden ontmoet. 'Je hebt uitgesproken opvattingen. Dat kan goed zijn in een heleboel situaties.'

'Maar hier niet.'

'Dat weet ik niet.' Theo ging achter de vleugel zitten en speelde een paar akkoorden. 'Wat wil je horen?'

'"Seasons of Love" misschien?'

'O, uit *Rent*. Ja, *Rent* kan ik spelen,' antwoordde hij. En hij begon.

Ik zat op de pianokruk naast hem en keek hoe zijn vingers over de toetsen gingen. Ik vroeg me af hoe ze zouden voelen als hij me zou aanraken. Ik luisterde naar de muziek die gaat over hoe de tijd verstrijkt, over alle manieren waarop we ons leven meten – in minuten of momenten dat je een band met iemand hebt, in kopjes koffie, in dingen die voorgoed voorbij zijn. In liefde.

Ik wilde dat er geen eind kwam aan deze zomer. Zelfs niet na wat er met Morales was gebeurd.

Na 'Seasons of Love' speelde Theo de intro van 'Sue Me' uit *Guys and Dolls*. 'Zing maar,' zei hij.

Ik schudde mijn hoofd.

'Waarom niet?'

'Daarom niet. Als ik íéts heb geleerd in de tijd dat ik hier ben, dan is het dat ik, als mensen me vragen of ik kan zingen, nee moet zeggen.'

'Ai, ik vraag je toch niet of je kunt zingen,' zei Theo, terwijl hij een begeleiding improviseerde.

'Dat doe je wel.'

'Nee.' Hij haalde zijn vingers van de toetsen. 'Ik vraag of je wílt zingen.'

'O.'

'Je vindt het toch leuk. Je zou je gezicht moeten zien wanneer de muziek begint.'

'Ik kan geen toon houden,' zei ik. 'En ik heb geen groot bereik. Ik mocht bij de nummers van de hotboxgirls alleen mijn lippen bewegen.' Dat had ik nog nooit tegen iemand opgebiecht. Zelfs niet tegen Demi.

'Nou en?' Theo leek niet onder de indruk.

'Dus ik kan niet zingen.'

'Dit is geen auditie. Dit is alleen maar jij en ik en de piano.'

Ik herinnerde me hoe Demi en ik, vóór Wildewood, bij

het minste of geringste zomaar in zingen uitbarstten. We zongen in de bus, in de winkel, terwijl we in Cleveland over straat liepen, wanneer we bij hem thuis op de bank sprongen. Ik zong in de douche of onder het afwassen. We zongen bij de films die we op dvd zagen. Maar hier was ik opgehouden met zingen. Natuurlijk moest ik om de andere dag in de les zingen, maar dat was altijd in een groep. We deden stemoefeningen en leerden samenklanken. We hoefden nooit alleen te zingen.

En buiten de zangles had ik mijn mond gehouden. Ik had me laten toezingen door andere mensen, had ze gedirigeerd, had gedanst terwijl zij samen zongen. Omdat ik niet wilde dat mensen me hoorden. Al die mensen die écht konden zingen.

Misschien was mijn probleem niet wat Morales en Reanne dachten – een gebrek aan bescheidenheid. Misschien was mijn probleem wel een gebrek aan zelfvertrouwen.

'Sadye, ik begeleid je.' Theo speelde nog eens de intro van 'Sue Me' en wachtte tot ik als Miss Adelaide zou invallen met al haar klachten van een in de steek gelaten geliefde.

Niet dat ik met meer zelfvertrouwen zangeres zou kunnen worden. Daar had ik de stem niet voor. Die zou ik nooit krijgen.

Theo begon met een grappige krijsende stem zelf de partij van Adelaide te zingen. 'Oké, oké,' zei ik, terwijl ik me losrukte uit mijn overpeinzingen. 'Als jij dan zo graag een duet wil zingen, dan wil ik wel meedoen.'

'Ik wil het heel graag,' gilde hij. 'Ik geef mijn leven voor een duet met jou!'

'Hou je kop!'

Hij begon weer met de intro. 'Nee, hou jij je kop en zing.'

En dus begon ik te zingen.

En Theo zong mee.

We konden makkelijk samen zingen, omdat we het lied tijdens de repetities wel duizend keer gehoord hadden.

Daarna zongen we 'Money, Money' uit de film *Cabaret* en 'Anything You Can Do' uit *Annie Get Your Gun*, al kenden we de tekst niet helemaal.

Het was heerlijk. Ik miste de hoge tonen en in het begin durfde ik niet goed, maar later kon het me niet meer schelen.

Toen we klaar waren met 'Anything You Can Do' deed ik net alsof ik van uitputting van mijn kruk viel. 'Zo meteen gaat de nachtrust in,' zei ik, terwijl ik naar de klok aan de muur van de studio wees.

'Zo meteen, maar nu nog niet.'

'Demi en de anderen op het dak zullen zich wel afvragen waar ik blijf.'

Hij haalde zijn schouders op.

'Ga je mee?'

Theo schudde zijn hoofd. 'Nee, ik blijf hier. Ga jij maar.'

Wat? Waarom wilde hij niet meekomen? We hadden het daarnet zo leuk gehad. 'Ik snap niks van jou,' zei ik ten slotte.

'Hoezo? Ik ben anders een open boek hoor.'

'Nee, dat ben je niet.'

'Hoe bedoel je?'

Ik stond op en liep door de ruimte. 'Eerst wil je met me mee naar mijn kamer en dan wil je niet eens met me dansen. Je maakt een wandeling met me in het maanlicht en maakt je vervolgens uit de voeten alsof ik onder de luis zit. En dan kom je bij de castparty met Bec aanzetten.'

'Sadye –'

'Ik ben nog niet klaar,' zei ik. 'Dan kom je een paar keer naar het dak, zegt tegen iedereen dat je single bent en komt vervolgens om een of andere onbekende reden nooit meer opdagen. Nu vertel je me dat ik irritant ben en vervolgens sleep je me midden in de nacht hiernaartoe.' Ik vouwde mijn armen over elkaar. 'Ik weet niet wat je van me vindt, Theo,' zei ik. 'En ik moet zeggen dat ik het zat ben me daar zorgen over te maken. Je vindt me leuk of je vindt me niet leuk, maar je moet me niet aan het lijntje houden.'

Theo stond op. 'Ik houd je niet aan het lijntje.'

'O nee?'

'Nee.'

'Nou, zo voelt het anders wel. Waarom kom je niet mee naar het dak?'

'Omdat ik hier wil blijven.'

'Waarom?'

'Sadye.'

'Wat?'

'Sadye. Ik vind je –' Hij liep de dansvloer over, stak zijn hand uit en pakte mijn hand vast, trok me naar zich toe en fluisterde de woorden in mijn nek. 'Ik vind – alles wat ik wil zeggen klinkt als een songtekst. Maar –'

'Wat maar?' vroeg ik. Theo had zijn handen op mijn schouder. Hij had zijn lippen vlakbij mijn oor. Ging hij me bespringen?

'Je bent grappig, je bent apart,' fluisterde Theo. 'Je bent waarschijnlijk stronteigenwijs.'

'O.'

'Ik moet de hele tijd aan je denken.'

'Dan heb je een belabberde manier om dat te laten blijken.'

'Ik wil weten of –' Theo fluisterde nog steeds. 'Ik heb het je nog nooit durven vragen.'

'Wat?'

Hij aarzelde. 'Ben je bezet?'

'Bezet.' Ik deed verbaasd een stap achteruit. 'Door wie?'

'Demi?'

'Demi is homo, Theo. Hij is met Lyle. Ga me niet vertellen dat je dat niet weet. Ze zijn de hele tijd bij elkaar.'

'Het lijkt anders wel of je bij hem hoort.'

'O ja?'

'Je slaat je arm om hem heen. Je danst met hem. Je praat over hem of hij je vriendje is.'

Ik wist dat het waar was.

Het was waar.

Voor een deel hóórde ik ook bij Demi en zou ik misschien wel altijd bij Demi horen. Ik was dol op hem.

'Ik hoor niet bij Demi,' fluisterde ik in Theo's oor. 'Ik heb gewacht op jou.'

We kusten elkaar in de studio, trillend en nerveus, in het licht van de straatlantaarns dat door het raam als witte vierkantjes op de vloer viel.

V LAK VOORDAT de nachtrust inging rende ik het meisjesverblijf binnen en twee seconden voordat de gangwacht 'Licht uit!' riep plofte ik op bed.

Maar ik kon niet slapen.

Iz, Candie en Nanette lagen nog een paar minuten in het donker te kletsen. Candie had haar genegenheid zojuist van het halfmonster met de gespleten persoonlijkheid uit *Jekyll & Hyde* verplaatst naar de psychotische tandarts uit *Little Shop of Horrors*. Hij had haar ongeveer een week daarvoor in het echt (dus niet alleen op toneel) gekust, en ze was vervuld van nieuwe emoties over zijn attenties.

Op een of andere manier wilde ik het hun niet vertellen van Theo. Nanette eventueel wel, maar ik had geen zin in de rivaliteit van Iz of het overdreven enthousiasme van Candie. Dus hield ik mijn mond terwijl Candie maar doorratelde over haar tandarts, en toen ze in slaap vielen, pakte ik mijn cassetterecorder, sloop naar buiten en tikte bij Demi tegen het raam.

Hij deed het open – hij was nog wakker – en met ons tweeën klauterden we het dak op, in totale stilte totdat we de deur achter ons dichttrokken.

'Hoi!'

'Hoi, Sadye van me!' Demi liep naar de hoek waar we onze consumpties onder een stapel oude wollen dekens bewaarden. 'Je hebt geluk. De drank is nog – nou ja, een tikje koeler dan warm!'

'Wie is er bier gaan halen, jij of Lyle?'

'Ik,' antwoordde hij, terwijl hij me een biertje gaf en iets onder de deken zocht. 'Ze hadden extra tijd nodig voor "The Telephone Hour", dus ik mocht vroeg weg. We hebben nog op jou gewacht, maar – Ooo, kijk eens. Er zijn nog chips over. Dat had je niet gedacht, hè?'

'Ooo, hadden ze frietsticks?'

'Frietsticks en... ribbelchips met salt&vinegar-smaak.'

'Geweldig.' Ik pakte een deken en spreidde hem uit op het teeroppervlak van het dak.

We gingen op de deken liggen, naast elkaar. 'Ik heb Theo gezoend,' zei ik tegen Demi. 'Of Theo heeft mij gezoend.'

'Eindelijk.'

'Ja,' zei ik 'Eindelijk.'

'Heb je aan zijn kont gevoeld?'

'Demi!'

'Ik vraag het alleen maar. Die is een volledig mysterie voor me.'

'Nee.'

'Het mysterie van het kontje. Het mysterieuze kontje van Wildewood.'

'Hou op. Het was heel romantisch.'

'OOOooo...'

'Echt!'

'Mooi,' zei Demi. 'Ik ben blij voor je. Het lijkt me een prima gast.'

'Ik heb je goedkeuring niet gevraagd.'

'Sorry, heb ik iets verkeerds gezegd?'

'Nee,' zei ik. 'Het had alleen niks te maken met een kont, dat is alles.'

'Oké, dat over dat kontje neem ik terug. Vergeet maar dat ik het er ooit over gehad heb.'

Een tijdlang zeiden we beiden niets meer. Ik keek opzij, naar dat prachtige profiel van Demi, zijn bijna kale hoofd, dat met een welving overging in uitstekende jukbeenderen, een ronde neus en volle lippen. Plotseling wilde ik hem kussen.

Dat was bizar en fout.

En hij zou het walgelijk vinden, dat wist ik.

Trouwens, hij had een vriendje.

Trouwens, we waren vrienden. En ik was dol op Lyle.

Trouwens, ik had nu Theo. Ik bedoel, ik had net gekust met Theo.

Trouwens –

Ik ging rechtop zitten en probeerde het gevoel te laten verdwijnen door een zak chips open te maken. 'Hebben jullie "Sincere" nog een keer gedaan?' vroeg ik. Ik bedoelde de choreografie van een van Demi's solo's.

'Vanmiddag,' antwoordde hij, terwijl hij ook ging zitten. 'Het is een stuk beter nu. Hoe ging *Cats*?'

'Goed,' zei ik blij. 'Ik denk dat het goed wordt.'

'Ik hoorde dat je ruzie hebt gemaakt met Morales.'

'Wat? Geen ruzie. Zei Nanette ruzie?'

Demi schudde zijn hoofd en lachte: 'Ik heb het niet van Nanette gehoord. Iedereen in de repetitieruimte had het erover. Hier heb je geen geheimen.'

'Ik heb hem gezegd hoe ik erover denk.'

'Wat heb je gezegd?'

Ik legde het uit: dat Morales de gevoelens van mensen manipuleerde. Dat dit geen vertrouwde omgeving was. Dat hij ons leven beheerste, te veel macht over ons had. En ook al wist ik dat Demi dol was op Morales en ook al hadden we er eerder een woordenwisseling over gehad, toch had ik verwacht dat hij mijn kant zou kiezen.

Maar dat deed hij niet.

Ik denk dat hij dat niet kon.

Wildewood betekende zo veel voor Demi, en hij kreeg er

zo veel terug – alles ging zoals hij het wilde, hij was koning en onderdaan tegelijk – dat hij ineens tegen me uitvoer. 'Sadye,' zei hij, 'mag ik iets zeggen? Ik wil je niet kwetsen, maar je houding is verkeerd.'

'Wat?'

'Je weet dat ik niet de enige ben die er zo over denkt. Volgens Lyle zit je bij *Midzomernacht* de zaak de hele tijd te versjteren.'

'Huh? Ik dacht dat mijn ideeën hem wel aanspraken.'

'Dat is ook zo, maar je bent geen teamspeler, je probeert de hele tijd te zeggen hoe jij erover denkt in plaats van je in te zetten voor de hele groep. En ik heb gezien hoe je loopt te mokken bij Acteren, hoe je loopt te pruilen als je niet meteen je zin krijgt. Jij denkt dat de hele wereld naar jóú toe moet komen, alsof je daar zélf niet voor hoeft te werken. Je bent hier om te werken. Om nederig te zijn. Niet de hele tijd zo gedecideerd te zijn en zo'n verdedigende houding aan te nemen.'

'Maar –'

Demi liet me niet uitpraten. 'Ik weet dat je het hier niet de hele tijd naar je zin hebt gehad,' zei hij. 'Maar heb je er wel eens aan gedacht dat je dat over jezelf afroept? Je doet het goed bij dansen, je zet je geweldig in en wat gebeurt er? Je wordt een van de hotboxgirls, je krijgt de rol van Rumpleteazer. Maar bij alle andere dingen lig je dwars. Je klaagt en je hebt kritiek op de mensen die ons iets moeten leren, die hun tijd geven om ons iets te leren. Bij Acteren, bij repetities, bij een heleboel situaties doe jij alsof je denkt dat je het veel beter weet dan iemand anders.'

'Je weet niet hoe het is,' reageerde ik. 'Jij hebt geen idee hoe het is als je niet zo veel talent hebt als jij. Hoe het is als niet overal de rode loper voor je klaarligt, waar jij maar je voeten wil neerzetten.'

'Dat weet ik wél!' antwoordde hij. 'Ik heb ook dansles, waar iedereen beter is dan ik. Ik heb mimeles. Ik weet niet wat ik in die les te zoeken heb! Ja, Morales is hard en hij is soms gemeen. Maar weet je wat ik doe? Ik houd mijn kop en ik luister. Ik ga ervan uit dat hij hard is, omdat dit een harde wereld is en hij ons iets kan leren. Ik probeer zo goed te dansen als ik kan. Ik loop niet de hele tijd kritiek te uiten.'

'Voor jou is het anders,' zei ik. 'Jij hebt de rol van Conrad Birdie. Jij bent Sky Masterson.'

'Ik wil alleen maar zeggen dat je niet zo verbitterd hoeft te doen. Je loopt de hele tijd te klagen en je verpest het voor anderen.'

'Ik klaag helemaal niet!' zei ik – al wist ik dat ik dat soms wel gedaan had. 'Ik probeer een gesprek aan te gaan. Ik denk dat we kritisch moeten zijn over wat er hier gebeurt, niet achterover moeten leunen en alles accepteren wat er gebeurt. Want wat zijn we anders voor artiesten?'

'We zijn artiesten in opleiding, Sadye. We zijn hier om te leren, niet om de ervaringen van anderen te verpesten omdat wij ons onzeker voelen.'

'Dus jij denkt dat ik dat doe?' schreeuwde ik. Ik wilde uitleggen dat ik *Midzomernacht* verpestte, omdat ik het beter wilde maken. Omdat ik concrete ideeën had hoe je het beter kon maken. Dat ik geen genoegen nam met middelmatigheid. En –

'Kijk,' zei Demi, voordat ik mijn gedachten op een rijtje

had, 'misschien is dit wel niet het juiste moment om het je te vertellen, maar ik weet niet wanneer ik het anders moet doen.'

'Wat?' Mijn huid voelde koud aan en het leek plotseling heel stil op het dak.

'Ik blijf hier,' zei Demi. 'Op Wildewood. Ik ga niet meer terug naar huis.'

'Wat bedoel je?'

'Ik heb een inschrijvingsformulier ingevuld en ik ben toegelaten tot het volgende schooljaar. Ik ga mijn laatste jaar hier doen, met Lyle.'

'Nee.'

'Het spijt me Sadye. Je weet hoe dol ik op je ben, maar –'

'Wanneer heb je dat besloten?'

'Ik wist dat ik hier wilde blijven vanaf het eerste moment dat de lessen begonnen. Ik geloof dat ik aan het eind van de eerste week om een inschrijvingsformulier heb gevraagd.'

'Zonder het mij te vertellen?'

'Ik –'

'Maar hoe kun je me nu zomaar in de steek laten?' ging ik klagerig door. 'Ik kan toch niet terug naar huis zonder jou.'

'Ik kan helemaal niet meer naar huis,' zei Demi.

'Hoe bedoel je?'

'Denk eens even na, Sadye. Mijn vader durft me niet recht in mijn ogen te kijken en met mijn moeder is het nauwelijks beter. Elk moment dat ik op school ben moet ik me anders voordoen dan ik ben en als ik thuiskom, ben ik bij mensen die zouden willen dat ik iemand anders was.'

Ik knikte.

'Hier...' Demi liep naar de rand van het dak en keek uit over het campusterrein. 'Hier voel ik me opgenomen in een familie. Hier kan ik zijn wie ik ben. Snap je?'

'En hier is Lyle.'

'Ja, Lyle. En de acteerlessen. En Muziek. En Theatergeschiedenis. En gewoon... alles hier. Ik ga nooit meer terug naar huis.'

'Waarom heb je het me niet verteld?' vroeg ik.

'Ik weet pas sinds een paar dagen dat ik ben toegelaten. Ik wist – ik wist niet zeker of je blij voor me zou zijn en ik wilde het niet bederven door je van streek te maken. Jij hebt overal zo snel een oordeel over.'

'Niet!'

Hij keek me aan. 'Of je bent jaloers.'

'Je mag me niet in de steek laten,' schreeuwde ik.

Toen ging de deur naar het dak open. Het was Farrell, de gangwacht. 'Wat is dat voor een geschreeuw hierboven?' vroeg hij. 'De nachtrust is allang ingegaan. Dit is ontoelaatbaar en – hé, is dat bier? Hebben jullie hier bíér?'

Demi en ik staarden hem zwijgend aan.

Farrell liep naar ons toe en pakte de verpakking met zes lege blikjes op. 'Ongelooflijk! Hebben jullie dan geen enkel respect voor de regels van dit huis?'

Demi zette zijn beminnelijkste glimlach op. 'Ah, Farrell, we praatten per ongeluk een beetje hard, we –'

'Noem me geen "Farrell",' snauwde hij. 'Ik heb door de vingers gezien dat jullie hier op het dak rondhingen en 's nachts rondslopen, en ik ben ook soepel geweest als jullie de nachtrust overtraden – maar dat jullie het drinkverbod hebben overtreden kan ik absoluut niet tolereren.'

We knikten zwijgend.

'Wie heeft dit bier gekocht? Wie heeft dit gekocht?'

Ik zag Demi's benauwde gezicht en wist dat er, als hij ge-snapt werd, een goede kans bestond dat hij het volgend jaar niet werd toegelaten op Wildewood. Net als die jongen die Lyle kende en die werd weggestuurd omdat hij een fles whis-key in zijn kastje had.

Als hij werd gepakt moest hij met mij terug naar huis.

Als ik hem de waarheid zou laten vertellen zou ik hem niet kwijtraken. We zouden weer samen zijn. Lyle zou een heel eind weg zitten en we zouden het hele eindexamenjaar bij elkaar zijn.

'Ik heb het gekocht,' zei ik tegen Farrell.

'Jij? Waar?'

'In de nachtwinkel, achter de muur.'

'Die winkel van Cumberland Farms?'

'Ja.'

Hij keek me scheef aan. 'Dus je wilt zeggen dat als ik met jouw foto naar de bediende van die winkel ging hij zou zeg-gen: "Ja, ik heb dat meisje vanavond bier verkocht"?'

Ik herinnerde me ineens hoe ik eruitzie als ik moet hui-len, en trilde met mijn bovenlip, klemde mijn keel dicht en knipperde met mijn ogen. 'Ja. Die bediende was een kleine jongen met geblondeerd haar.'

'Hij heeft jou bier verkocht en jij bent er vervolgens het campusterrein mee opgelopen?'

'Ik ben over de muur geklommen. Ik ben niet langs de be-waker gegaan,' snoof ik. 'Ik weet het, het was helemaal ver-keerd. Demi wist er helemaal niks van dat ik het had mee-genomen. Echt, hij wist er niks van.'

Ik keek even tersluiks naar Demi. Hij keek me verbaasd aan.

En toen barstte ik in tranen uit. Echte of neptranen, daar was ik niet helemaal zeker van.

EN TOEN gooiden ze me eruit. De volgende ochtend moesten Demi en ik om acht uur 's ochtends op de administratie komen bij Morales, Reanne en de secretaresse van de zomercursus, vanwege ordemaatregelen. Maar Demi kwam er vanaf met een waarschuwing en een vermaning dat hij zich niet moest laten meeslepen, maar zijn gezond verstand moest gebruiken, terwijl ik de hele schuld in mijn schoenen geschoven kreeg.

Morales zei dat hij van Farrell had gehoord dat ik al vaker na het ingaan van de nachtrust in het jongensverblijf was geweest. Reanne had verteld dat ik de repetities verstoorde. Hij vond dat ik agressief was geweest bij Acteren en dat mijn houding in het algemeen overduidelijk gebrek aan respect uitdrukte voor de zomercursus en alles waar die voor stond. Ik ondermijnde de moraal van de Wildewoodgemeenschap. En nu hadden ze ook nog gemerkt dat ik illegaal alcoholische dranken het campusterrein op bracht en andere minderjarigen ertoe aanzette die te drinken.

Ze hadden mijn ouders al gebeld. Ik ging die middag naar huis.

Ja, inderdaad waren de voorstellingen al over zes dagen, maar ze zouden voor *Midzomernacht* en *Cats* een andere acteur inwerken. Reanne zei dat het haar speet, maar dat ze wist dat ik het hier niet naar mijn zin had gehad, en dat ik het zelfs bij *Cats* niet naar mijn zin had gehad, dus misschien was dat wel een teken dat Wildewood uiteindelijk niet de juiste plaats voor mij was. Dit was misschien een teken om me dit duidelijk te maken.

Morales zei dat hij mijn gedrag ontoelaatbaar vond.

DEMI OMHELSDE me en zei dat het hem speet dat we onze Derde Officiële Ruzie hadden gehad en dat ik alle vreselijke dingen die hij tegen me had gezegd maar moest vergeten. Die meende hij niet, hij meende er echt helemaal niks van. We zouden nooit meer ruziemaken, hè? Nooit. En ik was een ongelooflijke meid. Ik hoefde dit niet te doen, dat wist ik toch, hè? Wilde ik dat hij Morales de waarheid vertelde? Want dat kon hij nog doen.

Nee, nee, natuurlijk niet.

Wist ik wel hoeveel hij van me hield? Meer dan van chocoladecake, meer dan van seks, meer dan van Liza Minelli.

Ja, dat wist ik.

'Je hebt me gered en ik sta bij je in het krijt,' zei Demi, nadat hij me tot aan de deur van mijn kamer had gebracht. 'Als er iets is wat je nodig hebt, moet je het zeggen.'

Ik zei dat hij zich geen zorgen hoefde te maken. Ik was op Wildewood waarschijnlijk toch niet op mijn plaats geweest.

Maar toen barstte ik in tranen uit.

Ik was tenslotte toch Rumpleteazer. Ik zou de rol van Rumpleteazer missen.

Ik kon het niet geloven dat ik de rol van Rumpleteazer nog zou gaan missen.

En Theo zou ik ook missen – Ik wist eigenlijk niet eens

wat ik zou missen van Theo. Iets wat ik nog nooit had gehad.

Ik zou het inzingen voor een voorstelling missen. Het opmaken. Ik zou de presentatie van Dans voor gevorderden missen, met live drumspel, en de demonstratie Theatervechttechnieken, waarin ik in mijn eentje zes jongens zou verslaan, eerst in een zwaardgevecht en vervolgens met de blote hand.

Ik zou het missen dat Candie 'Somewhere That's Green' zong, ik zou Nanette missen als Julie in *Showboat*. Iz en Demi in *Bye Bye Birdie*.

Ik zou Lyle missen met zijn ezelskop op, in zijn catsuit.

Ik zou de opschepperige rivaliteit missen. De grote ego's, de geur van de repetitiestudio's, de kostuums die in de gangen hingen, de pianomuziek die achter elke deur klonk. De glamour en het zweet.

'Wij zullen jóú missen,' zei Demi. 'Het zal niet meer hetzelfde zijn zonder jou.'

DIE OCHTEND pakte ik mijn koffers. Ik belde kort met mijn vader. Hij was streng maar niet heel erg boos. Ik had nog nooit problemen gehad en het is altijd moeilijk om hem van de wijs te brengen. Hij leek verrast over deze nieuwe ontwikkeling, maar ach, er kan van alles gebeuren en het is zinloos daar al te dramatisch over te doen, want de wereld vergaat niet.

Hij vertelde dat hij me zou komen halen met het busje en dat hij er om één uur zou zijn als er niet te veel verkeer op de weg was.

* * *

BIJ DE LUNCH vertelde ik dat ik wegging. Ik omhelsde iedereen: mijn kamergenoten, Jade, Starveling, Flute, Snug en Snout. Theo kuste me in mijn hals en zei dat hij zou schrijven.

Ik huilde nog wat en zei keer op keer tegen mezelf dat ik de juiste beslissing had genomen. Toen ging ik met Demi en Lyle mijn spullen ophalen. Ze stonden erop mijn koffers naar de oprit bij de hoofdingang te brengen.

Toen kwam mijn vader aanrijden. Hij stapte uit en gaf de jongens een hand. Ik tilde mijn koffers op de achterbank en stapte in.

Ze bleven zwaaien terwijl we de lange, bochtige oprit afreden. Lyle en Demi, Demi en Lyle.

Ik probeerde niet jaloers te zijn.

Voordat pap de hoofdingang uit was hadden ze zich al omgedraaid. Ze wilden niet te laat zijn bij de middagrepetities.

(klik)

Sadye: Het is 1 augustus en we zijn in de auto op weg naar huis. Ik ben van Wildewood gestuurd vanwege het kopen van bier, maar eigenlijk omdat ik zo eigenwijs ben. Of zo onbeschoft. Of niet goed genoeg, ik weet het niet.

Ik wil even zeggen dat het één ding is om dapper te zijn op een bepaald moment, maar iets heel anders om de gevolgen ervan op je te nemen en weer naar huis te gaan, terwijl verder iedereen mag blijven, inclusief je nieuwe bijna-vriendje.

Meneer Paulson: *(aan het stuur)*: Je zou over acht dagen toch naar huis zijn gekomen. Ik had het op de kalender staan.

Sadye: Daar gaat het niet om, pap.

Meneer Paulson: Sarah, waarom doe je toch altijd zo neerbuigend over Brenton? We hebben het er toch prima.

Sadye: Het is wel goed, pap.

Meneer Paulson: Je doet alsof het een gevangenis is, maar we hebben een tuin en een huis met drie slaapkamers.

Sadye: Ik zei toch dat het wel goed is, pap.

Meneer Paulson: Je moeder en ik dachten dat je het fijn vond naar die dramacursus te gaan; we hebben je alleen gestuurd omdat we dachten dat je het fijn zou vinden en dan ga jij problemen maken.

Sadye: Sorry pap. Ik weet dat het een hoop geld gekost heeft.

Meneer Paulson: *(rijdt zwijgend door)*

Sadye: Mag ik op de achterbank gaan zitten, pap?

Meneer Paulson: Wou je naar achteren klimmen terwijl ik op de snelweg rijd?

Sadye: Ja. Ik doe de gordel maar heel even los.

Meneer Paulson: Oké, maar zorg dat je me niet stoot terwijl je over de bank klimt. Ik rijd bijna honderd.

(schuif, bèng, schuif, bèng)

Demi: *(fluisterend)* Oké, ik zit op de achterbank. Pap heeft net een cd in de speler geschoven, die van *Cabaret*.

Meneer Paulson: Die ligt nog in de auto van toen ik je heb weggebracht. Hij is trouwens best goed! Ik heb er een paar keer naar geluisterd. Dat lied 'Wilkommen' is in het Duits en het Frans, wist je dat? Hij zegt: 'Bienvenue'. Dat is 'welkom' in het Frans.

Sadye: Hij is niet bést goed, pap.

Meneer Paulson: Huh?'

Sadye: Hij is waanzinnig goed. Niet bést goed.

Meneer Paulson: Oké, oké. Ik wilde alleen maar zeggen dat ik hem leuk vind.

Sadye: *(weer fluisterend)* Ik zeg steeds tegen mezelf dat ik het goede gedaan heb. Ik heb Demi en mij gered, toch. Ik heb ons gered. Ik heb hem gered.

Want een vriendschap, een echte vriendschap moet alles wat ertussen komt kunnen overleven – vriendjes en rivaliteit en meningsverschillen en geheimen.

Demi Howard is mijn beste vriend, dus is het goed een leugentje te vertellen zodat hij op school kan blijven; het is goed om een offer te brengen. Dat zou hij ook voor mij hebben gedaan.

Oké. Misschien niet.

Maar daar gaat het nu juist om. Je kunt niet alleen dingen doen omdat je verwacht dat je er later iets voor terugkrijgt. Je moet ze doen uit gulheid. Grootmoedig zijn, omdat je nu eenmaal zo bent, niet omdat iemand je er iets voor teruggeeft.

Hoe dan ook, het was het waard. Omdat we de ergste ruzie hadden die we ooit hadden gehad – zo'n ruzie die erop uit kan lopen dat je daarna geen vrienden meer bent – en dat is niet gebeurd. Nu is het weer goed tussen ons. Ik ben hem niet kwijt.

(pauze, blikkerig geluid van Minelli die op cd 'Maybe This Time' zingt)

Dit is geloof ik het eind van het bandje. Doei.

(schuif, klik)

MAAR IK WAS Demi wél kwijt.

Thuis lag ik de hele maand augustus op de bank over de hitte te klagen en te wensen dat Theo me zou schrijven zoals hij beloofd had, en me af te vragen waarom hij niet reageerde op de kaart die ik hem gestuurd had.

Ik zag de wijzers op de klok rondgaan. Ik sliep. Mijn vader, dat moet gezegd, was zo aardig me een grote fotogeschiedenis van Broadway cadeau te doen en probeerde me op te vrolijken door *Moulin Rouge* te huren en een 'gezinsfilmavond' in te stellen. Maar ik vond het niet leuk om met mijn ouders naar een musical te kijken; zij trokken de dag daarna geen *Moulin Rouge*-kostuums met me aan, of speelden 'Lady Marmelade' zes keer af en dansten dan door de kamer, of analyseerden de belabberde dansvaardigheden van Nicole Kidman op de manier waarop Demi dat gedaan zou hebben. Of Nanette, Lyle of Iz. Of zelfs Candie.

Mijn vader had zelfs nog nooit van Nicole Kidman gehoord voordat hij de film zag.

In het najaar ging ik terug naar school, waar ik mijn lunch in mijn eentje opat. Ik ging weer naar les bij Miss Delilah, maar ik kon het niet over mijn hart verkrijgen tegen haar of Mr. Trocadero te vertellen dat ik van Wildewood was weggestuurd, dus bleef ik na de klas nooit meer hangen. Ik nam een weekendbaantje bij een winkel om de lege uren te vullen en leefde voor de muzikale uitbarstingen in de slordig geschreven e-mails van Demi en de foto's die hij me af en toe stuurde.

Hij kwam pas in de kerstvakantie weer thuis, en toen hij er was, een paar centimeter gegroeid en met een bos kroezige krullen op zijn hoofd, was hij de helft van de tijd bezig Lyle op zijn mobiel te bellen.

We hadden onze gebruikelijke avonturen. We hingen de kerstversieringen op in pornografische houdingen ten opzichte van elkaar, en mijn ouders hadden het niet eens in de gaten. We maakten een sneeuwman, die wel wat leek op Liza Minelli, totdat een van de armen eraf viel en toen noemden we hem Lamme Liza. We maakten een choreografie voor een dansnummer, waarbij we in de sneeuw de hele straat door dansten en wisten mijn vader over te halen met zijn videocamera achter ons aan te komen om alles vast te leggen voor het nageslacht.

Maar we hadden niet meer dezelfde band als vroeger. Demi woonde op Wildewood, en was helemaal ondergedompeld in theater en in de liefde. Alleen al vanaf september had hij in *Romeo en Julia* gestaan (als Mercurio), in *Sweet Charity* (als Daddy) en in het toneelstuk *Master Harold and the Boys* (als Willie), en hij kreeg les in Acteren, Theatergeschiedenis en Lichtontwerp, plus de gewone schoolvakken en privéles Stemvorming. Hij en Lyle waren in november een week uit elkaar geweest – maar waren nu weer samen. Hij had een horloge om dat hij van Lyle had gekregen – een vroeg kerstcadeautje – en praatte in dat 'wij'-taaltje van alle stellen, waarbij je niet eens hoeft te vragen wie 'wij' is, omdat er altijd dezelfde personen mee worden bedoeld. 'We hebben een auto geleend van een jongen die Fernando heet en zijn toen naar New York gereden,' zei hij. Of: 'We hebben een nieuwe manier gevonden om op het dak van de dansstudio te komen. Je klimt in het lokaal op de vierde verdieping uit het raam en dan kom je op de brandtrap. Dat raam is nooit op slot.'

Hij vroeg wel hoe het met me ging, maar er was niet veel te vertellen. Mijn leven was geheel vrij van enige opwinding – zo was het nu eenmaal. 'Mijn moeder heeft besloten zowel de rode als de blauwe keukenwekker in de catalogus voor de feestdagen op te nemen!' riep ik zo opgewonden als ik het spelen kon. 'Mijn vader speelt steeds beter tennis! Ik heb een nieuwe bedsprei! Ik heb een onvoldoende voor gym, omdat ik nooit kniekousen aan heb!' En ik zong:

Kniekousen zijn niks voor mij.
Mijn kuiten en enkels ademen liever vrij!
Kniekousen zijn een modieus taboe.
Zelfs als ik er een jaartje langer over doe.
Draag ik bij gym geen kniekousen!
O nee, nooit kniekousen!
Laat ik je vertellen, als verdediging,
dat ik die dingen beschouw als een belediging,
o die knetterlelijke kniekousen!

Demi moest lachen – hij was altijd mijn dankbaarste publiek – maar het viel me op dat hij niet veel met me praatte over zijn toekomstdromen. Ik wist dat hij zich wilde inschrijven voor Carnegie Mellon, New York University en Juilliard (zijn eerste keus), omdat zijn ouders het erover hadden toen ik bij hem ging eten. Maar tegen mij leek hij het onderwerp te vermijden, alsof hij bang was te vragen wat ik wilde gaan doen, nu ik op de een of andere manier niet hetzelfde kon willen als hij – omdat we alle twee wisten dat ik dat niet in me had.

Hij was dol op me. Dat geloof ik echt.

En hij zal misschien wel altijd dol op me blijven.

Maar Demi heeft me op dit moment helemaal niet nodig.

* * *

NA DE KERSTVAKANTIE ging Demi terug naar Wildewood. Toen veranderde er iets in me. Alsof ik niet meer wachtte totdat hij thuis zou komen. Misschien zou hij in de zomer komen, misschien ook niet. Misschien zou hij in New York een appartement gaan zoeken met Lyle. In elk geval zou hij altijd op bezoek blijven komen.

We zouden hier thuis nooit meer samen zijn en niets zou meer hetzelfde zijn als het was geweest.

IK MOET nog vertellen wat er met iedereen gebeurde nadat ik van Wildewood vertrokken was. Demi en Lyle belden me na het weekend van de voorstellingen op en gaven me een gedetailleerd verslag van alle shows.

Birdie was de topper van de zomer. Demi, Iz en de andere hoofdrolspelers werden na de voorstelling persoonlijk gefeliciteerd door Morales. *Showboat* was ouderwets, maar Nanette was fantastisch. *Cats* was beter dan iedereen had verwacht. En *Een Midzomernacht in catsuit* was een pretentieuze chaos in stretchpakken, die twee volle uren duurde en *Oedipus in beddenlakens* in lachwekkendheid naar de kroon stak. Zelfs al het talent van Lyle kon de voorstelling niet redden.

Het enige positieve was dat Starveling niet flauwviel.

Ondanks enige hardnekkige problemen met het mechanisme van de reusachtige mensenetende plant in *Little Shop* was Candies kristalheldere sopraan hartveroverend. Ze keerde tevreden terug naar New Jersey, overtuigd van haar

242

kersenroomijskwaliteiten. Volgens Nanette haalde ze de poster van *Jekyll* van de muur zodra de tandarts het L-woord had gezegd, en Candie en haar vriendje gingen naar huis met de belofte elkaar elke dag te schrijven.

In september stuurde ze me een kaart met een afbeelding van Jezus erop, en schreef dat ze me allemaal erg gemist hadden en dat ze nu Laurie speelde in een schoolproductie van *Oklahoma!*

Ik wist niet wat ik terug moest schrijven, dus maakte ik een rare tekening van haar als Curly, in een gestreepte jurk en met een cowgirlhoed, die Hugh Jackman kuste. Niet dat ik zo goed kan tekenen, maar ik voorzag alle onderdelen van de tekening van een uitleg, zodat ze zou begrijpen wat het voorstelde.

Candie schreef nooit terug.

Het is grappig hoe iemand met wie je een hele zomer hebt doorgebracht zomaar uit je leven kan verdwijnen; iemand die je in haar blootje hebt gezien, iemand die je al haar zielenroerselen heeft verteld, zelfs als je ze helemaal niet wilde horen, iemand die van een gedwee iemand veranderde in iemand met lef.

Raar dat je plotseling zo weinig – helemaal niets meer – te vertellen hebt.

Nanette ging naar huis en sliep een paar weken lang op de bank in de huiskamer. Ze deed een tweede auditie voor *The Secret Garden* in New York. Ze mailde me dat haar vader nauwelijks met haar praatte – haar ouders waren niet eens naar *Showboat* komen kijken, omdat haar zus weer een auditie voor een film moest doen – maar toen ze de rol van Mary Lennox kreeg, werd hij wat ontspannener. In het gezin van Nanette maakt een hoofdrol in het La Jolla-theater een hoop goed.

Binnen een week was ze met haar laptop van de Professional Children's School naar Californië vertrokken, waar ze niet, zoals de andere acteurs die van elders kwamen, in een door het theater betaald huurappartement woonde, maar bij Iz en haar familie in het centrum van San Diego. Toen Iz hoorde dat Nanette zou komen optreden had ze haar uitgenodigd; Nanette vond het fijn, omdat ze dan niet alleen hoefde te wonen.

Toen ze er eenmaal was mailde Nanette me dat niets van wat Iz bij het begin van Wildewood over zichzelf had verteld waar was. Ze zat niet op een speciale school voor de kunsten, maar op een gewone middelbare school. Ze had dansles in het plaatselijke joodse buurtcentrum en een keer per week privéles stemvorming. Ze had niet meegedaan aan *Born Yesterday*, *Kiss Me Kate* of *Damn Yankees* en ze had nog nooit gekwijld tijdens een auditie. Bij haar op school mocht je pas auditie doen voor stukken als je in de eindexamenklas zat. En Wolf – het oudere vriendje van Iz, met een motor – bestond helemaal niet.

Twee dagen nadat Nanette was aangekomen stortte Iz in en bekende alles. Ze zei dat ze zo graag wilde dat Nanette bij haar logeerde dat ze had besloten dat ze het maar beter eerlijk kon opbiechten.

'Op maandag, toen ik geen repetities had, ging ik haar van school afhalen,' schreef Nanette, 'en daar stond ze, helemaal in haar eentje. Ze praatte met niemand. Ik denk dat ze op school een buitenbeentje is. Dat niemand weet wat-ie van haar moet denken. Toen ze in de auto stapte heeft ze het me

meteen verteld. Ik vermoed omdat ik haar daar in haar eentje zag staan. Volgende week komt ze naar een repetitie in
het La Jolla.'

Ik was woedend op Iz, omdat ze tegen ons gelogen had.
Ik kon me niet voorstellen dat Nanette er zo makkelijk over
deed, al denk ik dat ik het wel begrijp, omdat ze zo ongeveer
door Iz' familie werd geadopteerd. Ik beklaagde me woedend bij mijn moeder.

'Maar heb jij dan niet hetzelfde gedaan?' vroeg ze.

'Nee.'

'Ik zou denken van wel.'

Sinds wanneer ging mijn moeder mijn leven ontleden?
Sinds wanneer had ze belangstelling voor iets anders dan
handige keukensnufjes? 'Ik heb nooit gelogen,' zei ik.

'Natuurlijk niet.'

'Zij deed zich anders voor dan ze was. Ze loog drie zomers
achter elkaar tegen iedereen.'

'Dat bedoel ik trouwens niet,' zei mijn moeder. 'Ik bedoel
dat jij ook een hele metamorfose hebt ondergaan voordat je
auditie deed voor Wildewood. Je haar laten knippen. Nieuwe kleren aangeschaft. Je naam veranderd.'

'O.'

'Je vriendin Isadora' – mijn moeder spelde de naam met
haar hand – 'heeft precies hetzelfde gedaan als jij.'

'Niet precies hetzelfde,' bracht ik in. 'Eigenlijk helemaal
niet hetzelfde. Want zij lóóg.'

'Goed.' Mijn moeder zuchtte. 'Ik moet even mijn e-mail
checken. Ik zou iets krijgen van mijn werk.' Ze deed haar laptop open op de keukentafel en wendde haar ogen van me af,
zodat ze mijn lippen niet meer kon lezen en mijn gebaren
niet meer kon zien.

Ik ging naar de huiskamer en zette een cd van *Wicked* op. Ik ging door naar het nummer 'Popular' en drukte op de repeatknop.

EEN UUR LATER realiseerde ik me dat ik niet meer boos was. Ik ging naar een winkel, kocht een heel stel malle cadeautjes en maakte een verrassingspakket voor Iz en Nanette. Papieren kroontjes, glitterlipgloss, een romannetje met pikante passages, een pakje waterbommetjes en een doos koekjes. Ik wikkelde alles in noppenfolie.

Hallo megameiden,

Heb ik jullie ooit verteld dat ik thuis in Brenton Sarah heette? Want dat was zo. Maar ik had een hekel aan die naam.

Dus veranderde ik hem in Sadye. Maar dat heb ik op Wildewood tegen niemand verteld.

Maar omdat jullie mijn beste vriendinnen waren wil ik het jullie vertellen.

Hoop dat jullie in je vrije tijd kans zien zo BESPRINGERIG mogelijk te zijn. Hier in Kutstad is het kutter dan kut en ik mis jullie.

XXX

Sadye

ALIAS Sarah

ALIAS Peter Quince

ALIAS Die lange hotbox

ALIAS Muntijs met chocolade

PS Zie voor instructies voor een mega-bespringpoging bladzijde 59 van het bijgevoegde boek.

Daarna mailden we een tijdlang om de paar dagen – maar toen Nanette met de technische repetities voor *Secret Garden* begon werd dat veel minder, en de hele winter en lente hoorde ik niets meer van ze.

Ik stuurde Theo een kaart van Marlon Brando als Sky Masterson in de film *Guys and Dolls* – en gaf hem mijn mailadres.

Zoals ik al zei kreeg ik geen antwoord.

Ik weet trouwens niet wat ik gedaan zou hebben als hij wel had geantwoord. Ik had het gevoel dat er niet veel tussen ons kon zijn, met die afstand. Maar ik kon ook niet geloven dat hij zomaar uit mijn leven was verdwenen. Alsof we nooit gezoend hadden.

Hoe dan ook was hij de eerste jongen die me de moeite van het bespringen waard vond, die hield van muntijs met chocola. Voor James was ik iemand die er gewoon was, in het maanlicht of op de dansvloer. Ik had iedereen kunnen zijn. We hadden nooit echt met elkaar gepraat.

Maar Theo had me gekregen. Dus weet ik dat er mensen zijn die dat willen. Mij krijgen. Ook al zitten ze honderden kilometers ver weg.

Het einde is in zicht. Het einde van Ohio bedoel ik. Het einde van deze doodsaaie stad.

Ik doe dit jaar eindexamen en daarna ga ik weg, weg uit deze stad en dit stille huis, weg uit die verstikkende eentonigheid, en ik zal nooit meer omkijken.

Niemand gaat me hieruit redden. Van Demi heb ik al maanden niets meer gehoord.

Dus ga ik mezelf redden.

Ik weet dat wat ik denk goed is en waarom. Al zal lang niet altijd iedereen het met me eens zijn.

Ik denk aan dingen als – op het dak staan zingen, of bij het begin van de dag 'Supercalifragilisticexpialidocious' zingen, of mensen beoordelen als ijssmaken, of *Midzomernacht* opvoeren in een rozenbos.

Ik zie beelden van toneel in mijn hoofd. En soms dansen. *Godspell in kussenslopen* en *Sexy Fiddler*.

Ik maak liedjes die mensen aan het lachen maken. Ik ben bazig en zeg hoe ik erover denk.

Ik ben lichamelijk sterk en indrukwekkend zelfs.

Ik ben aardig tegen mensen als dat nodig is, maar misschien niet altijd. Als er dingen misgaan, weet ik hoe ik het weer in orde moet maken.

Ik ben niet bang om vragen te stellen, en ik ben niet bang om mensen boos te maken.

Die talenten heb ik, al heb ik misschien geen zangstem of aanleg voor acteren.

Ik ben Sadye Paulson, ook al noemen sommige mensen me Sarah, en er schuilt grootsheid in me. Dus moet ik gaan uitzoeken wat ik daarmee kan doen.

Dat moet ik doen.

Dat ga ik doen.

Nawoord

TRANSCRIPT van een telefoongesprek van 12 juni, bijna een jaar na de zomer op Wildewood.

Demi: Monsieur Le Petit Howard, wat kan ik voor u doen?

Sadye: Met mij.

Demi: Madame Sadye! Dat is zeker drie maanden geleden – nee, vier denk ik.

Sadye: Ik weet het.

Demi: Sorry dat ik niet heb teruggebeld.

Sadye: Da's oké. Geeft niet.

Demi: Nee, echt, sorry. Lomp van me. Ik neem ook nergens tijd voor.

Sadye: Waar ik je over bel is –

Demi: Wacht even, voordat je verder gaat. Je gelooft nooit waar ik nu sta?

Sadye: Waar dan?

Demi: Het centrum van de wereld.

Sadye: Waar dan?

Demi: 42nd Street, New York. Ik zweer het je, ik kijk naar het affiche van *The Lion King* op het theater.

Sadye: Nee.

Demi: Echt waar.

Sadye: Nee, ik bedoel, je wil niet geloven waar ík nu ben. Ik kijk recht in het gezicht van Nanette Watson op een enorm affiche van *Secret Garden*.

Demi: Waar? Wat? Welk affiche?

Sadye: Ik sta op de hoek van Broadway en 46th Street.

Demi: Ga weg.

Sadye: Nee, echt.

Demi: Oooo! Dus je bent hier vier straten vandaan? Lyle – wacht even, Sadye, Lyle is al doorgelopen – Lyle! Sadye is aan de telefoon en ze is – waar?

Sadye: De hoek van Broadway en 46th Street.

Demi: *(tegen Lyle)* En ze kijkt naar een affiche van Nanette Watson op Broadway! Nee, ik lieg niet.

Sadye: Wat zei hij?

Demi: Hij gelooft me niet. Blijf waar je bent. Wij komen naar je toe. Oeps, wacht even, we moeten de andere kant uit! Nee, Lyle! Oké, nou lopen we de goede kant uit. Blijf staan. We zijn er in twee minuutjes.

Sadye: We moeten kaartjes halen. Wacht eens. Waarom zijn jullie hier? Ik wist niet dat jullie hiernaartoe zouden komen.

Demi: We slapen bij de broer van Lyle tot ik in september een kamer krijg.

Sadye: Waar? Op Juilliard?

Demi: Nee, die sukkels hebben me afgewezen. Ik ga nu naar New York University. Lyle gaat naar Carnegie Mellon. Maar wacht eens, waarom ben jij hier?

Sadye: Ik loop in de zomer stage bij de New York Theatre Workshop. Als assistente van de assistent-artistiek directeur.

Demi: Koffie halen en zo?

Sadye: Precies. En ik krijg niks betaald, dus 's avonds werk ik in een restaurant.

Demi: Toch wel cool.

Sadye: Ik pas op de kat van een vriend van mijn vader van de bank, die de hele zomer in zijn vakantiehuis zit.

Demi: Wij zijn nu op de hoek van Broadway en 45th Street.

Sadye: O, ik vind het zo spannend. De kassa is open. Zullen we kaartjes kopen?

Demi: Ja. Kun jij vanavond? Wacht — wat? Lyle wil ook mee.

Sadye: Prima.

Demi: Oké. O, ben jij dat, met die rode rok? Ik geloof dat ik je zie, maar ik weet het niet zeker.

Sadye: Een rozerode rok.

Demi: Oké. Hier ben ik. Ik zwaai nu naar je.

Sadye: Ik hang nu op. O, ik zie je!

Demi: Kijk, Lyle, daar is ze.

Sadye: Wat zwaai jij raar. Wist je dat? Daar moet je nodig wat aan doen.

Demi: Ik zie je! Ik zie je!

Sadye: Ik zie jou ook.

Aanhangsels

1. Wat moet je zien? Dit zijn de favoriete musicalfilms van Sadye:
West Side Story
Cabaret
Singin' in the Rain
Hair
Fame
Grease
Little Shop of Horrors
Sweet Charity
Kiss Me Kate
Damn Yankees

2. Sommige liedjes waar Sadye het over had kun je horen op www.theboyfriendlist.com

Klik in de rechterkolom op Sadye's iMix. Je kunt de afspeellijst downloaden via iTunes of een andere mediaplayer.

3. De Wildewood Academie bestaat niet. Ik heb de opleiding, met al haar gebreken, verzonnen. Maar ik ben wel, vijfhonderd jaar geleden, drie jaar lang in de zomer naar een dramakamp geweest. Maar ik vertel niet op welke scholen, en een ervan is inmiddels gesloten.

Dankwoord

DUIZENDMAAL dank aan Benjamin Ellis Fine dat ik zijn anekdotes over de toneelschool uit zijn boek mocht jatten en dat hij de tijd nam ze me te vertellen. Ik heb menig verhaal van Ben Fine bewerkt voor dit boek. Ook diverse andere mensen hebben mij op verzoek hun wederwaardigheden met en gevoelens bij het acteren verteld: met name Lisa Burdige, Jenna Rolley, Rebecca Soler, Trevor Williams en Ayun Halliday.

Veel dank aan mijn agente Elizabeth Kaplan, want ze is geweldig. En aan mijn redacteur, Donna Bray, die met me ging lunchen, diverse lachwekkende verhalen over catsuits moest aanhoren – die me overhaalde dit boek te schrijven en me stimuleerde om het in de loop van meer concepten dan het er eigenlijk hadden moeten zijn steeds beter te maken. Ook dank aan Brenda Bowen, Arianne Lewin, Emily Schutz en iedereen bij Hyperion, vooral ontwerpster Beth Clark, die zo hard heeft gewerkt aan het omslag.

Schrijfster Maryrose Woods verdroeg diverse mails waarin ik haar voortreffelijke theaterbrein ondervroeg op nieuwtjes, weetjes en ideeën. Ze gaf ook verstandige opmerkingen bij de eerste versie. Zoe Jenkins beantwoordde vragen over *Wicked* en *Rent* en andere voorstellingen die zij veel beter kent dan ik. Met haar zag ik Kristin Chenoweth in Carnegie Hall en *Wicked* op Broadway (hoewel Big Len de kaartjes heeft betaald – bedankt!) en ze vergezelde me naar een aantal andere, minder spannende, producties.

Een paar jaar geleden heb ik van de leden en leiding van de BMI Musical Theater Workshop een onovertroffen opleiding van vier jaar gehad in muziektheatergeschiedenis en het schrijven van liedjes. Ik hoop dat ze me de gedichtjes in dit boek niet al te zwaar aanrekenen. De leden van mijn jeugdauteursnieuwsgroep gaven verstandige, doordachte opmerkingen over de kwestie van talent en de aantrekkingskracht van de theaterwereld, zodat me duidelijk werd wat ik wilde vertellen.

Mijn ouders lieten me drie jaar lang in de zomer naar dramakampen gaan en stimuleerden mijn theateraspiraties, ook al was het betrekkelijk duidelijk dat ik geen talent had. Mijn vader ging op Broadway met me naar *West Side Story*, *Peter Pan*, *Cats* en *Annie* en gaf me castalbums van onder andere *Hair* en *Guys and Dolls* – hij kon nauwelijks weten wat voor monster hij creëerde.

Mijn echtgenoot zat zonder klagen de *Jekyll & Hyde* van David Hasselhoff uit. Ik geloof niet dat ik bondiger duidelijk kan maken hoezeer hij mij heeft gesteund.

Lees ook van E. Lockhart:

15 jongens, 4 kikkers & ik

De 15-jarige Ruby krijgt een nogal vreemd verzoek: ze moet van haar dokter een lijst opstellen met alle jongens die belangrijk zijn (geweest) in haar leven. Na de nodige aarzeling stelt ze een top vijftien samen. Door Ruby's gesprekken met dokter Z ontdekken we waardoor haar leven in korte tijd op zijn kop is komen te staan: ruzie met haar beste vriendinnen, een verprutst proefwerk, een gebroken hart en gerommel met een jongen die al bezet is.

Alsof dit nog niet genoeg is, belandt Ruby's lijst met jongensnamen per ongeluk op school. De gevolgen zijn niet te overzien. Gelukkig laat Ruby zich niet zomaar uit het veld slaan. Door haar onweerstaanbare humor, scherpe observaties en warme persoonlijkheid blijft ze overeind.

'Een komische jeugdroman (...) Zelfs om de voetnoten heb ik hardop moeten lachen.' *NRC Handelsblad*

ISBN 978 90 261 3128 8

En het vervolg:

Het jongensboek

Het leven van Ruby is nog net zo verwarrend, hilarisch en complex als in *15 jongens, 4 kikkers & ik*. Dit keer verdiept Ruby zich in versiertips en adviezen over hoe je als vriendinnen met elkaar omgaat wanneer er een leuke jongen in het spel is. Dat zal haar behoeden voor pijnlijke uitglijders...

ISBN 978 90 261 3189 9

De wonderbaarlijke dag dat ik alles kon horen en zien in de jongenskleedkamer

Sarah zit op de middelbare School voor de Kunsten, waar iedereen zichzelf ontzettend bijzonder vindt en zich zo apart mogelijk kleedt om op te vallen. Sarah draagt het liefst een spijkerbroek en een T-shirt. Ze denkt dat de kunstzinnige Titus, op wie ze in stilte verliefd is, haar niet ziet staan. Maar wat weet ze eigenlijk van jongens?

Op een dag wenst ze dat ze een spion in de jongenskleedkamer is om erachter te komen wat hen nu echt bezighoudt. Waar praten ze over met elkaar? Wat gaat er schuil onder hun stoere buitenkant? Sarahs leven krijgt een wonderbaarlijke wending wanneer haar wens in vervulling gaat en ze echt álles kan horen en zien in de jongenskleedkamer!

'Geestig en eerlijk. Een topper!' *TeensReadToo.com*

ISBN 978 90 261 3145 5